KB030072

이둔의 기억

MEMORIAS DE IDHÚN

제2부 트리아다

MEMORIAS DE IDHÚN-TRÍADA
by Laura Gallego García

Copyright © Laura Gallego García, Ediciones SM, 2005
Korean Translation Copyright © 2009 by Munhakdongne Publishing Corp.
All rights reserved.

This Korean edition was published by arrangement with
Ediciones SM through Imprima Korea Agency.

이 책의 한국어판 판권은 Imprima Korea Agency를 통해
Ediciones SM과 독점 계약한 (주)문학동네에 있습니다.
저작권법에 의해 한국 내에서 보호를 받는 저작물이므로
무단 전재와 무단 복제를 금합니다.

이 도서의 국립중앙도서관 출판시도서목록(CIP)은
e-CIP 홈페이지(http://www.nl.go.kr/cip.php)에서 이용하실 수 있습니다.
(CIP제어번호: CIP2009001013)

MEMORIAS DE IDHÚN

이둔의 기억

5

제2부 트리아다

제2권 예정된 운명 I

라우라 가예고 가르시아 장편소설 | 고인경 옮김

문학동네

차례

M E M O R I A S   D E   I D H Ú N

제5권 예정된 운명 I

제6권 예정된 운명 II

제5권

예정된 운명 I

1

가장 깊은 바다만큼

"폐하."

시슈가 아슈란 앞에서 고개를 숙이며 말했다.

"왕자님이 오셨습니다."

"들어오게 하라."

잠깐의 침묵이 흐르고 네크로맨서가 대답했다.

뱀 인간이 고개를 끄덕이고 홀을 나갔다. 아슈란은 그늘진 한 구석에서 대화를 듣고 있던 세스하크를 향해 돌아섰다.

"그애와 말해보겠나?"

아슈란이 그에게 나직이 물었다.

'아니.'

세스하크가 눈을 굴리며 대답했다.

'난 그의 존재를 참을 수 없다.'

"이제부턴 그애를 다른 식으로 대해야 할걸."

아슈란이 질책했다.

"물론 아직 인간적인 부분이 남아 있을 수도 있지만, 그래도 그 애는 지금까지 그 어떤 셰크도 이루지 못한 일을 해냈다. 최후의 용을 끝장냈으니까. 그 덕분에 모든 셰크들이 자유로워진 거야. 우리는 여섯 신의 예언을 극복한 거고. 이제 우리를 막을 건 아무것도 없지."

뱀의 왕이 아슈란을 물끄러미 쳐다보다가 대꾸했다.

'아무것도? 신들이 정말로 더이상 아무것도 할 수 없을까?'

"용들이 모조리 전멸한 다음에도?" 아슈란이 고개를 가로저었다. "아마 그럴 수 없을걸. 결코 알 수 없는 일이긴 하지만."

'알 수 없는 일이지.'

세스하크가 동의하며 생각에 잠겼다.

'난 반란군 무리가 전부 다 무너지기 전까지는 가만있을 수 없다. 아와 숲, 누르곤 요새…… 이곳들을 마무리하지 않은 채로 내버려두는 게 영 꺼림칙해. 지난번 그곳에서 우리가 당했으니까.'

"최후의 용이 죽었다는 소문이 퍼지면 반란군들은 항복할 거다. 용 없이는 아무것도 할 수 없으니까."

'놈들에겐 유니콘이 있지.'

"아니, 이제 유니콘은 놈들에게 없어."

'놈들이 계속 키르타슈를 데리고 있으려 할 수도 있어. 그 생각은 안 해봤나?'

"키르타슈는 한 번도 저항군에게 충실한 적이 없었다. 아, 물론 나와도 꽤 오랫동안 떨어져 있었던 건 사실이야. 하지만 설사 그애가 원하는 바가 아니었다 해도 이젠 유니콘을 배신했으니, 그 애는 제 처지에 충실할 수밖에 없게 되었지. 그리고 어쨌든 그애는 셰크야."

뱀의 왕은 아무 말도 하지 않았다. 그저 낮게 쉭쉭거리는 소리만 낼 뿐이었다.

잠시 후 크리스티안이 방에 들어왔다. 차갑고, 침착하고, 당당한 모습에 하이아스를 등에 멘 채로. 그렇지만 아슈란과 세스하크는 그의 눈 속에 깃든, 얼음 같은 차가움을 흐리게 하는 무언가를 느끼지 않을 수 없었다. 그들이 몹시 혐오하는 인간적인 고통의 빛이었다.

크리스티안이 그들 앞에 걸음을 멈추고 고개를 숙여 인사를 했다. 하지만 예전처럼 군주들 앞에서 무릎을 꿇지는 않았다. 세스하크는 마음이 언짢은 듯 낮은 소리를 냈다. 아슈란은 그다지 신경 쓰지 않았다. 크리스티안은 그가 바라는 대로 했고, 임무를 완수했기 때문이었다. 몇 가지 방종쯤은 용서해줄 수도 있다.

아슈란이 말했다.

"그래, 집에 돌아왔구나."

갈 곳이 없기 때문인지,라고 크리스티안은 생각했지만 굳이 그 사실을 입밖에 내지 않았다. 너무나 명백한 사실이었기 때문이다. 그는 그저 입을 계속 다물고 있을 뿐이었다.

그는 자신을 응시하는 세스하크의 시선을 느끼며 침착함을 유지하기 위해 애썼다. 뱀의 왕은 그 어떤 셰크보다도 크리스티안을 불안하게 했다. 단지 그가 있다는 사실만으로도 마음이 동요

되곤 했다. 세스하크가 뿜어내는 막강한 힘 때문이라고 생각하면서도, 때로는 혹시 그 이상의 다른 무엇이 있을지도 모른다는 생각을 하기도 했다. 경우야 어떻든, 그들 둘이 한 방에 함께 있는 경우는 거의 없었다. 크리스티안은 세스하크가 그를 못 견뎌한다는 것을, 셰크와 인간의 하이브리드인 자신의 존재를 필요악처럼 여기고 참아내고 있다는 사실을 잘 알고 있었다. 세스하크는 크리스티안을 괴물로 여겼고, 자신이 그를 지독히도 싫어한다는 사실을 굳이 숨기지도 않았다.

이번에도 별반 다르지 않았다. 셰크들의 군주는 벌써 마디진 둥근 몸으로 열린 창문을 향해 슬금슬금 다가가 홀을 떠나려 했다. 크리스티안은 용을 죽인 이후, 예전의 자신으로 돌아갈 수 있는지 확인해보고 싶었다. 어쨌든 세스하크는 여전히 그를 불쾌해하는 게 분명했다.

크리스티안은 자기 안에 여전히 머물고 있는 셰크가 그 어느 때보다 막강해진 것을 느꼈다. 하지만 인간의 영혼 또한 그의 내면에서 힘차게 맥박치고 있었고, 빅토리아에 대한 사랑 역시 여전히 강렬했다. 그 사랑은 너무나 강렬하여 셰크가 지닌 차가움으로도 그 빛나는 눈길의 기억은 흐려지지 않았다.

빛……

그는 잭을 죽일 때 그녀의 빛을 영원히 꺼뜨려버렸다. 마음속으로 그는 용의 죽음을 기뻐했다. 한편으로는 빅토리아의 마음을 다치게 한 것이 몹시 안타까웠다.

암울한 생각에 빠져 있던 크리스티안은 세스하크가 떠난 것도 깨닫지 못했다. 뱀의 왕은 한마디 인사도 건네지 않고 날아가버렸다. 아슈란의 기척을 느낀 크리스티안은 다시 현실로 돌아왔다. 네크로맨서가 가까이 다가와 그를 바라보았다. 크리스티안은 고개를 들어 그의 눈을 마주보았다.

"해냈구나. 네가 최후의 용을 죽였어."

"당신의 뜻대로 되었습니다."

크리스티안이 목소리를 낮춰 대답했다.

"이럴 줄 알고 계셨죠, 그렇죠? 그래서 지난번에 제가 빅토리아를 구했을 때 그냥 빠져나가게 내버려두신 거죠. 제가 저항군과 합류했을 때도 당신을 배신한 게 아니라고 생각하셨죠. 전 결국 계속 당신의 뜻에 충실하게 행동한 거였어요. 설사 제가 그 사실을 깨닫지 못하고, 그러고 싶지 않았다 해도, 전 여전히 당신을 위해 일하고 있었던 거예요. 당신은 결국 제가 용을 죽일 거라는 사실을 알고 계셨어요, 그게 제 운명이니까요."

"바로 그 때문에 네가 태어난 거다, 키르타슈."

아슈란은 등을 돌려 세스하크가 떠나간 바로 그 창문으로 다가갔다.

"그게 네 유일한 존재이유지. 셰크들은 다른 세상으로 가는 문을 통과할 수 없다. 그리고 인간이나 시슈도 별 소용이 없어. 그들은 셰크들이 용에 대해 느끼는 본능적인 증오심을 느끼지 못하니까. 날개 달린 뱀이 그러듯 유니콘을 감지할 수도 없고. 내가 할 수 있었던 유일한 선택은 하이브리드를 만드는 거였다……그래서 널 만든 거지."

"그렇다면, 그 임무를 마친 지금, 제 존재이유는 무엇입니까?"

"승리를 즐겨라, 아들아."

아슈란이 미소를 지었다.

"넌 승리를 거둔 거야. 넌 제국을 물려받을 것이다. 셰크들이라 해도 네게 큰 빚을 졌다는 사실을 부정할 순 없을 것이다. 세스하크도 결국 그 사실을 받아들이게 될 테고."

크리스티안이 시선을 피했다.

"제가 바라는 보상은 아버님이라 해도 해주실 수 없습니다."

뒤돌아선 아슈란이 그를 빤히 쳐다보았다.

"누군가를 사랑하라고 널 만든 게 아니다, 키르타슈."

"압니다."

키르타슈가 인정했다.

"증오하기 위해, 파괴하기 위해, 죽이기 위해 절 만드신 거죠. 전 한 번도 그걸 거스른 적이 없습니다. 그게 제 일부이고, 제가 그걸 기꺼이 받아들였다는 사실은 아버님도 아실 겁니다. 그렇다 해도 제가 빅토리아를 사랑하는 것 역시 사실입니다, 아버지.

제게 다른 세상을 넘나드는 능력을 주었던 인간성이 저를 저항군으로 이끌었고, 제 안에서 또다른 부작용을 낳았습니다. 전 용의 목숨을 끊었습니다. 그건 사실입니다. 당신이 원하시는 대로 일을 끝냈습니다. 하지만 저에게 절대 유니콘을 죽이라고 명령하실 순 없을 겁니다. 필요하다면 그애를 지키기 위해 죽을 수도 있습니다."

"말도 안 되는 생각에 빠져 있구나. 아니다, 키르타슈. 언제가 말한 적이 있지만, 다시 한 번 말하겠다. 난 그 여자애에겐 아무 감정도 없다. 이제는 아니지. 용이 쓰러진 지금, 유니콘의 죽음은 이제 필요치 않다. 네게 약속한 대로 실행하마. 아무도 그애를 다치지 못하게 책임지겠다. 네가 원한다면 말이다. 네게 돌아오게 할 수도 있지……"

"……그러면 절 죽이러 오겠죠."

크리스티안이 나지막이 대꾸했다.

아슈란은 한쪽 눈썹을 추켜세웠다.

"정말 그렇게 생각하느냐? 그애가 네 생명을 앗아간다면, 그건 자살이나 다름없는 행위일 터. 그앤 세상에 남아 있는 최후의 유니콘이야. 그애 역시 임무를 수행하기 위해 하이브리드로 태어났지. 예언의 실현이 불가능해진 지금, 그애의 생명은 이제 아무 의미도 없다. 그앤 널 필요로 해. 너야말로 그애에게 새로운 존재이유를 줄 수 있는 유일한 사람이고, 미래를 열 수 있는 유일한 사람이기 때문이다."

"그애에게 상처를 주고 싶지 않았습니다."

크리스티안이 나지막이 중얼거렸다.

"하지만 필요한 일이었다. 아들아, 넌 셰크다. 너희들에게 세상의 모든 용을 없애는 일이 얼마나 중요한지 잘 알고 있잖느냐. 고통스럽겠지만, 너도 알지 않느냐."

"네, 압니다. 하지만 용을 미워하는 것이 우리의 본성이라면…… 용들이 더이상 존재하지 않는 지금, 제가 존재해야 할 의미는 무엇입니까?"

아슈란이 그에게 캐묻는 듯한 눈빛을 던졌다.

"넌 참 이상한 아이로구나, 키르타슈."

"세상에서 하나밖에 없는 존재죠."

크리스티안이 슬쩍 미소를 지었다.

"집에 다시 돌아온 게 기쁘지 않으냐?"

크리스티안은 조금 뜸을 들이다가 대답했다.

"네, 그래요. 기쁘네요."

하지만 눈을 감으니 빅토리아의 고통이 느껴졌다. 잭이 죽은 지 며칠이나 지났지만, 빅토리아는 여전히 크리스티안과 자신을 이어주는 뱀의 눈, 시스카셰그 반지를 끼고 있었다. 크리스티안은 그 이유가 뭔지 계속 스스로에게 묻지 않을 수 없었다.

"이제 좀 쉬어야만 해요."

샤일이 나지막이 말했다.

사이세이는 대답하지 않았다. 그녀는 별을 응시하며 기둥에 등을 기댄 채 입구에 앉아 있었다. 샤일이 한숨을 내쉬며 그 곁에 나란히 앉았다.

"그애가 나아지질 않는군요. 그렇죠?"

샤일이 속삭였다. 돌아보는 사이세이의 얼굴에는 지친 미소가 깃들어 있었다.

"저한테 물어보는 거예요? 샤일, 당신이 나보다 그애를 더 잘 알잖아요."

"하지만 당신처럼 그애의 마음까지 읽어낼 순 없어요. 당신이 왜 그애와 같은 방에 머물지 못하는지 압니다. 그애의 고통이 너무 심해 당신까지 해치기 때문이잖소."

사이세이가 시선을 피했다.

"맞아요, 난 그애의 감정을 감지할 수 있어요. 하지만 이해를 못 하겠어요. 그 감정들을 해석할 수가 없어요. 왜 울지도, 소리치지도 않는 거죠? 왜 꼼짝도 않고, 한마디 말도 하지 않는 거죠? 그애는 깨어 있어요, 그건 알아요. 하지만 여기서 아주 멀리 떨어져 있는 것 같아요."

지친 샤일이 눈을 감았다.

빅토리아는 여러 날 동안 꼼짝하지 않으면서 먹지도, 자지도 않았고, 그 어떤 외부 자극에도 반응이 없었다. 샤일과 사이세이는 맞은편 강가에 있는 작은 천상족 마을로 빅토리아를 데려왔다. 천상족들은 빅토리아를 돌볼 수 있도록 자그마한 집을 마련해주었다. 처음 며칠간 그들은 빅토리아의 상태에 관심을 보였지만, 그후로 그녀의 상태를 보러 오는 일이 뜸해지기 시작했다.

샤일은 그 이유를 알고 있었다. 천상족들은 감정이입 능력 덕분에 빅토리아가 느끼고 있는 바를 직감적으로 뚜렷이 알 수 있었다. 그들은 그녀와 함께 있다보면 대부분 속이 뒤틀리거나, 얼굴이 창백해지거나, 눈물을 주룩주룩 흘렸고, 때로는 이 세 가지를 동시에 겪으며 방을 뛰쳐나오기도 했다.

하지만 가장 최악은 빅토리아의 표정이었다. 그녀의 표정은 너무나 공허했다. 마치 그 사건이 그녀 자신과는 아무 상관도 없다는 듯. 두 사람은 빅토리아를 침대에 눕혔고, 그녀는 하루 종일

한쪽으로 웅크리고 누운 채 멍한 시선으로 도미바트 칼자루만 꽉 쥐고 있었다.

그들은 검을 그녀의 손에서 떼어놓을 수가 없었다. 빅토리아가 도무지 검을 놓으려 하지 않았기에, 샤일이 할 수 있는 유일한 일은 빅토리아가 칼날에 다치지 않도록 칼집에서 빼두는 것 뿐이었다. 검의 불이 꺼졌다고는 해도, 칼날만은 여전히 날카로웠기 때문이었다.

마법사는 도미바트가 책의 정수를 얼마만큼 품고 있는지, 빅토리아가 그걸 느낄 수 있는지, 그리고 그 덕분에 그녀가 생명을 유지하고 있는 건 아닌지 궁금해하지 않을 수 없었다.

빅토리아의 일부는 책과 함께 죽었다. 샤일은 빅토리아도 죽고 싶어할까봐, 계속 싸우려는 기운을 잃어버릴까봐 두려웠다.

그는 사이세이를 바라보았다. 젊은 여사제는 내내 그 곁에 있었지만, 빅토리아가 겪는 고통의 여파가 창백하게 여윈 그녀의 얼굴에도 나타나 있었다. 빅토리아의 텅 빈 표정에 드러나지 않는 모든 것을 샤일은 사이세이에게서 보았고, 이 천상족 여인이 감지하는 것이 빅토리아가 느끼는 고통의 십분의 일도 되지 않을지 모른다는 생각이 들었다. 그러자 가슴이 미어졌다.

"당신은 여기 머물 이유가 없어요, 사이세이."

샤일이 다정하게 말했다.

"내가 빅토리아를 돌볼게요. 당신은 신전으로 돌아가요. 게다가 누군가는 말을 전해줘야……"

그는 말을 끊고, 아랫입술을 악물며 근심어린 표정을 지었다.

누군가는 잭이 죽었고 예언이 이루어질 수 없게 되었으며, 아슈란이 이겼다고, 수년 간의 싸움이 다 물거품이 되었다고 저항군에게 말해줘야만 했다. 너무나도 잔인한 일이었다.

샤일은 침을 삼키며, 목발을 놓아둔 쪽으로 시선을 돌렸다. 자신 역시 아무것도 아닌 일로 다리를 잃은 셈이었다. 그 생각을 하자 온통 화가 치밀었다.

다시 고개를 든 그는 사이세이의 눈길과 마주쳤다.

"당신과 여기 있겠어요."

사이세이가 다소곳이 말했다.

샤일은 아무 말도 하지 않고, 한동안 그녀를 쳐다볼 뿐이었다.

두 사람이 처음 만난 날이 떠올랐고, 그 선명한 기억에 가슴이 아팠다.

그가 엘리온의 손에 죽을 위험에 처했을 때, 키르타슈는 샤일의 목숨을 구하고 차원의 문을 통해 그를 이둔으로 보냈었다. 샤일은 한동안 무슨 일이 일어났는지 이해하지 못했다. 그는 빅토리아의 생명을 구하겠다는 일념으로 엘리온과 빅토리아 사이에 끼어들었고, 그애를 위해 죽으려 했다. 그 순간 키르타슈가 한 모든 말을 들은 샤일은 상황이 어떻게 된 건지 바로 파악했다. 바로 그 순간, 그는 자신의 어린 빅토리아가 바로 루나리스라는 사실을, 자신이 찾아 헤매던 유니콘이라는 사실을 정오의 햇살 속에 사물이 드러나듯 분명히 깨달았던 것이다. 그건 본능적인 행동이었다. 이제야 루나리스를 찾았는데, 엘리온의 손에 죽게 내버려둘 수는 없었다. 샤일은 엘리온의 마법 공격을 가로막으려고 뛰어들었다.

그 죽음의 순간 직후, 그는 느닷없이 혼자 어리둥절한 채 알리스 리스반 숲속에 떨어져 있었다.

무슨 일이 있었는지 이해한 뒤, 몰래 뱀들을 피해 밤중에 여행하며 카슬룬 탑으로 도망쳐갔다.

그 길목에서 샤일은 사이세이와 우연히 마주친 것이었다.

젊은 여사제는 일종의 외교적 임무를 띠고 카슬룬으로 가고 있었다. 그녀는 신전과 마법사의 탑을 오가며 이미 여러 차례 여행을 한 바 있었다. 셰크들은 그녀에게 별다른 주의를 기울이지 않았다. 일반적으로 셰크들은 천상족이 존재하지 않는 듯 여기곤 했다. 천상족들은 공격적이 않았고, 셰크들에게 위협이 되지 않았기에 조용히 살게 내버려둔 것이다.

황금새를 타고 가던 사이세이는 잠시 쉬려고 땅으로 내려왔고, 지치고 절망한 샤일은 탈 것을 뺏기 위해 그녀를 공격하려 했다. 그는 어둠 속에서 몰래 그녀를 향해 뛰쳐나갔지만 그 보랏빛 눈길을 보고 멈칫했다. 하마터면 천상족에게 해를 끼치는 무뢰한이 될 뻔했다.

두 사람은 카슬룬까지 계속 함께 여행했고, 그곳에 가까스로 도착했다. 셰크들이 천상족인 사이세이에게는 신경쓰지 않는다 해도, 변절자 마법사는 달랐다. 샤일과 함께하면서 여사제의 임무는 어려움에 처하게 되었다. 두 사람 모두 이 사실을 잘 알고 있었지만, 그래도 끝까지 함께 계속 갔다.

왜 그랬을까?

지금도 두 사람이 계속 함께 있는 건 바로 그 이유 때문이 아닐까 하고 샤일은 속으로 생각했다. 그의 심장이 한순간 거세게 뛰었다. 탑에 도착하고, 그후에 샤일이 다시 지구로 돌아갈 때가 되자, 두 사람, 즉 마법사와 여사제 사이에 놓인 차이가 어쩌면 뛰어넘을 수 없는 벽이 될지도 모른다는 사실이 명백해졌다. 하지만 그래도 둘은 지금도 여전히 함께였다.

"난 참 바보야."

샤일이 중얼거렸다.

"왜 그런 말을 해요?"

"난 빅토리아의 스승이 되고 싶었고, 많은 것을 가르쳐주고 싶었지. 하지만 오히려 저애에게서 뭔가를 배워야 할 사람은 나요."

사이세이가 부드럽게 웃었다. 하지만 그 웃음에는 긴장이 실려 있었다. 샤일의 강렬한 눈길에서 그가 속으로 무슨 생각을 하는지 감지했기 때문일 것이다.

"빅토리아는 잭과 키르타슈에게 아주 깊은 감정을 느끼고 있었어요."

마법사가 말을 계속했다.

"미친 짓이고, 잘 될 리가 없었지. 그애 스스로도 잘 이해하지 못했으니까. 하지만 우린 그애의 마음이 이끄는 대로 내버려뒀어요. 한동안은 잘 되는 것 같았지. 우린 저항군에 가담했고, 키르타슈를 우리 편으로 끌어들였으니까. 저앤 스스로 마음의 힘과 감정의 힘에 이끌려, 예언을 실현하기 위한 첫발을 내디뎠던 거요. 셰크가 그 예언에 관계되어 있다는 사실을 우리가 깨닫기 훨씬 전에 말이오.

빅토리아는 온갖 풍상에 맞서 두 사람에 대한 사랑을 지켰어요. 아주 용감했죠. 난 그 점을 배웠어야만 해요. 아무리 힘들어 보여도 그래야만 한다는 걸 배웠어야 한다는 거요. 정말로 중요한 건 감정의 진실함이니까.

난 한 번도 당신에게 그런 말을 한 적이 없어요, 사이세이. 우리가 너무 달라서, 잘 될 수 없을 거라고 늘 생각했기 때문이오. 유니콘과 용의 사랑, 유니콘과 셰크의 사랑처럼 기이한 일을 보면서도 그런 생각을 했다니. 내가 얼마나 어리석었는지."

"그만해요, 샤일."

사이세이가 속삭였지만, 마법사는 입을 다물지 않았다.

"사랑해요, 사이세이. 당신을 처음 본 순간부터. 당신도 늘 그 사실을 알고 있지만, 또한 내 눈빛에서 두려움과 우유부단함도 읽었을 거예요. 그래서 당신은 아무 말 하지 않고 있었던 거고. 하지만 이제는 한시도 그 사실에 등 돌리고 있을 수 없어요."

여사제의 두 눈에 눈물이 그렁그렁했다.

"난 당신에게 해줄 수 있는 게 아무것도 없어요."

샤일이 이야기를 매듭지었다.

"난 그저 불구의 마법사일 뿐이고, 명분을 잃고 만 임무에 전 생애를 바쳤소. 필요하다면 앞으로도 계속 빅토리아를 돌볼 생각이에요. 당신이 다른 곳에서 당신에게 어울리는 짝을 찾도록 떠나보내는 게 현명한 일이겠지요. 하지만 난 이제 빅토리아가 죽어가고 있는 모습을 지켜보고 있고, 잭이 죽는 것도 봤어요. 그렇게 젊고, 그렇게 용감했던 아이가……"

어느 덧 샤일의 목소리가 갈라졌다.

"지금 나는 저항군이 해체되는 모습을, 우리 세계에서 마법이 죽어가는 모습을 지켜보고 있어요. 너무나 큰 슬픔이고, 너무나 큰 파괴죠. 내 안에 깃든 당신에 대한 아름다운 감정에 대해 계속 침묵을 지켰어야 했는지도 몰라요. 당신은 받아들일 수도, 거절할 수도 있어요, 사이세이. 하지만 이제 난 더이상 당신에 대한 특별한 감정을 부인하지 않을 거라는 사실을 알아줬으면 해요."

사이세이는 눈을 감았다. 눈물이 뺨을 타고 흘러내렸다. 그녀는 다시 샤일을 보았다. 그가 아주 가까이 다가와 있는 걸 본 그녀는 달콤하게 미소지었다. 마법사가 기다리던 신호였다. 두 사람은 부드럽게 입맞춤을 했다. 입맞춤을 하는 동안 그녀는 바보 같은 쪽은 자신이라고 느끼며, 이 순간을 꿈꾸었던 그때부터 왜 이 년이라는 시간을 그냥 흘려보냈을까 하는 생각을 했다.

잠시 후 두 사람은 다시 집 안으로 들어갔다. 빅토리아는 여전히 꼼짝도 않고 있었다. 침대 한쪽에 누운 소녀는 두 눈을 멍하니 뜬 채 잔잔한 바다처럼 조용하고 침착한 얼굴이었다. 온몸의 긴장이 풀려 있었지만 도미바트의 칼자루를 쥔 손가락이 경련을 일으키고 있었다. 불의 검도 침상 위 그녀 곁에서 편히 잠들어 있었다.

샤일이 그 곁에 앉으며 걱정스러운 표정으로 빅토리아를 보았다. 그는 좀전에 사이세이에게 했던 말을 떠올리며, 모든 걸 감정이 이끄는 대로 내맡기고 그녀와 새롭게 시작할 결심을 내리게 된 계기를 반추했다. 하지만 지금 이렇게 빅토리아를 바라보고 있으니 다시 걱정이 생겨났다.

어린 유니콘은 감정에 따라 행동했다. 그리고 그 감정은 그녀를 곧장 엄청난 재난으로 이끌었다. 샤일은 만일 그녀가 키르타슈를 거절했다면 상황이 어땠을지 궁금했다. 빅토리아가 잭을 사랑하기로 선택했다면, 오로지 그만을……

그 순간 잭이 림바드에서 키르타슈를 죽일 기회가 있었지만, 그러지 않았던 것이 기억났다. 그리고 지금, 잭은 죽었다.

샤일은 두 주먹을 불끈 쥐었다. 물론 그보다 훨씬 전에 잭 역시 셰크의 손에 죽을 뻔했지만, 샤일은 셰크가 그의 생명을 살려주었던 사실은 무시했다. 또한 키르타슈가 없었다면 자신이 절대로 이둔으로 돌아올 수 없었다는 사실도 잊었다. 오로지 네크로맨서의 아들의 검이 잭의 몸속 깊숙이 박혀 생명을 앗아가고, 빅토리아와 영원히 이별하게 한 그 치명적인 순간만을 기억했다.

'아마 잭은 살아나지 못했을 거야.'

샤일이 격분하며 생각했다.

'이 모든 게 그 죽일놈의 뱀 탓이지.'

"미안해, 빅토리아."

샤일이 속삭였다.

"키르타슈가 내 목숨을 구해줬기 때문에, 네가 그와 있어도 무사할 거라고 믿었어. 잭에 대한 생각은 그만 하지 못했구나. 키르타슈가 그애를 죽이고 말 거라는 것, 그렇게 되면 너 역시 죽게 된다는 사실도 떠올리지 못했어. 날 용서해줘."

그의 시선이 도미바트의 손잡이를 꼭 붙잡고 있는 빅토리아의 손가락에 머물렀다. 시스카셰그, 뱀의 눈이 아직도 손가락에서 반짝이고 있었다. 그는 인상을 찡그리고 빅토리아의 손가락에서 반지를 빼려고 했다.

……하지만 반지는 그를 거부했고, 샤일은 고통에 찬 비명을 지르며 물러났다.

"빌어먹을, 키르타슈."

마법사가 성을 내며 외쳤다.

"빅토리아가 죽으면, 내 장담컨대 네 놈을 꼭 내 손으로 죽이고 말 거다."

바로 그때 빅토리아가 움직였다.

샤일은 눈을 깜박이며 빅토리아가 깨어나는 장면을 꿈을 꾸듯 지켜보았다. 소녀는 부드럽고 평온한 동작으로 몸을 일으키더니 무표정한 시선으로 검을 응시했다.

그런 뒤, 고개를 들어 샤일을 보았다. 여전히 차분한 표정이었다. 끝이 없는 깊은 우물 같은 시선에 온몸의 세포가 하나하나 떨릴 정도였다.

"잭은 갔어요, 그렇죠?"

샤일은 또다시 눈을 깜박였다. 이번에는 눈물을 참기 위해서였다. 요 며칠 잭의 죽음을 슬퍼하며 울었고, 서서히 극복하고 있다고 생각했지만, 그렇지 않다는 사실을 새삼 깨달았다. 목이 메지 않도록 침을 삼키고서야 간신히 대답할 수 있었다.

"그래, 빅토리아, 갔어."

뭔가 더 말하고 싶었지만 그럴 수 없었다. 빅토리아는 그 대답을 기다리기라도 한 듯 고개를 끄덕였다.

"알았어요."

그녀는 단지 이렇게 대답할 뿐이었다.

바로 그때, 사이세이가 미소를 지으며 집 안으로 들어왔다. 빅토리아가 그녀를 향해 고개를 돌리자, 사이세이는 비명을 삼키며 부들부들 떨더니 벽으로 뒷걸음쳤다. 빅토리아의 저 잔잔한 얼굴 뒤에 어떤 감정이 숨어 있고, 사이세이가 왜 공포에 떨고 있는지, 샤일은 의아해하지 않을 수 없었다.

빅토리아는 단 한 방울의 눈물도 흘리지 않았다. 그날 밤에도, 그 이후에도. 천천히 기운을 회복했고, 다시 식사를 하고, 걷기도 하고, 잠도 잤다. 하지만 말은 거의 하지 않았고, 대부분의 시간을 샤일과 사이세이가 처음으로 키스를 했던 바로 그 문 입구에 동상처럼 멍하니 앉아 시간을 보냈다. 빅토리아의 손에 들린 지팡이도 서서히 잃어버린 에너지를 되찾아가고 있었다.

샤일은 몇 차례나 말을 붙이려 했지만 뚜렷한 화제를 끄집어낼 수가 없었다. 처음 책 이야기를 꺼내자, 빅토리아가 고개를 들었다. 여전히 그 이상한 침착성을 잃지 않은 그녀의 눈을 보자 마법사는 오싹한 한기가 드는 듯했다.

"하지만 그는 갔어요."

빅토리아가 말했다.

그러자 샤일은, 겉으로는 평온해 보이는 그 잔잔한 어조 아래로, 사막만큼이나 드넓은 비통함과 바다만큼이나 깊은 고통을 느낄 수 있었다. 두 눈에 불쑥 눈물이 차올라 튜닉 옷자락으로 닦아냈다.

"왜 울지 않니, 빅토리아? 책이 그립지도 않니?"

빅토리아는 말이 없었다. 하지만 잠시 후 대답을 듣자 샤일은 차라리 물어보지 말걸 하는 생각을 했다.

"죽은 자들은 울 수가 없어요."

빅토리아는 조용히 대답했다.

"빅토리아, 넌 죽지 않았어."

마법사는 오싹한 한기를 느끼며 반박했다.

"네, 그래요."

빅토리아는 마치 넋을 놓은 듯 순순히 인정했다.

"하지만 온전히 살아 있는 것도 아니에요. 말해봐요, 샤일. 반쪽짜리 심장으로 살 수 있나요?"

샤일은 뭐라고 대답해야 할지 몰랐다.

그날 밤 두 사람은 더이상 아무 말도 하지 않았다. 샤일은 자기 방에서 울고 있는 사이세이를 달래기 위해 자리를 떴다.

"더이상 참을 수가 없어요."

사이세이가 흐느꼈다.

"아파요…… 너무나 아파요…… 이렇게 불행한 감정이 든 적은 한 번도 없었어요."

샤일은 그녀를 품에 안고 보듬어주며 최선을 다해 위로하려 했다. 사이세이는 한참이 지나서야 겨우 진정할 수 있었다.

"당신이 느끼는 감정이 빅토리아가 느끼는 것과 같은 건가요?"

샤일이 나지막이 물었다.

"그렇다면 당신은 그 감정을 표현할 수 있는데, 빅토리아는 왜 그러지 못하는 거지?"

천상족 여인은 잠시 뜸을 들인 후 대답했다.

"태양빛은 우리로 하여금 주위에 있는 걸 볼 수 있게 해줘요. 하지만 태양을 직접 똑바로 쳐다보면, 그 빛에 눈을 멀어 아무것도 볼 수 없게 되죠. 전 태양빛을 느끼듯 빅토리아의 감정을 느끼는 거예요. 저는 그 감정이 멀리 있기 때문에 반응할 수 있어요. 하지만, 그애는 고통 한가운데에 너무나 가까이 있기 때문에 그걸 표현할 길조차 없어 괴로워하고 있는 거예요. 눈물로도 충분치 않고, 그애가 느끼는 모든 걸 드러낼 말이나 표정이 존재하지 않는 거죠."

"상상조차 할 수 없군."

샤일이 맥이 풀린 채 중얼거렸다.

세번째 태양까지 지고 난 어느 날 밤, 빅토리아가 갑자기 일어섰다. 등에는 지팡이를 메고, 허리에는 도미바트를 찬 채, 내부의 이상하고 어두운 힘에 이끌리듯 그녀는 문으로 걸어갔다.

샤일이 걱정스러운 표정으로 뒤따랐다.

"빅토리아, 괜찮아? 어디 가는 거야?"

"크리스티안을 찾으러 가요."

빅토리아가 대답했다. 그 음색이 어찌나 서늘한지 등골이 오싹할 정도였다.

"크리스티안? 뭐 하러?"

빅토리아가 짧은 눈길을 던졌다. 너무나 당연하다는 듯 대답하는 그녀의 목소리는 떨리지도 않았고, 미움이나, 고통, 그 어떤 형태의 감정도 느낄 수 없었다.

"죽이려고요."

샤일은 숨이 멎는 듯했다. 며칠 동안 수천 번도 더 넘게 그 세크를 저주했고, 잭의 복수를 위해 직접 놈을 죽이는 모습을 상상했으며, 저항군에 그를 받아들인 실수를 바로잡고 싶다는 생각을 수도 없이 했다. 하지만 그 말을 빅토리아의 입을 통해 듣는 건 다른 문제였다. 샤일이 고개를 흔들었다.

"아니, 안 돼. 그렇게 둘 수 없어. 넌 그애와 맞서선 안 돼."

빅토리아는 아무 말 없이 물끄러미 그를 쳐다보았다. 그 눈빛에 마법사는 두어 걸음 뒷걸음쳤다.

"날 막을 수는 없어요."

빅토리아가 말했다. 그 목소리에는 도전도, 반항도, 분노도 담겨 있지 않았다. 그저 명백한 사실을 진술할 뿐이었다.

샤일은 문득 빅토리아에 비해 자신이 너무나 작게 느껴졌다. 마치 자신이 커다란 나무 발치에 자라는 한 포기 풀잎 같았다. 맞는 말이다. 결국 곰곰이 따져보면, 빅토리아는 유니콘이고, 샤일은 그저 한낱 인간일 뿐이기 때문이었다.

이 사실을 이해하자, 불현듯 공허한 기분이 들었다. 그가 여동생처럼 사랑하고 돌보았던 어린 빅토리아는 이제 없다. 그녀는 이제 자신의 진정한 본성을 받아들였고, 그 어떤 인간보다도 우위에 있었다. 심지어 마법사들보다 위였다. 그들의 능력이 유니콘에게 빚진 것이기 때문이었다.

아무리 그렇다 해도, 말려야만 했다.

"하지만……너무 위험해, 빅토리아."

빅토리아의 얼굴은 여전히 무표정했고, 샤일은 자신의 말이 먹히지 않는다는 걸 알았다. 그래서 전략을 바꾸었다.

"우린 바니사르로 돌아가야만 해. 그동안 일어난 일을 알렉산더에게 들려주러 말이야. 그도 그 사건에 대해 알아야만 해."

빅토리아는 잠깐 동안 그의 말을 곰곰이 생각했다. 그런 후, 천천히 고개를 끄덕였다.

샤일은 그제야 마음이 놓였다.

호르 일족, 즉 클란 데 호르는 전투할 채비를 마쳤다.

전사들은 남녀노소를 막론하고 사방의 초원으로 울려 퍼지는 북소리에 맞춰, 무기 끝을 날카롭게 세우고, 의식에 따라 말에 얹을 마구들을 준비했다. 머지않아 그들은 전투를 벌이기 위해 출정할 것이다.

그들은 다들 조바심을 내고 있었다. 그들이 태어난 자줏빛 초원 슈르 이카일에서 멀리 떨어진 곳에서 싸우는 것은 난생처음이기 때문이었다. 그들은 왕국들의 영토 너머, 아와 숲의 경계까지 셰크들과 정면대결을 벌이기 위해 떠날 것이다.

하지만 이 원정을 위해 일족을 모으는 일은 쉽지 않았다. 몇몇 전사들은 위대한 호르 둘카르가 카슬룬 탑의 마녀 게르데를 두려워하며, 그래서 난델트의 왕자와 동맹을 맺는 데 시큰둥해하는 거라고 말하기도 했다. 난델트의 왕들이 일대일로 맞부딪쳐 싸우는 것을 겁내, 거대한 군대 뒤에 숨어 있음은 누구나 알고 있었다. 그들의 기사단에서는 전쟁에서 가장 중요한 것은 명예와 의무라고 가르친다는데, 슈르 이카일 민족들은 그걸 놀림감으로 삼았다. 대체 전투를 벌이는데 명예니 귀족이니가 다 무슨 소용이란 말인가? 야만족들은 누르곤 기사 따윈 슈르 이카일 인의 힘과 용맹함, 용기가 두려워 벌벌 떨 거라고 말하곤 했다.

그런데 이제 호르 둘카르, 가장 막강한 전쟁 군주이자, 아홉 일족인 누에베 클라네스의 통치권을 힘으로 제압한 그가 누르곤 최후의 기사 중 하나와 동맹을 맺었다.

호르 둘카르는 일족 사이에 퍼진 불만의 소리에 맞서야 할 뿐만 아니라 공공연한 도전까지 받아들여야 했다. 그에게 충성을 바쳐야 할 카르 일족의 지도자인 카르 유크가 일대일 대결을 하자고 도전한 것이다. 이긴 자가 슈르 이카일 전 부족의 전쟁 군주가 되는 것이다.

하지만 호르 둘카르는 어쩌다 일족의 수장이 된 게 아니었다. 그는 유크를 별 문제 없이 격파했다. 그 일 이후, 감히 그에게 도전하는 자는 더이상 없었다.

난델트에서 들려오는 소식들이 전사들의 기운을 북돋웠다. 알산 왕자가 남레 다리를 공격했다는군. 셰크가 그 싸움에서 쓰러졌다지 뭐야. 알산 왕자가 다름 아닌 시에셀을 쫓아내고 요새를 복구했다던데. 알산 왕자가 딩그라 군대의 첫 공격을 물리쳤다는군.

셰크들은 누르곤을 공격할 준비를 했다. 공격이 제대로 실행되면 십중팔구 항거는 시작하자마자 끝장 날 것이다. 하지만 알산 왕자, 사람들 말로는 다른 세상에서 돌아왔다는 그 왕자는 슈르 이카일의 사나운 야만족들마저 무색케 할 정도로 대담무쌍하게 싸우고 있었다.

몇몇 여인들은 바니사르의 알산 왕자가 일족의 그 어떤 전사보다도 용맹하다고 말하기 시작했다. 일족의 전사들은 카슬룬을 마녀가 통치한다는 사실을 받아들이고, 감히 셰크들과 정면 대결할 생각 없이 저희들끼리만 치고받고 싸우고 있었기 때문이었다.

따라서, 바로 그 알산 왕자가 슈르 이카일 일족들과 나란히 말을 타고 싸울 자격이 있다고 호르 둘카르가 알렸을 때, 반기를 드는 전사는 아무도 없었다.

이렇게, 자기들끼리 수세기 동안 싸운 후, 일족은 다시 하나가 되었다. 누르곤의 전령들은 딩그라를 서쪽에서 쳐야 하므로 전사들을 시아 왕국을 가로질러 오도록 이끌어달라고 호르 둘카르에게 제안했다. 그러면 지금 누르곤 가까이에 있는 캐바니온의 군대는 후미에서 공격당하게 될 것이고, 국경을 지키기 위해 어쩔 수 없이 물러서야 하기 때문이다. 십중팔구 셰크들은 누르곤 가까이에 주둔하겠지만, 딩그라 왕의 군대는 어쩔 수 없이 퇴각해야만 할 것이다.

전쟁 군주는 이 계획을 기꺼이 수용했다. 이제 거의 채비를 마친 그는 강변에서 야영하면서 마지막 일족이 합류하기를 기다리고 있었다. 우크 일족은 슈르 이카일 경계지역인 북서쪽 스텝 지역에 살고 있기에 도착하려면 조금 더 시간이 걸렸다. 하지만 참을성이 없는 호르 둘카르는 매일 아침 언덕에 올라가 우크 르히스 무리가 지평선에 도착했는지 살폈다.

'여자들은 늘 이 모양이라니까.'

호르 둘카르는 혼자 그렇게 툴툴거렸다.

그날 아침, 첫째 태양이 떠오르기도 전에 경비병들이 그를 깨웠다.

"어떤 여자가 뵙기를 원합니다, 위대한 호르 둘카르 님."

경비병들이 말했다. 호르 둘카르는 나지막이 욕을 내뱉었다.

"뭘 그리 야단법석을 떠는 게냐? 르히스에게 들어오라고 해라. 신분은 확인했을 것 아닌가."

"우크 르히스가 아닙니다."

부하는 눈을 내리깔며 부끄러워했다. 호르 둘카르는 부하가 아이처럼 떨고 있고, 줄무늬 피부가 두려움에 창백해졌으면서도 이상하게 두 뺨만 불그스름하게 물들었다는 걸 알아챘다.

"마녀입니다."

부하가 나지막이 덧붙였다.

"카슬룬 탑의 마녀입니다. 이야기를 나누고 싶다고 합니다."

인상을 찡그린 둘카르는 말 한마디 하지 않고 어깨 위에 가죽 망토를 둘렀다.

"그 여자와 만나지 마십시오!"

느닷없이 보초병이 부들부들 떨며 소리를 높였다.

"그 눈을 보지 마세요! 마법입니다!"

"언제부터 마법사의 주문이 슈르 이카일 인의 힘을 능가했단 말이냐?" 둘카르가 투덜댔다. "우리는 수세기 동안 카슬룬 탑 밑에서 살아오지 않았느냐! 누에베 클라네스의 군주가, 아무리 마녀라 해도 한갓 요정 따위를 무서워한다는 말은 꺼내지도 마라."

보초병은 뭐라고 말대꾸하지 못하고 눈길을 피했다.

호르 둘카르는 텐트 밖으로 나왔다. 세 달의 달빛이 그의 당당한 풍채를 비추었다. 두 보초병이 신중하게 일정한 거리를 유지하며 그를 호위했다.

마법사는 혼자 왔다.

누에베 클라네스의 군주는 이게 무슨 뜻인지 의아해했다. 힘을 과시하려는 건가? 자신감이 넘쳐 동행은 필요 없다는 소린가? 협상할 의도로 왔음을 증명하려는 것인가? 아니면 혹시 아슈란 몰래 온 것인가?

둘카르는 알 수가 없었다. 그는 잠시 주춤했다가 곧바로 자세를 고쳐 꼿꼿이 몸을 세웠다.

"당신이 카슬룬 탑의 마녀인가?"

그가 자신감에 찬 힘찬 목소리로 물었다.

그녀가 두어 걸음 앞으로 나왔다. 달빛이 그 얼굴을 물들였다.

"나는 카슬룬 탑의 성주지요."

벨벳처럼 부드러운 목소리로 그녀가 말했다.

"하지만 누에베 클라네스의 위대한 군주인 당신이라면, 게르데라고 불러도 괜찮아요."

이 덩치 큰 야만족의 내면에서 뭔가 휙 하고 동요가 일었다. 사람을 도취시키는 듯한 향기가 한밤중의 산들바람에 실려왔다. 그녀를 좀더 찬찬히 보고 싶다는 조급한 욕망이 타올랐다. 인어의 노래 같은 목소리가 귓가를 울렸다. 부하들이 횃불을 건네주자 둘카르는 게르데를 똑바로 보기 위해 횃불을 앞으로 치켜들었다.

요정은 달콤하게 미소를 지으며 긴 속눈썹을 아래로 내리깔았다. 늘 그랬듯이 그녀는 얇은, 아주 얇은 옷을 입고 있었다. 드러난 어깨를 덮은 올리브색 머리카락이 등 뒤로 가냘픈 허리 아래까지 늘어뜨려져 있었다.

호르 둘카르는 목이 바싹 말랐다. 자제하려고 무진 애를 썼다. 그는 절대로 애송이 젊은이가 아니었다. 이미 많은 여자를 알았고, 풀잎처럼 나긋나긋하고 섬세한, 한기를 느끼게 할 정도로 깊은 이상한 눈을 가진 저 요정보다도 훨씬 더 매력적인 힘찬 근육과 육감적인 멋진 몸매, 괄괄한 성격을 지닌 슈르 이카일 여인들도 만났다. 하지만 이 요정에게는 저항할 수 없는 뭔가가 있었다.

그는 머릿속에서 이런 생각을 떨쳐버리려고 애를 썼다.

"무슨 일로 온 건가?"

"당신과 조약을 맺고 싶어서요, 누에베 클라네스의 군주."

그녀가 대답했다.

"우리의 동맹을 강화하는 건 제 소망이자, 저의 군주이신 아슈란 님의 소망이기도 하지요. 카슬룬, 드락웬, 그리고 슈르 이카일, 이렇게 가장 막강한 마법사와 가장 위대한 전쟁 군주가 함께 하는 거지요."

"우리는 마법사와는 협상하지 않아, 마녀."

둘카르가 당당하게 대꾸했다. 하지만 게르데는 그 목소리에 깃든 희미한 떨림을 감지하고 미소지었다.

"당신은 아마 우리가 조금 더 차분하게 이 문제를 논의하길 원하시는 모양이죠."

그녀는 잠시 입을 다물고 암시가 깃든 미소를 지었다.

"단 둘이서."

둘카르는 심호흡을 했지만, 그 덕분에 게르데의 달콤한 향기가 훅하니 끼쳐왔다. 그는 다시 그녀를 쳐다보았다. 엷은 초록색 피부를 지닌 요정이다. 슈르 이카일 종족의 특징인, 난델트의 인종들과 그들을 구분해주는 거무스름한 줄무늬도 없었다. 가녀린 몸매가 어찌나 연약해 보이는지, 금방이라도 깨어질 것만 같았다.

그는 침을 삼켰다. 이런 여자는 난생 처음 본다. 그녀를 가까이 하고 싶다. 가능한 한 빨리.

"그 어떤 것도 내 의견을 바꾸지는 못할 것이오, 마녀."

둘카르가 경고했다. 하지만 그녀에게서 눈길을 뗄 수 없었다.

"하지만 당신 말을 들어보기로 하지. 들어와서 이야기를 해보자고."

그는 텐트를 두 손으로 활짝 젖히며 그녀에게 입구를 열어주었다. 게르데가 미소지었다. 그녀가 그의 곁을 지날 때, 아주 짧은 순간 두 사람의 몸이 거의 스칠 뻔했다. 누에베 클라네스의 군주는 등 뒤로 텐트 입구를 서둘러 닫았다.

우크 일족, 클란 데 우크는 세번째 해가 뜬 직후에 캠프에 도착했다. 말을 탄 우크 르히스 뒤로 부하들이 슈르 이카일 인들의 전투 구호를 외치며 따라들어왔다.

그는 호르 둘카르가 맞이하러 오지 않은 걸 보고는 조금 의외라 생각했다. 멀리서 라크 일족의 우두머리가 어렴풋이 보였다.

"이리알 여신이 전투에서 그대의 빛이 되길, 형제여!"

르히스가 기분 좋게 인사를 건넸다.

"호르 둘카르님은 어디 있는 거요? 이미 출정할 준비가 다 되었을 거라고 생각했는데, 이런 게으름뱅이들!"

"누에베 클라네스 군주의 생각이 바뀌었소."

그가 진지하게 대꾸했다. 르히스는 그대로 얼어붙고 말았다.

"뭐라고요? 미친 거 아니오?"

"슈르 이카일 군주의 결정을 문제 삼지 마시오, 우크 르히스."

라크의 우두머리가 주의를 주었다.

르히스는 대답하지 않았다. 부하들에게 잠시 기다리라고 명령하고는 말에서 내리지도 않고 그대로 호르 둘카르의 텐트가 자리 잡고 있는 캠프 한가운데로 말을 몰았다.

그곳에 이르자, 이미 둘카르가 그녀를 맞이하러 나와 있었다. 르히스는 그가 말에 안장을 얹고, 무기를 갖추고 전투에 나갈 채비를 마치고 있을 줄 알았다. 하지만 둘카르의 긴 머리채는 아직 빗질도 하지 않은 채 벌거벗은 등 뒤로 늘어뜨려져 있었다.

르히스는 심각한 표정으로, 당당한 자심감에 넘쳐 있지만 옷은 절반도 걸치지 않은 채 서 있는 남자를 응시했다. 슈르 이카일 인이라면, 게다가 누에베 클라네스의 군주라면 세 태양이 모두 떠오른 뒤에도 이런 차림을 하고 있는 경우는 없다. 무엇보다 전투가 임박해 있다는 상황을 고려한다면 말이다.

"슈르 이카일의 군주여."

르히스가 조심스러운 목소리로 말했다.

"당신의 뜻에 따르기 위해 부하들과 함께 방금 도착했습니다. 당신의 부름에 달려왔습니다. 명령하신 대로 바니사르의 알산 왕자 편에서 모든 일족과 함께 싸울 것입니다."

"아니오, 르히스."

둘카르가 미소를 지었다.

"우리는 이제 난델트 사람들과 함께 싸우지 않을 것이오. 말에서 내려 편히 쉬시오. 출발하려면 아직 며칠 더 걸려야 할 거요."

르히스는 몸을 꼿꼿이 세우고는 인상을 찡그렸다. 그녀는 치미는 분노를 다스리려 애썼다. 우크 일족은 이곳에 이르기 위해 오랜 시간 말을 타고 달려왔다. 호르 둘카르에게 충성을 바쳐야 하는 건 사실이지만 그녀 역시 대장으로서 나름의 자긍심을 지니고 있었다. 르히스는 심호흡을 하며 화를 진정하려고 애썼다.

"이유를 물어봐도 되겠습니까?"

둘카르가 다시 미소를 지었다. 좋아서 싱글벙글하는 꼴이 멍청해 보일 정도였다.

'처음으로 사랑에 빠진 코흘리개 같잖아.'

르히스는 속으로 생각하며 무슨 일인가 싶어 당황해했다.

"우리가 새로운 동맹을 맺었기 때문이오."

누에베 클라네스의 군주가 대답했다.

바로 그때 르히스는 둘카르 곁의 게르데를 보았다.

요정은 엉덩이의 부드러운 곡선이 잘 드러나는 자세로 유유자적하게 텐트 기둥에 기대어 서 있었다. 첫번째 해가 떠오르기 전, 둘카르 앞에 나타났을 때보다도 훨씬 더 얇은 옷을 걸치고 있었다. 머리카락도 조금 흐트러져 있었다. 막강한 전쟁 군주는 마치 그녀가 자기 것임을 과시하는 양, 그녀의 어깨를 감쌌다.

르히스는 즉시 상황을 파악했다.

'마녀로군.'

르히스는 입술을 깨물었다. 게르데가 몸을 돌려 둘카르의 넓은 가슴에 고개를 기댔다. 그리고 암고양이처럼 가릉거리는 소리를 내며 달콤한 미소를 짓더니 르히스에게 말했다.

"일족들에게 합류한 걸 환영해요, 우크 르히스. 유일하게 당신만 빠져 있더군요."

르히스는 즉시 그 말이 암시하는 바를 이해했다. 게르데의 명성을 익히 알고 있었고, 그녀가 남자들에게 행사하는 영향력도 알고 있었다.

다른 여덟 일족의 군주들은 모두 남자다.

르히스는 이 상황에서 빠져 있었던 유일한 군주였다. 게르데의 주문이 힘을 발휘하지 못하는 유일한 여자이기도 했다. 하지만 그녀가 현재 상황에서 반기를 들면 다른 일족들 모두와 맞서야 한다.

르히스는 두 주먹을 꽉 쥐었다. 어쩌면 캠프에서 마녀를 내치기 위해 다른 여인들을 불러 모을 수 있을지도 모른다. 하지만 시간이 필요했다. 그녀는 길게 심호흡을 했다.

"저 역시 일족들과 함께하게 되어 기쁘기 그지없습니다."

르히스는 작은 소리로 말했다.

"이리알 여신의 빛이 승리의 그날까지 우리를 이끄시기를!"

"위나 여신이 그대가 밟고 있는 대지를 축복하시기를!"

게르데가 매혹적인 미소를 지으며 대답했다.

한 쌍의 커플은 텐트 안으로 다시 사라졌다.

르히스는 그곳에 우두커니 선 채 분노와 무력감에 몸을 떨었다. 슈르 이카일 일족들의 힘과 능력이 다 어디로 사라진 건지, 어떻게 저 여자가 전투를 치르기도 전에 일족들을 제압할 수 있었는지 의아해하지 않을 수 없었다.

"우리 첩자들의 보고는 이 여자의 말과 다르네, 알산."

코반이 말했다.

"최근 상당수의 셰크들이 에이세슈의 소환을 받아 바니사르로 모이고 있어. 남쪽에서의 수색은 종결된 것처럼 말이야."

알렉산더는 고개를 끄덕이며, 생각에 잠겼다.

그는 지난날 요새 입구로 사용되었던 곳으로 사람들을 불러모았다. 지금은 그저 세 벽과 지붕 반쪽만 남아 있을 뿐이지만, 그곳에 임시로 만든 회의 테이블을 마련했다. 주위에서는 미장이들과 다양한 직종의 지원자들이 누르곤 성벽을 다시 세우는 작업을 하고 있었다.

"셰크들이 남쪽에서부터 몰려오고 있어요."

타나웨가 나지막이 말했다.

"그렇다면 그 뜻은……"

"그건 아무 뜻도 없어요."

알레그라가 힘차게 그의 말을 끊었다.

"전혀 아무 의미도 없어요."

알렉산더는 여전히 말이 없었다. 그는 회의에 참석한 사람들의 얼굴을 훑어보았다. 알레그라, 대마법사, 덴얄, 타나웨, 로윈, 케스트라, 코반, 그리고 아와 숲 요정들을 대변하는 실포 하렐이었다.

그리고 구석에는 벽에 몸을 기댄 채 얼굴을 스카프로 가린 인물이 서 있었다. 불안해 보이는 붉은 눈을 한 그녀는 참석자들을 살피고 있었다. 알렉산더는 대부분의 사람들이 그녀를 믿지 않는다는 걸 알았다. 아무리 혼혈이라 해도, 얀 족 특유의 외모는 난델트 너머로 한 번도 나가보지 않은 사람들에게는 너무나 낯설었기 때문이다.

알렉산더가 그녀를 돌아보았다.

"마지막으로 그들에 대한 소식을 들은 게 언제지, 키마라?"

"십오 일 전이에요."

그녀가 빠르고 힘차게 대답했다.

"카슈타르를 나와 셀레스티아로 들어갔어요. 바이셀 근처에서 그들을 본 사람들이 있고요."

"그렇다면 이미 이곳에 도착했어야만 해."

대마법사가 나지막이 말했다.

키마라와 알렉산더가 재빨리 눈빛을 주고받았다.

이틀 전, 혼혈 얀 족이 누르곤에 도착하여 전한 소식은 반란군들에게 한 줄기 희망과 같았다. 셀레스티아를 내내 가로질러 온 키마라는 르히르에서 누르곤의 재정복 소식을 들었다. 난델트에서 온 상인들이 말하기를, 셰크들이 딩그라, 바니사르, 라헬드 왕의 군대를 데리고 요새의 폐허를 포위하고 있다고 했다. 남아 있던 얼마 안 되는 기사들이 요정들과 조약을 맺어 강 너머로 숲을 확장시켰다는 말도 있었다. 그래서 지금은 요새가 엄청난 식물막의 보호를 받아 아와 숲처럼 난공불락이 되었다고 했다.

그리고 반란군의 지도부에는 바니사르의 알산 왕자와 데르바드 탑의 옛 성주인 마법사 아일레 알레나이가 있다고 했다.

키마라는 잭이 지시한 대로 바니사르로 향하고 있었다. 하지만 새로운 소식을 접하고는 방향을 틀었다.

그리고 잭과 빅토리아와 헤어진 지 한 달 후, 누르곤에 와 있는 것이다. 요정들은 그들에게 보호를 청하는 모든 사람들에게 그러듯, 그녀에게도 숲으로 들어오는 걸 허락해주었다. 처음 아와 숲에 들어서며 키마라는 거대한 숲에 잔뜩 주눅드는 기분이었다. 서늘하고, 촉촉하며 생명과 색채가 넘쳐나는 그곳이 그녀가 자라난 사막과 너무나 달랐기 때문이었다. 하지만 그녀는 자신의 임무를 잊지 않았고, 요정들이 그녀를 요새까지 데려다준 뒤 메시지를 전달할 수 있었다.

키마라가 가져온 소식은 대단했다. 잭이 드디어 용의 본질과 접촉했고, 빅토리아도 마법사를 만들어내기 시작한 것이다. 키마라 자신이 바로 그 증거였다. 실제로 그녀에게서 유니콘이 건네준 힘을 감지하자 쾨이다르는 감동하여 두 눈을 껌벅였고, 알레그라의 눈에는 눈물이 맺혔다.

하지만 일단 처음의 흥분된 분위기가 지나고, 사람들이 하나둘 질문을 하기 시작했다. 키마라는 알레그라와 알렉산더에게 다른 사람들에게 밝히지 않은 사실을 따로 말해주었다. 잭과 빅토리아가 아슈란을 만나러 갔다는 것. 그리고 키르타슈가 그들과 동행하고 있다는 사실을.

"미친 짓이야."

알렉산더가 고개를 흔들었다.

"전 그들을 믿어요."

키마라는 간단히 대꾸했다.

하지만 지금, 모든 상황은 아슈란이 남쪽의 수색보다 난델트의 반란군들이 더 중요하다는 판단을 내렸음을 가리키고 있었다. 아슈란에게 예언에 나오는 영웅들을 파멸시키는 일보다 더 중요한 일은 없을 게 뻔한데도 말이다.

"또 하나 잊어서는 안 될 게 있지."

코반이 말했다.

"놈들이 군대를 조직하고 있는 이유 말이야."

"우리 때문이죠."

덴얄이 조용한 목소리로 말했다.

"놈들이 있는 힘을 다해 우리를 공격하려는 거예요."

"보호막이 견딜 수 있을까요?"

알렉산더가 물었다.

실포인 하렐은 아몬드 모양의 검은 눈으로 알렉산더의 눈을 응시하더니 부드럽게 날개를 떨었다.

"버틸 거예요. 하지만 다른 장소처럼 강하지 못해요. 누르곤의 나무들은 충분히 자라지 못했거든요. 식물 지붕으로 전부 다 덮을 수가 없었어요. 이 폐허는 미처 다 가리지 못했죠. 그래서 이곳이 아와 숲의 보호막 중에서 가장 취약한 곳입니다."

"그렇게 오래 기다릴 필요는 없지. 잭과 빅토리아가 돌아올 때까지면 되니까."

모든 이들의 얼굴에 회의적인 기색이 감돌았다. 그렇지만 큰 소리로 그 의심을 표출한 건 케스트라뿐이었다.

"이 계획은 애초부터 말이 되지 않아요."

케스트라가 기분 나쁘다는 듯 말했다.

"이둔의 미래를 어떻게 그런 애들에게 맡긴다는 거예요?"

"그냥 애들이 아니에요."

키마라가 끼어들었다. 그녀의 두 눈에서 불길이 일었다.

"용과 유니콘이에요. 그 사실을 꼭 명심해요."

알렉산더가 질서를 잡으려고 손을 들었고, 바로 그때 성벽 쪽에서 지평선을 살피던 감시병들이 놀라 외치는 소리가 들려왔다.

"하아이 새다!"

로윈과 타나웨의 아들인 라웰이 큰 소리로 외치고 있었다.

"천상족들의 특사다!"

키마라는 몸을 홱 일으키며 고개를 들었다. 그녀의 불길 같은 두 눈이 첫째 태양이 저문 붉은 하늘을 응시했다.

"그럴 리가 없어."

키마라는 벽에 세워두었던 사다리를 타고 성벽 높은 곳으로 올라갔다. 알렉산더도 그녀를 뒤따랐고, 곧 회의에 참석한 모든 반란군 사람들이 그곳에 모여 하늘을 올려다보았다.

모두들 방금 본 모습에 숨이 멎는 듯했다.

남쪽에서 두 마리의 하아이 새가 황금색 깃털을 석양빛 아래 반짝이며 다가오고 있었다. 요새의 보호막을 통과할 방법을 호시탐탐 노리며 누르곤 하늘 위를 정찰하던 셰크들은 그 새들이 지나가도록 물러났다.

"누구지?"

새를 타고 있는 게 누구인지 궁금했던 코반이 물었다.

"왜 셰크들이 그냥 지나가게 두는 거지?"

오직 천상족만이 하아이 새를 부를 수 있었다. 셰크들은 대개 천상족들을 못살게 굴지 않았다. 하지만 그렇다고 아무나 통과하도록 허락하지도 않았다.

"교왕님?"

타나웨가 중얼거렸다.

"아냐."

입이 바짝바짝 마른 알렉산더가 말했다.

"그들이야."

알레그라와 키마라는 즉시 알아들었다. 혼혈 안의 입에서 저도 모르게 탄성이 흘러나왔다.

대마법사가 말했다.

"그럴 리가. 그들이라면 셰크들이 죽였을 거야."

하지만 셰크들은 힘찬 날개를 펄럭이며 공중에 멈춘 채, 멀찍이 떨어져 방금 도착한 새들과 상당한 거리를 유지하고 있었다. 갑자기 불쑥 일어난 한 가지 의심이 차가운 얼음의 손아귀처럼 알렉산더의 심장을 쥐어뜯었다.

알레그라가 반응했다.

"통과하게 둬야만 해!"

"만일 함정이면요?"

덴얄이 반박했다.

알렉산더는 대답하지 않았다. 새들이 점점 더 가까워지고 있었다. 셰크들은 거리를 두고 쳐다보기만 할 뿐 새들과의 사이에 끼어들지 않았다. 하렐이 노래 같은 소리를 냈다. 나무들의 둥근 지붕이 순간적으로 움직였다. 아주 잠깐, 공기가 일렁였다. 오로지 마법사들과 요정들만이 감지할 수 있는 움직임이었다. 요정들은 하아이 새들이 통과할 수 있도록 넓은 틈을 열어주었다.

알렉산더는 계속 새들을 응시하고 있었다. 새들이 별 문제 없이 보호막을 통과하는 모습을 지켜보던 그는 그중 한 마리에 타고 있는 샤일과 사이세이를 알아보았다.

하지만 다른 새에는 빅토리아 혼자만 타고 있었다.

"안 돼……"

알렉산더가 중얼거렸다.

새들이 알렉산더 바로 앞의 앞마당에 우아하게 착륙했다. 사이세이는 샤일의 착륙을 도와주었다. 빅토리아는 혼자서 내려왔다.

알렉산더는 빅토리아에게 달려갔다. 그녀를 포옹하려던 그는 그 표정을 보고 몇 걸음 앞에서 멈추고 말았다. 불안이 가득한 소녀의 얼굴에는 알 수 없는 뭔가가 있었다. 그 눈은 조용하고 차분했지만, 뭔가 낯선, 너무나 강렬해서 오싹하고 한기가 들 정도의 기운을 내뿜고 있었다.

"빅토리아, 무슨……?"

알렉산더는 말을 꺼냈지만 끝맺을 수가 없었다.

"잭은 어디 있어?"

시선을 돌리며 알렉산더가 물었다.

샤일과 사이세이는 눈길을 피했다. 빅토리아가 몇 걸음 앞으로 나서는 동안 두 사람은 뒤에 남아 있었다. 빅토리아는 표정 하나 바꾸지 않고 알렉산더를 올려다보더니, 허리에 차고 있던 칼집에서 검을 꺼냈다. 그러고는 알렉산더에게 건네주었다.

저항군 지도자는 처음에는 그것이 무엇인지 알아보지 못했다. 평범한 검으로밖에 보이지 않았기 때문이었다. 아름답고, 아주 잘 만들어졌다. 하지만 전설의 검이 지닌 초자연적인 반짝임은 없었다.

용의 모양으로 된 손잡이를 알아본 알렉산더는 다시 한번 그것을 들여다보았고, 그리고 깨달았다. 그는 할 말을 잃고 멍하니 빅토리아를 다시 쳐다보았다. 그녀의 얼굴은 여전히 무표정했다.

"아니야."

알렉산더가 말했다.

"그럴 리가 없다고 말해줘."

빅토리아가 고개를 가로저었다. 그리고 아무 말도 하지 않았다.

아직도 그 사실을 믿을 수가 없었던 알렉산더는 도미바트를 손에 꽉 쥐었다. 이 검을 직접 쥐기는 생전 처음이었다. 검은 차가웠고, 완전히 숨이 끊긴 채 죽어 있는 듯 보였다.

"그럴 리가 없어."

알렉산더가 되풀이했다.

그는 고개를 들어 친구들을 보았다. 샤일과 사이세이의 눈에는 이미 눈물이 글썽이고 있었다. 하지만 빅토리아의 얼굴에는 여전히 아무런 감정이 없었다.

알렉산더는 그게 무엇을 뜻하는지 이해하고 자신의 눈가도 젖어드는 걸 느꼈다. 치미는 분노에 이를 갈며, 도미바트의 손잡이를 아플 정도로 꽉 쥐었다. 무수한 이미지들이 머릿속으로 몰려왔다. 예전의 어린아이 같았던 잭의 모습, 자신의 진정한 모습을 찾아 몇 주 전 그의 곁을 떠났던 청년 잭의 모습. 갓 알에서 나와 발발 떨던 어린 새끼 용을 안아들었을 때의 마법 같은 순간도 생생했다. 이제 다시는 그 용이 나는 모습을 볼 수 없을 것이다.

그 사실을 깨닫자, 분노가 화산처럼 격렬하게 솟구쳐 나왔다. 알렉산더는 고개를 뒤로 젖히고, 분노에 찬 비명을 질렀다. 그 소리는 울부짖음으로 이어지며 누르곤 요새의 폐허 위로 멀리멀리 울려 퍼졌다.

"셰크들이 물러갔습니다."

덴얄이 보고했다.

"캐바니온의 군대도 포위를 풀기로 했습니다. 아니, 적어도 그렇게 보입니다."

알렉산더는 대답하지 않았다. 총안 사이에 앉은 그는 무릎에 도미바트를 올려놓고 바라보고 있었다. 그러나 그것마저도 제대로 눈에 들어오지 않았다. 샤일이 그 곁에 있었다. 두 사람 위로 이둔의 세 달 중 두 개가 반짝이고 있었다. 에레아는 그날 밤 새로이 떠올랐다.

"빅토리아 때문이야."

마법사가 조용히 말했다.

"놈들은 그애가 여기 있다는 걸 알아. 하지만 그애를 해칠 생각이 없는 거야."

"무슨 이유로?"

"왜냐하면……"

샤일이 망설였다.

"……왜냐하면 이제 예언은 이루어질 수 없으니까."

알렉산더가 나머지 말을 받았다.

"그러니 세상에 남아 있는 최후의 유니콘을 없애는 게 별 의미가 없는 셈이군. 차라리 마법이 소멸되지 않도록 그애를 보호하려 할지도 모르지."

덴얄은 당혹스러운 듯 눈을 껌벅였다.

"그런 생각은 그들이 유니콘 종족을 싸그리 없애기 전에 했었어야죠."

그가 한마디했다. 샤일이 한숨을 쉬었다.

"그 이상의 뭔가가 있다는 생각이 들어."

그는 그렇게만 덧붙일 뿐 더이상 자세한 말은 하지 않았다.

샤일은 빅토리아와 헤어질 때 크리스티안의 얼굴에 떠오른 고통을 보았다. 그에겐 빅토리아에 대한 감정이 아직도 남아 있을 것이다. 그리고 분명 아슈란으로부터 최후의 용을 죽인 것에 대한 보상을 받게 될 것이다. 잭의 목숨에 대한 대가로 빅토리아의 목숨을 살려달라고 요구할 생각일 것이다. 떨어져 있으면서도 크리스티안은 여전히 빅토리아를 보호하고 있는 것이다.

셰크에 대해 생각하자 새삼 분노가 솟구쳤다. 그 쳐죽일 놈이 잭을 죽인 것이다. 빅토리아를 향한 크리스티안의 사랑만으로는 이 상황을 바꿀 수 없다.

"예언은 이제 이루어지지 않을 거야."

알렉산더가 생각에 잠긴 채 똑같은 말을 되풀이했다.

"모든 게 부질없는 짓이었어. 시간낭비였을 뿐이고, 우리의 모든 노력이 다 헛수고가 된 거야. 우리는 절대로 아슈란을 이길 수 없을 거야."

긴장된 침묵이 이어지자 결국 덴얄이 입을 열었다.

"그렇다면 우리가 항복을 해야겠군요."

알렉산더가 그를 쳐다보았다.

"그러면 물론 우리를 모두 처형하겠지요."

덴얄이 눈길을 피하며 말했다.

"하지만 만일……지금 무장해제를 한다면, 어쩌면 싸움에 가담하지 않을 사람들의 목숨을 구할 수 있을지도 모르지요. 장인들, 피난민들……라웰과 같은 아이들 말입니다. 지금 우리가 항복한다면, 그 사람들은 용서받을 거예요."

알렉산더는 아무 말도 하지 않고 계속 그를 쳐다보았다.

"그게 사실일까?"

샤일이 조용히 물었다.

"예언이 없다면 우리에겐 아무것도 남은 게 없단 말이야?"

아무도 대답하지 않았다. 별로 좋은 징조가 아니었다.

그때 알레그라가 그들과 자리를 함께하기 위해 다가왔다. 항상 그랬듯이 키마라도 따라왔다. 얀들의 풍습대로 얼굴을 가리고 있었지만, 언뜻 들여다보이는 틈새로 하도 울어서 퉁퉁 부은 두 눈을 볼 수 있었다.

"그애와 이야기를 나눴어."

요정이 단도직입적으로 말했다.

"그앤……달라졌더군."

키마라를 쳐다본 알렉산더는 빅토리아의 침착하던 표정을 떠올렸다.

"책을 잃은 일로 그다지 영향을 받은 것 같지 않던데요."

알렉산더가 원망스럽다는 듯 한마디했다.

"네가 생각하는 것보다 훨씬 더 크게 흔들린 거야."

샤일이 나지막이 말했다. 머뭇거리던 알레그라는 말했다.

"그애가 무서워."

그 말에 거기 있던 모든 사람들이 반응했다.

"무섭다고요?"

알렉산더가 마치 제대로 들은 게 맞느냐는 듯 되물었다.

알레그라는 잠시 망설이더니 덧붙였다.

"난 그애를 키웠어. 자라는 모습을 지켜봤지. 그애의 눈은 언제나 빛으로 가득했어. 그런데 지금은……그 눈에 깃든 빛이 사라졌어. 잭의 검처럼 말이야. 그리고 보통 여자애의 눈빛도 아니야. 지금 그 눈에는 어둠이 깃들어 있어. 그 어둠이 어찌나 깊은지, 꿰뚫어볼 수도 없고 이해할 수도 없어 오싹한 한기가 들더군."

"어둠이라고요."

샤일이 충격을 받은 듯 되풀이했다.

"자네들은 이해하지 못할 거야. 유니콘의 빛을 직접 볼 수 없으니까. 하지만 요정이라면 누구나 알 수 있지."

알레그라는 전율을 느낀 듯한 말투로 덧붙였다.

"셰크들도 그렇고."

"우리가 어떻게 도와야 하죠?"

알레그라가 대답하려던 순간, 빅토리아가 밖으로 나왔다. 모두 입을 다물었다. 알렉산더 앞에서 걸음을 멈춘 빅토리아는 한동안 키마라를 물끄러미 쳐다보았다. 키마라도 눈길로 응답했다. 한순간 모두 두 사람의 정신적인 결합을 느낄 수 있었다. 빅토리아의 얼굴에 어렴풋이 애정의 빛이 스쳐간 듯 보였지만, 너무나 짧은 순간이라 알레그라는 자신이 착각한 거라고 생각했다.

하지만 키마라는 그것을 확실히 보았다. 그녀는 얼굴의 일부를 가린 스카프 너머로 긴장된 미소를 지었다. 그녀 역시 자신에게 마법을 건네준 유니콘과 아주 강하게 결합되어 있음을 느꼈다. 하지만 자기 앞에 서 있는 이 사람은 전에 알던 빅토리아와 달랐다. 그녀의 무덤덤한 침착함 너머에는 사람을 오싹하게 하는 뭔가가 있었다. 키마라는 몸을 떨며 한 걸음 뒤로 물러섰다.

빅토리아는 다시 알렉산더에게 시선을 돌렸다.

"단 둘이서 이야기를 하고 싶어요."

그녀가 온순하게 말했다.

왜인지는 알 수 없었지만, 아무도 이의를 제기하지 못했다. 다들 서둘러 그 자리를 떠나 사다리를 타고 내려가 곧장 마당으로 향했다. 샤일과 알레그라는 불안한 눈빛을 주고받았지만, 결국 그들도 자리를 떴다.

"이제 우리 단 둘이야."

알렉산더가 말하자 빅토리아가 고개를 끄덕였다.

"전 곧 떠날 거예요."

알렉산더는 그 말이 무슨 뜻을 함축하고 있는지 알았다. 빅토리아가 요새를 떠나면 아슈란의 군대가 다시 공격할 것이다. 빅토리아가 이 사실을 알고 있는지 확실치는 않았으나, 알렉산더는 아무 말도 하지 않았다.

"어디로 가려고?"

"크리스티안을 찾으러 가요."

알렉산더의 얼굴이 증오로 일그러졌다.

"그놈을 그렇게 부르지 마."

알렉산더가 씩씩거렸다.

"놈은 여전히 키르타슈고, 죽일놈의 암살자일 뿐이야. 잭을 죽인 바로 그 뱀이지. 혹시라도 네가 그 사실을 잊은 건 아닌가 해서 말이다."

그는 심한 말을 내뱉은 데 대해 즉시 후회했다. 빅토리아가 잭을 정말로 사랑했다는 사실이 떠올랐기 때문이었다. 하지만 왠지 믿기지 않았다. 빅토리아의 표정은 여전히 너무나 무덤덤했고, 알렉산더는 혹시 그녀가 아슈란의 편, 그녀가 아직도 '크리스티안'이라 부르는 키르타슈의 편이 되기로 한 건 아닐까 불안한 마음이 들었다.

어둠. 알레그라는 그렇게 말했다. 온몸에 전율이 일었다.

불현듯 빅토리아가 질문을 던졌고, 알렉산더는 그 말에 흠칫 놀랐다.

"나랑 같이 갈래요?"

"너와 같이? 너와, 그리고 키르타슈와 같이?"

빅토리아가 천천히 고개를 흔들며 설명했다.

"저와 같이, 크리스티안을 죽이러요."

며칠 전 샤일을 충격에 빠뜨린 것과 마찬가지로 알렉산더에게도 이 말은 충격이었다. 그는 새삼 빅토리아를 다시 쳐다보았다. 그래, 이애는 아파하는 거야, 잭의 죽음을 정말로 아파하는 거야. 하지만 알렉산더 역시 마음이 아팠다. 그리고 어쩔 수 없이, 그 아픔의 일부는 빅토리아 때문이라는 생각이 들었다. 그는 빅토리아를 책망했다.

"넌 이미 오래전에 그를 죽일 수도 있었어. 그때 그랬더라면 책은 계속 살아 있었을 거야."

"알아요."

빅토리아는 순순히 대답했다. 하지만 그 이상 아무 말도 없었다. 그저 그를 물끄러미 쳐다보며 대답을 기다릴 뿐이었다.

"어쩌라고?"

알렉산더가 급작스럽게 물었다.

"나랑 같이 갈 건가요?"

알렉산더는 숨을 깊이 들이마셨다. 이건 미친 짓이다. 눈앞의 소녀는 빅토리아처럼 보이기는 하지만, 어딘가 아주 낯설었다. 알레그라의 말이 맞았다. 빅토리아의 눈빛에는 오싹한 한기를 느끼게 하는 뭔가가 있다.

'그동안 내가 이앨 잘못 본 걸 수도 있겠는걸.'

알렉산더가 생각했다.

'아니면 책의 죽음 때문에 변한 건지도 모르지.'

어쨌든, 메시지는 분명했다. 빅토리아는 복수를 원하는 것이다. 알렉산더는 '하지만 아직도 키르타슈에게 그렇게 깊은 감정을 품고 있으면서……' 라고 생각하고는 그런 자신에 대해 깜짝 놀랐다.

그는 고개를 내저으며 그녀를 다시 쳐다보았다. 예전의 순진무구했던 소녀가 그리웠다. 빅토리아는 성장했고, 성숙했다. 그렇지만 알렉산더는 그 변화가 그다지 마음에 들지 않았다.

'하지만 이제 예언은 이루어지지 않을 거야……'

빅토리아의 제안이 방법이 될 수 있을까? 복수의 길로서? 알렉산더는 이를 악물며, 키르타슈와 다시 부딪쳐, 자기 손으로 직접 그를 죽일 수 있는 기회와 마주칠 수 있기를 온힘을 다해 바랐다.

그는 심호흡을 했다. 빅토리아가 대답을 기다리고 있다.

그는 요새 쪽으로 눈길을 돌렸다. 요새는 인간들을 초조하게 만드는 기이한 안개가 스며나오는 저 신비한 숲에 둘러싸여 있다. 서서히 자라나는 그 둥근 보호막 아래 잠들어 있다.

하지만, 그날 밤 알렉산더에게는 숲이 거의 눈에 들어오지 않았다. 숲에서 들려오는 이상한 소리에도 불안하지 않았고, 이상할 정도로 불쑥불쑥 솟구치는 자신의 감각들을 뚜렷하게 분석할 수도 없었다.

그는 일생일대의 결정을 내려야 할 순간을 맞이했다. 하지만 스스로 이런 결정에 직면할 준비가 되었는지 확신이 없었다.

덴얄은 '그렇다면 우린 항복해야겠군요' 라고 했었다.

이제 더이상 예언은 이루어질 수 없으니까.

알렉산더는 아무리 바라던 일이라 해도, 복수를 위해 헤매고 다니느라 사람들을 포기할 수는 없다는 걸 알았다. 누에보스 드라고네스, 아와 숲의 사람들, 피난민들, 그의 명분을 지지해준 모든 사람들이 그를 믿고 있었다.

'그런데 난 앞장서서 그들을 재난으로 이끌고 있군.'

그는 맥이 빠져 눈을 감았다. 예언은 이루어지지 않을 것이다. 잭이 죽었으니까. 복수를 한다 해도 그의 생명을 되살릴 수는 없을 것이다. 그러자 결심이 섰다.

"아니, 빅토리아. 난 너와 같이 가지 않을 거야."

빅토리아는 조금 뜸을 들인 후 대답했다.

"좋아요."

고개를 끄덕인 빅토리아는 알렉산더의 무릎에 놓여 있던 잭의 검을 집어들었다. 알렉산더는 그걸 막지 않았다. 그는 검을 손에 들고 떠나는 빅토리아의 뒷모습을 바라보며, 자신이 잘못한 건 아닌지 다시 한번 자문했다.

빅토리아마저 잃을 순 없다. 복수에 대한 생각을 버리라고 이야기해봐야겠다. 하지만 지금 당장은 별로 그럴 기분이 아니었다. 아마도 잭의 죽음으로 상처를 받은 게 너무 최근이고, 잭을 살해한 자를 죽이겠다는 생각이 여전히 너무도 유혹적이기 때문일 것이다.

알렉산더는 자리에서 일어나 덴얄을 찾아나섰다.

덴얄은 이전에 도서관이었던 곳에 샤일과 알레그라, 키마라와 함께 있었다. 세 사람은 그가 들어오는 소리를 듣고 대화를 중단했다. 알렉산더는 결의에 찬 어두운 표정으로 그들에게 말했다.

"난 계속할 겁니다."

"무슨 소리야?"

샤일이 물었다.

"계속할 거라고. 싸움을, 저항을 말이야. 계속 끝까지 아슈란과 싸울 거야. 무슨 일이 있어도."

망연자실, 넋이 나간 듯 침묵이 엄습했다.

"하지만 예언은……"

덴얄이 말을 꺼냈다.

"예언 따위는 중요하지 않아, 더이상은."

알렉산더가 말을 끊었다.

"우린 예언이 시키는 대로 했고, 그 결과가 이 모양이야. 난 이제 더이상 예언을 믿지 않아. 인간과 요정, 얀과 천상족, 바루 족, 거인족 등 모든 종족이 힘을 합쳐 싸울 거요. 용을 원한다면, 용을 내줄 거고. 설사 만들어서라도 말이오. 뭘 하든 포기하는 것보다는 나아요. 우린 너무 멀리 왔어요. 이제 와서 항복할 생각은 없어요. 그게 내 운명이라면 아슈란과 전투를 벌이다 죽을 수도 있어요. 잭을 위해, 그리고 우리가 이 미친 짓을 시작한 이후 잃어버린 모든 이를 위해서.

하지만 여러분은…… 원한다면 떠나도 돼요. 그런다고 탓하지는 않을 겁니다."

짧은 침묵이 감돌았다.

"난 함께할 거야."

샤일이 말했다.

"잭을 위해."

키마라도 동의했다.

"그렇게 하지."

알레그라는 커다란 검은 눈에 결단력을 반짝이며 말했다.

"하지만 예언에선 오로지 용과 유니콘만이 아슈란을 이길 수 있다고 했잖아요." 덴얄이 항변했다. "그리고 예언은 바로 신들의 말씀이고요."

"그렇다면, 신들이 거짓말쟁이들인 거지."

알렉산더가 뒤틀린 미소를 지으며 반박했다.

키마라는 잠을 잘 수 없었다.

잭의 죽음을, 이 세상 최후의 용의 죽음을 슬퍼하며 하루 내내 울었다. 잠시 눈물이 마르긴 했지만, 머릿속에 되살아나는 기억을 지우고 싶지 않았다.

그녀는 한숨을 내쉬며, 풀로 짠 침상에서 일어나 어깨에 옷을 걸쳤다. 밤공기를 마시면 정신이 조금 맑아지지 않을까 기대하면서 앞마당으로 나왔다.

그러자 빅토리아가 서 있는 모습이 보였다.

벌써 시각이 꽤 늦어 요새 전체가 잠들어 있었지만, 유니콘 아가씨는 잠이 오지 않는 모양이었다. 그녀는 성벽 발치 가까이로 다가가고 있었다. 성벽 위 높은 곳에서는 날개에 고개를 파묻고 몸을 웅크린 하아이 새들이 꾸벅꾸벅 졸고 있었다. 고개를 들어 그들을 빤히 쳐다보는 빅토리아는 한마디 말도 없었고, 발소리조차 내지 않았다.

키마라는 보이지 않도록 벽에 바짝 붙어 지켜보고 있었다.

들리지 않는 부름에 놀라기라도 한 듯 돌연 새들이 잠을 깼다. 한 마리가 낮게 우는 소리를 냈다. 두 마리 새가 곧 날개를 펴고 부드럽게 활강하여 빅토리아가 있는 곳까지 내려오더니 기다란 목을 친숙하게 쭉 내밀었다.

빅토리아는 손을 들어올려 새의 깃털을 어루만졌다. 하지만 손가락이 닿자마자, 새는 털을 곤두세우더니 날카로운 비명을 질렀다. 두 마리 모두 벌벌 떨며 뒷걸음치면서 빅토리아에게서 물러섰다. 그리고 다시 날아올라 성벽 위 높은 곳으로 피하더니 거기서 부들부들 떨며 다시 한번 빅토리아를 흘끗 쳐다보았다.

입을 벌린 채 이 장면을 바라보던 키마라는 과연 이게 무슨 의미인지 헤아려보았다.

빅토리아는 아무 반응도 없었다. 그대로 가만히 성벽 발치에 얼마간 더 서 있을 뿐이었다. 하지만 그녀는 우아한 동작으로 키마라가 숨어 있는 쪽으로 고개를 획 돌렸다. 키마라는 물러서려 했지만 그럴 필요가 없었다. 이미 빅토리아의 눈에 띄었기 때문이었다.

두 사람의 눈빛이 오가자 혼혈 얀 족은 지독한 한기가 등줄기를 타고 오르내리는 느낌이었다.

빅토리아의 얼굴에는 아무 표정이 없었다. 분노도, 고통도, 두려움도, 당황함도 느끼지 않는 듯했다. 마치 인간이 아닌 듯, 아니 더 심하게 말해 살아 있지도 않은 듯, 아무런 감정이 없었다.

빅토리아는 돌연, 키마라에게 등을 돌리고 마당 맞은편 끝에서 다가오는 인물을 바라보았다. 달빛이 그의 얼굴을 비추자마자 키마라는 그가 누군지 알아보았다. 콰이다르, 대마법사다.

키마라는 숨을 참으며 벽으로 더 바싹 붙었다. 하지만 대마법사는 그녀에게는 신경도 쓰지 않았다.

키마라는 그가 힘찬 발걸음으로 빅토리아에게 다가오는 모습을 보았다.

"혹시 떠나기로 한 거냐?"

대마법사가 불평 섞인 목소리로 물었다.

"네."

빅토리아는 아무런 감정이 실리지 않은 중립적인 목소리로 대답했다.

"떠날 겁니다."

"아니, 그래선 안 된다."

콰이다르가 엄하게 대꾸했다.

"네가 이 성에서 나가는 걸 허락지 않을 생각이다. 넌 이 세상에 남은 마지막 유니콘이란다, 루나리스. 네겐 책임이 있어. 내 말이 무슨 말인지 알겠니?"

빅토리아는 대답하지 않았다. 고개를 갸웃하더니 물끄러미 그를 바라볼 뿐이었다. 키마라는 막강한 대마법사가 유니콘의 그윽한 눈길을 견딜 수 없어 불편해하는 모습에 놀라고 말았다.

"마법 종단에 마법사가 몇이나 남았는지 아느냐, 루나리스?"

대마법사가 목소리를 낮추었고, 키마라는 그의 말을 더 잘 듣기 위해 귀를 쫑긋 세워야만 했다.

"모두 해서 열둘이다. 겨우 열둘. 게르데와 아슈란 편에 합류한 마법사들 빼고, 어느 편에도 가담하지 않는 자들도 빼고 말이다. 네가 보내온 그 혼혈 얀 족 소녀가 우리에게 남은 유일한 견습생이지. 십오 년 만에 처음으로 맞이한 유일한 새로운 마법사란 말이다. 그게 무슨 뜻인지 아느냐? 전부 다 해도, 이둔 전체에 우리의 수가 채 사십 명이 안 된다는 말이다. 예전에는 수백 명이 넘었고, 매년 더 많이 생겨났건만."

콰이다르가 잠시 입을 다물었다. 빅토리아는 아무 말을 하지 않았다.

"루나리스, 세월이 지나 설사 우리가 셰크들에게서 살아남는다 해도, 결국 우린 죽겠지. 나이와 세월이 우리를 하나씩 세상에서 데려가버리고 말 거다. 그러면 마법 종단은 전멸하게 된다."

빅토리아는 여전히 아무 말 없이, 꼼짝도 하지 않았다.

"견습생 하나만으로는 충분하지 않아. 넌 더 많은 마법사를, 그것도 바로 지금부터 만들어내야만 한단다. 알겠니?"

빅토리아가 살짝 고개를 숙이며 온순하게 대답했다.

"무슨 말인지 알겠습니다. 하지만 전 그 일을 할 수 없어요."

그녀가 가던 길을 계속 가기 위해 돌아서자, 콰이다르가 거세게 팔을 움켜쥐었다.

"내 말을 못 알아듣는구나! 지금 당장 새 마법사들을 만들어내야 한단 말이다. 네가 정말 유니콘이라면 유니콘답게 굴어라!"

빅토리아는 움직이지도 않고, 한마디 대답도 하지 않았다. 그저 물끄러미 그를 쳐다만 볼 뿐이었다……

그러자 돌연히, 콰이다르가 겁에 질려 빅토리아를 놓아주고는 벌벌 떨며 두어 걸음 뒤로 물러섰다.

"절 막을 수는 없어요."

빅토리아가 조용히 말했다.

"전 당신 소유가 아니에요. 어떤 인간에게도 속하지 않아요."

그러고는 뒤돌아 침착하게, 동요 없이 그에게서 멀어져갔다. 대마법사는 성벽에 기댄 채 털썩 주저앉아 고개를 숙였다. 짧은 순간 그의 어깨가 무거운 경련을 일으켰다.

숨어서 지켜보며 침을 삼키던 키마라는 쾨이다르가 빅토리아의 눈에서 과연 무엇을 보았는지 궁금했다. 알레그라의 말들이 기억났다. '……그 어둠이 어찌나 깊은지, 꿰뚫어볼 수도 없고 이해할 수도 없어 오싹한 한기가 들더군.'

잭 역시 유니콘의 빛에 대해 말했었다. 오로지 셰크와 용, 요정들만이 그 빛을 볼 수 있다고. 그녀가 아는 바에 따르면, 쾨이다르에게는 요정의 피가 섞여 있었다. 하지만 아무리 그렇다 해도 어떻게 눈빛만으로 쾨이다르 같은 사람을 물리칠 수 있을까. 이 둔에서 아슈란 다음으로 강력한 마법사인데.

키마라는 알 수가 없었지만 그렇다고 굳이 그 이유를 알고 싶진 않다고 마음을 먹었다. 그녀는 몸을 떨며 요새의 성벽 사이에서 다시 한번 옷깃을 여몄다. 반면, 성벽에 기대선 쾨이다르는 여전히 충격을 수습하지 못하고 있었다.

빅토리아는 첫번째 해가 뜨기 전에 떠났다.

그녀는 지팡이와 불의 검, 도미바트를 가져갔고, 아무에게도 작별인사를 하지 않았다.

아무도 그녀가 떠나는 모습을 보지 못했다. 설사 누군가 봤다 해도, 붙잡을 수 있는 사람은 없었을 것이다.

2

우마둔

추웠다.

무지무지 추웠다. 몸속을 꽁꽁 얼리고 희미한 심장박동을 더욱 더디게 하는 추위였다. 하지만 그러면서도 어딘가에서 열이, 아주 많은 열기가 느껴졌다. 피부가 아직도 타들어가는 듯했다.

뭔가 다가오고 있다고 본능이 주의를 주었다. 작지만 여럿이었다. 놈들을 죽이고픈 적개심이 끓어올랐다.

움직이려 했지만 몸이 말을 듣지 않았다. 눈조차 뜰 수 없었다. 놈들이 다가왔다. 어둠 속에서 쉭쉭거리는 소리가 들렸다. 그 생각을 포착할 수는 없지만 놈들끼리 텔레파시로 의사소통하는 게 느껴졌다. 어쨌든 그에게 말을 거는 건 아니었다.

놈들이 아주 가까이 다가왔다. 차가운 느낌이 살에 닿았다. 떨쳐내고 싶었지만 여전히 꼼짝할 수 없었다.

그때, 가늘고 위협적인 휘파람소리가 들려왔다. 놈들이 겁을 먹고 머뭇거리며 물러섰다. 뭔가가 스르르 가까이 다가오는 게 느껴지자 본능적으로 눈이 뜨였다. 그의 몸을 보호하듯 둘러싸고 있는 거대한 비늘 덮인 벽이 보였다. 조금 뒤로 물러서자, 그림자 사이로 자신을 주시하던 존재들이 보였다. 셰크 새끼들이었다. 그가 짐작한 대로였다.

정작 새끼들을 쫓아낸 존재는 어른 셰크였다. 뱀이 그를 향해 삼각형 머리를 돌렸다. 최면을 거는 듯한 뱀의 눈이 순간 번쩍하고는 다시 어둠 속으로 빠르게 사라지기 직전, 그는 놈이 암컷 셰크라는 걸 알아챘다.

다시 눈을 떴을 때는 더이상 춥지 않았지만 불안은 여전했다.

무슨 일이 있었는지 기억나지 않았다. 바로 그 순간에는 자신의 이름도, 신분도 떠오르지 않았다. 그렇지만, 단 하나 떠오르는 메시지가 있었다. 어찌나 선명한지 지울 수가 없었다.

'셰크들. 놈들을 죽여야 한다. 모조리.'

관자놀이에서 고통과 당혹감을 뛰어넘는 증오가 맥박쳤다. 그것이 온몸으로 서서히 퍼져갔다. 주위에 뱀들이 너무 많았다. 그는 놈들을 느끼고, 감지하고, 냄새를 맡았다. 멈출 수가 없었다.

그가 분노와 절망에 찬 비명을 지르자 초인적인 힘이 뿜어져나왔다. 그리고 그는 변신했다.

그는 포효와 함께 놈들에게 돌진했지만 뭔가가 그를 거세게 붙잡았고, 숨을 쉴 수 없었다. 다시 시도했다, 세 차례나. 결국 힘이 빠져 털썩 쓰러졌지만 분노는 여전했다. 그는 고개를 돌려 자신을 붙잡고 있는 게 뭔지 확인했다.

은빛 사슬이 그의 손발을 바위에 묶어놓고 있었다. 굵지는 않았지만 그렇다고 부술 수도 없었다.

본능이 또다시, 이번에는 더 다급하게 요구했다. 그는 사슬을 있는 힘을 다해 당겼다. 그러나 사슬은 깨지지 않았다.

구불구불한 그림자가 어둠 속으로부터 나타났다. 증오의 감정이 다시 폭발했다. 사슬을 당기고, 또 당기며 광분한 그는 오로지 암컷 셰크에게 달려들어 산산조각 내고픈 마음뿐이었다. 그 충동만이 그 순간 그가 이해할 수 있는 유일한 감정이었다.

암컷 셰크는 기를 쓰고 있는 그를 무심히 주시했다. 그가 자기 있는 곳까지 닿을 수 없다는 사실을 뱀은 잘 알고 있었다. 잭 역시 그 사실을 깨달았다. 그가 결국 포기한 채 쓰러지자 몸을 묶은 사슬들이 덜그덕 하는 소리를 냈다.

'본능이라는 건,' 셰크가 입을 열었다. '얼마나 불편한 것인지 몰라. 안 그래, 용? 내가 널 죽이고 싶은 욕구는 또 얼마나 강한지. 그러니 서로 얼마나 불편하겠어.'

용.

한 줄기 이해의 빛이 머릿속에서 반짝했다. 그 말은 너무나 많은 의미를 담고 있었다.

"용……"

그는 그 말을 되풀이하듯 중얼거렸다.

뱀이 더 가까이 다가와 번득이는 눈으로 그의 눈을 응시했다.

'넌 누구냐?'

뱀이 그에게 물었다.

그는 셰크가 이미 그 답을 잘 알고 있다는 느낌이 들었다. 하지만 그는 어쩔 수 없이 곰곰이 생각에 잠길 수밖에 없었다. 그러자 기억의 홍수가 머릿속으로 밀려와 멈출 수 없는 급류처럼 흘러넘쳤다.

"난……얀드라크."

그가 중얼거렸다.

'그래, 그럴 줄 알았다.'

셰크는 고개를 끄덕이고는, 자신의 포로가 인간 소년으로 변신하는 모습을 조금은 신기하다는 듯 지켜보았다.

"난……잭이야."

다시 의식을 잃기 전 그가 중얼거렸다.

잭은 좁고 어두운 동굴 속에 갇혀 있었다.

무슨 일이 벌어지고 있는지는 여전히 알 수 없었다. 하지만 증오심이나 가슴에 난 상처로 인한 육체적 고통은 서서히 잦아들고 있었다.

지금은 다른 것이 그를 괴롭히고 있었다. 바로 고독이었다.

누군가가 그리웠다. 필사적으로. 공허한 마음이 자신을 잡아놓고 있는 뱀의 심장만큼이나 싸늘했다. 영원히 그녀를 잃고 말았다는 생각에 죽고 싶은 마음이었다.

하지만 그는 죽지 않았다. 아니, 어쩌면 이게 죽은 상태인지도 모르겠다.

그는 고개를 들어 셰크를 보았다.

"여기가 어디지?"

'그 질문을 하는데 꽤나 오래 걸렸구나.'

셰크가 주시했다.

'너희 용이라는 종족은 우리가 생각한 것만큼 똑똑하지 않은 게 분명해.'

"난 어디 있는 거지?"

잭이 되풀이하여 물었다.

'넌 이둔이 아닌 곳에 있다.'

"그럼, 여긴 지구야?"

'그곳도 아니야.'

그가 성질을 내며 사슬을 흔들어댔다.

"아니라고만 대답하지 마. 내가 어디 있냐고 물었잖아!"

'오, 말귀를 못 알아듣는구나. 지금은 여기가 어딘지보다는, 네가 왜 여기 있는지가 훨씬 더 중요하지. 모르겠니?'

잭은 잠시 곰곰이 생각하고는 인상을 찡그렸다.

"여긴 이둔이 아니군. 하지만 그건……불가능해. 내가 그 세상을 떠난 거야? 언제 그런 거지?"

잭은 기억해내려고 애썼다. 잠시 눈을 감자, 전투의 이미지들이 머릿속으로 몰려왔다. 셰크와 용…… 그들은 싸움을 벌였다. 그때 키르타슈가 검으로 그의 가슴을 찔러 용암의 심연 속으로 던져버렸다.

전율이 일었다. 거기서 살아날 수는 없다. 불가능했다.

"난 죽은 거군."

'많은 사람들에게 넌 죽은 셈이지.' 뱀이 한발 양보했다. '하지만 넌 틀림없이 살아 있다. 네 심장이 뛰고 있잖니.'

잭은 그 말이 옳다는 걸 인정해야 했다.

"어떻게 그게 가능하지?"

가슴의 상처를 보려고 셔츠를 열어젖혔다. 살이 벌어지며 찢겨진 끔찍한 상처가 아직 그대로였다. 이상한 서리 막으로 덮인 상처는 욱신욱신 아렸고, 뜨거운 동시에 차가웠다. 이것이 얼음의 검 하이아스 때문인지, 아니면 셰크들의 상처 치료법 때문인지는 알 수 없었다. 마지막 생각이 너무 허황된 것 같아 그는 그 생각을 떨쳐버렸다. 어떤 셰크도 용을 치료해주는 일은 절대로 없다.

'얼음의 검이야.' 암컷 셰크가 말했다. '네가 보통 인간이었다면 틀림없이 죽었겠지. 하지만 네 몸속의 불이 어느 정도 그 영향을 막아줬고, 그 정도면 내가 네 생명을 구하기엔 충분했다. 널 죽이려던 자가 정확하게 찌르지 않았다는 사실은 굳이 언급하지 않더라도 말이다. 다행히 칼이 심장에 닿지 않았지.'

"정확하지 않았다고?"

잭은 당황했다.

"잠깐만. 우린 지금 키르타슈에 대한 이야길 하는 거야. 그는 사람을 죽이려면 어딜 찔러야 할지 완벽하게 알고 있다고."

잭은 고개를 가로저었다.

"그건 말이 안 돼."

갑자기 언짢아진 듯 뱀이 낮게 쉭쉭거리는 소리를 냈다. 하지만 금세 침착함을 되찾았다.

'아마 내심 널 죽이고 싶지 않았나보지. 인간의 영혼을 짊어진 자에겐 종종 일어나는 일이야. 그런 게 없을 때에 비해 일을 절반도 제대로 하지 못하는 거지.'

"키르타슈를 알아?"

잭이 물었다.

'아, 그 괴물에 대한 이야긴 다들 알고 있지.'

셰크는 심히 불쾌하다는 듯 말했다.

'너도 그놈과 같아.'

"그럼 당신은 누구지?"

'내 이름은 셰시스. 네가 보다시피 셰크지.'

잭은 조금 더 주의를 기울여 바라보았다. 뱀은 이미 젊은 나이는 아니었다. 비늘의 반짝임은 조금 빛이 바랬고, 한쪽 날개에는 두어 곳 찢어진 자리도 있었다. 하지만 그녀는 당당해 보였고, 다른 모든 날개 달린 뱀과 마찬가지로 여전히 치명적인 존재였다. 안에서 또다시 부글부글 솟아나는 증오심을 다스리기 위해 그는 무진 애를 썼다. 그때 방금 전, 키르타슈에 대해 이야기하느라 흘려들었던 셰크의 말이 다시 떠올랐다.

"당신이 날 구했다고? 믿을 수가 없어. 당신이 왜 그런 일을 하지?"

'넌 예언에 나오는 용이니까.'

그녀가 뻔한 이야기라는 듯 대답했다.

잭은 물끄러미 쳐다보기만 했다. 셰시스가 그윽한 미소 비슷한 표정을 내비쳤다.

'예언은 네가 아슈란을 죽일 유일한 자라고 말하고 있어.'

잭은 놀랍게도 아슈란에 대한 말을 하면서 셰크가 지독한 증오를 발산하는 걸 느꼈다.

'그리고 난 네가 아슈란을 죽이길 바라지. 무슨 말인지 알아듣기 어렵지 않을 게다.'

"당신이……아슈란의 죽음을 바란다고?"

잭이 혼란스러워하며 되물었다. 셰크는 낮은 소리로 웃더니 분노에 치를 떨었다.

'왜냐하면 그자가 죽기를 바라니까.'

그러고는 그녀는 더이상 대답하지 않았고, 잭은 셰크가 자세히 말하고 싶어하지 않는다는 걸 알았다.

'하지만 내가 할 수 있는 건 아무것도 없었어. 그러니, 입구 바로 앞에 떨어지는 널 보고 어떻게 구하지 않을 수 있었겠어. 엄청난 기회인데, 그냥 놓친다면 바보 같은 짓이지.'

"입구라……"

잭은 앞뒤를 꿰어 맞춰보았다.

"그 불의 심연을 말하는 건가? 그게 일종의 차원의 문 같은 거라는 뜻이야?"

'아니.' 셰크가 말을 고쳤다. '그게 바로 차원의 문이었지.'

"날 어디로 데려다놓은 거지?"

'당연히 다른 세상이지.'

셰시스가 자신의 둥근 몸통을 세우고 날개를 약간 폈다. 그러자 아까보다 훨씬 더 크고 무시무시해 보였다. 그러고 나서 그녀는 다음과 같이 말하며 눈을 반짝였다.

'날개 달린 뱀들의 왕국, 우마둔에 온 걸 환영한다.'

"누군가가 몹시 그리워."

잭이 나지막이 말했다.

셰시스는 곁에서 몸을 웅크리고 꾸벅꾸벅 졸고 있었다. 잭은 셰크가 그의 말을 온전히 듣고 있다는 걸 알았지만, 그래도 셰크는 눈조차 뜨지 않았다.

잭은 바위 옆에 쭈그리고 앉아, 살갗이 벗겨진 손목을 비틀었다. 셰크는 아직 잭을 풀어주지 않았다. 마른 고기, 생선, 여러 가지 식용버섯이나 그 비슷한 것들을 몇 조각씩 먹으라고 내주었고, 그러면 잭은 배고픔에 군소리 없이 게걸스럽게 먹어치웠다. 우마둔에 온 지 얼마나 지났는지 알 수 없지만, 이미 상당히 오랜 시간이 흐른 것 같았다.

'네가 증오심을 다스리게 되면, 그때 풀어주마.'

셰크가 말했다.

처음에 잭은 길길이 날뛰며 뱀에게 달려들곤 했다. 변신하기를 여러 차례, 뭉게뭉게 피어오르는 연기 속에서 강력한 불길을 내뿜으며 바닥을 발톱으로 벅벅 긁었고, 공중에서 셰크를 물어뜯으려고 마구 성내며 덤벼들었다. 모두 헛수고였다. 그는 셰크가 있는 곳까지 닿지도 못했고, 사슬을 풀지도 못했다. 사슬은 잭이 인간의 모습을 하든, 용이 되든 간에 각각의 크기에 따라 저절로 형태를 바꾸었다.

'아, 넌 정말로 어리석구나.'

뱀은 그때마다 잭에게 말했다.

'날 갈가리 찢고 싶어 난리를 치는군. 내가 없으면 넌 우마둔에서 살아남지 못할 거라는 사실이 이해가 안 되는 모양이지. 그나마 이곳이 거의 비어 있다시피 한 게 네겐 다행이다. 다른 때 같았다면 널 숨기는 일이 수월치 않았을 거야.'

"날 이용하려는 거지."

잭이 분해하며 말했다.

'너와 동맹을 맺고 싶은 거지.'

그녀가 반박했다.

'하지만 그전에 먼저 네가 스스로를 통제할 수 있어야만 해.'

그러자 잭은 더이상 싸우고 싶은 생각이 들지 않았다. 분노가 폭발하는 바람에 녹초가 된 그는 바위 위에 털퍼덕 주저앉았다. 그러자 다시 그리움이 몰려왔다.

"그애가 보고 싶어."

그가 나지막이 말했다. 세시스는 아무 대답이 없었다. 그래도 잭은 계속 말을 이어갔다.

"다시 그애 곁에 갈 수만 있다면 뭐든 할 거야. 그애와 키르타슈와의 관계를 받아들일 수도 있을 거야, 난 그저……"

그러던 그는 갑자기 입을 다물었다. 얼마 전 빅토리아가 드락웬 탑에 포로로 잡혀 있을 때도 비슷한 말을 했던 기억이 떠올랐던 것이다. 하지만 그 이후에도 그는 그 말을 실천하지 못했다. 불의 봉우리에서 키르타슈를 공격한 건 질투심 때문이었을까, 아니면 순전히 용의 본능 때문이었을까. 그는 처음으로 궁금해졌다.

"이젠 아무래도 상관없어." 잭이 중얼거렸다. "내가 돌아가지 않으면 그 문제는 그대로 해결되는 거잖아. 빅토리아 곁에는 그가 있을 테고, 더이상 망설일 필요가 없는 거지."

그러자, 셰시스가 갑자기 고개를 치켜들고 흥미롭다는 듯이 눈을 반짝이며 그를 바라보았다.

'유니콘이 그런 괴물, 아슈란의 아들에게 사랑의 감정을 느낀다고? 말도 안 되는 소리는 하지 마라.'

조심스럽게 셰크를 돌아본 잭은 말을 너무 많이 했다고 속으로 후회했다. 기운을 차리자 다시 분노가 들끓어올랐다.

"그게 무슨 상관인데?"

잭이 물었다. 자신이 누구 얘길 하는지 셰시스가 알아차렸다는 사실은 그다지 놀랍지도 않았다. 셰크들의 추리력은 그 어느 생물보다도 월등하니까.

뱀의 몸통이 나지막한 웃음으로 가볍게 흔들렸다.

'아주 재미있군. 아슈란은 유니콘을 죽이려고 그 괴물을 만들어냈건만……'

셰시스가 사납게 탁 하고 꼬리를 후려치자 바닥이 울리고 잭의 사슬이 흔들렸다. 잭은 저도 모르게 용으로 변신하고는 바닥에 바짝 붙어 여차하면 셰크 위로 뛰어오를 태세를 갖추었다. 셰크가 차가운 경멸을 담은 눈으로 쳐다보았다. 재미있어하는 것 같기도 하고 동시에 화를 내는 것 같기도 했다.

'그래, 아주 재미있군.'

셰크가 쉭쉭거렸다. 그녀의 눈에서 증오심이 번쩍였다.

'그 괴물이 제 편을 배신한 거군. 아, 제 아버지도 찢어 죽여서 온혈생물들에게 조각조각 나눠주었으면 좋았을 것을.'

"온혈생물들?"

잭이 되물었다.

셰크가 잠시 그를 쳐다보았다. 무지갯빛으로 빛나는 눈에 한순간 증오심이 번득이더니 이내 가라앉았다.

'인간, 요정, 천상족, 거인, 바루, 얀. 이 열등한 여섯 종족들은 전쟁에서 용과 동맹을 맺었지.'

셰크가 순순히 설명했다.

'우리, 그리고 시슈와 맞서 싸우기 위해서 말이야. 우리는 시슈를 냉혈생물이라고 부르지. 우리와 같기 때문이야. 다른 여섯 종족들은 용을 지지하고 있어. 용들처럼 피가 뜨겁기 때문이지.'

"그럼 유니콘은? 그들은 어느 편이지?"

'유니콘들은 이런 일을 이해하지 못했지. 그들은 우리를 모두 똑같이 취급했어. 그 이상도 그 이하도 아니었지. 심지어 열등한 생물들에게도 애정을 가졌지. 온혈생물들이 생각하는 것과는 반대로, 유니콘들은 한 번도 전쟁에 참가한 적이 없어. 그러기 위해 창조된 생물이 아니니까. 아, 유니콘은 정말 아름다운 생물이지. 세상은 유니콘들이 존재하지 않게 된 바로 그 순간부터 더이상 예전 같지 않은 거야.'

"당신들이 유니콘을 전부 살해했잖아."

잭이 추궁했다.

'그들이 네게 그렇게 말하든?'

셰시스가 그를 쳐다보며 고개를 갸웃했다. 속으로 웃고 있는 듯했다. 잭은 이유도 모른 채 자신이 바보가 된 느낌이었다.

'천체 결합은 아슈란의 작품이었어. 그 찢어죽일 놈 말이야. 자기와 동맹을 맺으면 우릴 다시 이둔으로 돌아가게 해주고, 더구나 우리의 적인 용을 없애주겠다고 했었지. 유니콘에 대해서는 아무 언급도 하지 않았어.'

그 말에는 씁쓸한 비통함이 묻어 있었다. 잭은 뭔가 말하려 했지만 뱀의 말은 아직 다 끝나지 않았다.

'우리는 유니콘에 대해서는 아무런 악감정이 없었어. 하지만 벌어지는 일에 대해 신경 쓰지 않았지. 어쨌든 아슈란은 약속을 지켰거든. 우리는 이둔으로 다시 돌아왔고, 용들도 죽었으니까. 언제나 그랬듯이 증오가 우리 눈을 멀게 한 거야…… 그래, 다른 때에도 늘 그랬듯이.'

셰시스의 목소리가 머릿속에서 잦아들었다. 갑자기 잠이 쏟아졌고, 잭은 저도 모르는 사이에 눈을 감고 잠이 들어버렸다.

"떠나게 해줘."

잭은 다시 한번 부탁했다.

셰시스가 빤히 쳐다보기만 할 뿐 아무 말도 하지 않았다. 잭이 고집했다.

"그애한테 돌아가야만 해. 잘 있는지 알아야 해."

'네가 말해준 바에 따르면 아슈란의 아들에게 마음을 두고 있

다는 그 생물 말이냐?'

"그애는 나도 사랑해." 자존심이 상한 잭이 반박했다. "그리고 언젠가는 나랑 있게 될 거야. 키르타슈는 나만큼 그앨 사랑하는 게 아니니까."

자기 말이 유치한 어린애처럼 들린다는 걸 깨달은 잭은 즉시 후회했다. 셰시스가 물결치는 듯한 움직임으로 다가왔다.

'결정한다고?' 셰크가 물었다. '유니콘이?'

셰크는 잭이 익히 알고 있는 표정을 하고 그를 쳐다보았다. 마치 자기 혼자만 이해하는 농담을 하며 웃는 듯한 표정이었다. 잭은 자신이 바보같이 굴었다는 생각에 화가 치밀어올랐다.

"뭐가 그렇게 웃겨?"

잭이 쏘아붙였다.

'유니콘은 행운을 타고난 자들에게 마법을 건네주지. 그들이 일생에 단 한 사람만 선택해야 한다면 마법은 이미 오래전에 사라지고 말았을 거야. 유니콘들은 마법을 건네주기 위해 태어난 존재일 뿐, 다른 건 모른단다. 유니콘에게는 사랑도 그것과 아주 비슷하지. 그들의 일부일 뿐이야.'

"무슨 말인지……모르겠는데."

셰시스가 눈을 굴리며 잭 앞에 버티고 서더니, 성난 소리를 내며 위협적으로 몸을 떨었다. 잭은 겁을 먹고 뒤로 물러서며, 솟구치는 증오심을 다스리려고 애썼다.

'아, 네가 이해할 수 있게 좀 도와주마.'

그녀는 암시하는 듯한 미소를 띠며 선심을 베풀었다.

'네게 양쪽 폐 중 하나를 선택하라 한다면, 어느 걸 고를 거지?'

"그건……"

당황한 잭이 말을 더듬자, 세시스가 그의 말을 잘랐다.

'잘 생각해라.'

어둠 속에서 그녀의 두 눈이 사악하게 반짝였다.

'왜냐하면, 네가 둘 중 하나를 고르자마자 다른쪽 폐를 내가 끄집어내버릴 거니까.'

잭은 방망이질 치는 심장을 안고 뒷걸음쳤다.

그러자 세시스는 웃으면서 멀어져갔다.

"그런데, 왜 나는 이 증오심을 버릴 수 없는 거지?"

잭이 물었다.

'이제야 조금 진전을 보이는구나.'

세시스가 인정하는 눈빛을 띠며 말했다.

'넌 셰크에 대한 증오를 버릴 수 없단다. 그러기 위해 태어났으니까. 셰크를 증오하는 건 네겐 마치 숨 쉬는 것처럼 자연스러운 거야. 그걸 멈춘다면, 넌 죽게 되겠지.'

"그렇다면, 애초에 불가능하다는 말이야?"

'우리가 그 방법을 알았다면 이미 오래전에 써먹었겠지. 너희 용들은 그 무엇에도 아랑곳하지 않고 그저 미친 듯이 본능에 몸을 맡겼고, 우리도 또한 그 싸움을 즐겼단다. 뭐 하러 굳이 마다하겠어. 하지만, 너희와 달리 우리는 그게 우리가 선택한 게 아니라는 자각이 있었지. 누구도 우리에게 용들을 미워하는 게 즐겁냐고 물어본 적은 없었어. 우린 선택권이 없었어.'

"하지만 당신은 날 미워하지 않잖아. 아니, 미워하는 건가?"

'아, 그럼, 진심으로 널 미워하지, 용. 널 죽이고 싶어. 하지만 난 그 감정을 자제하는 거야.'

"어떻게 가능하지?"

'받아들이는 거지. 그런 감정이 있다는 걸 무시하고 그 감정을 억누르려는 자도 있지. 하지만 증오는 억누를 수 없어. 뜻하지 않은 순간 화산처럼 폭발하고 마니까. 그래도 어떻게든 통제할 수는 있지, 정해진 때에만 발산하면 말이야. 혹은 증오해야 할 정당한 이유를 찾든지. 넌 셰크를 미워해야 할 이유가 있니?'

"셰크들이 우리 종족을 전부 죽였어."

잭이 작은 소리로 대답했다.

'사실 네 종족을 죽인 건 아슈란이지만, 어쨌든 네 말에도 일리가 있지. 우리 또한 그럴 수 있었다면 그렇게 했을 테니까. 실제로 우리 중에는 용들이 죽은 걸 안타까워하는 자들이 많아. 더이상 놈들을 죽일 수 없게 되었기 때문이지. 하지만 용들이 전멸한 건, 네 감정의 이유가 될 수 없어. 그건 두 종족 모두가 느끼는 미움의 결과니까.'

잭이 인상을 쓰며 당황해했다.

'우리가 서로를 미워하는 데는 아무 이유도 없어. 하지만 난 아슈란을 미워할 이유가 있어. 따라서 널 바라보며 선조로부터 대대로 이어져온 증오심을 느낄 때마다, 난 끔찍이도 싫어하는 그

인간을 떠올리면서 다른 자들에게 그 증오심을 풀어버리지.'

"나도 그럴 수 있다면 좋을 텐데."

잭은 큰 감명을 받는 동시에 어딘가 공허한 느낌이 들었다.

'오히려 너라면 다른 존재들보다 훨씬 더 쉬울 거야. 용의 본능을 다스릴 수 있도록 도와주는 인간의 영혼도 지니고 있으니까. 물론 아직 배워야 할 게 많기는 하지만.'

잭이 곰곰이 생각했다.

"아까 우리에게 선택권이 주어지지 않았다고 했지? 우리에게 선택권을 주지 않았다는 건 누굴 말하는 거야?"

'당연히 신들이지. 신들은 우리가 서로 미워하도록, 죽이도록 만들었어. 우습지 않니? 우린 막강한 셰크와 막강한 용이고, 먼 옛날부터 열등한 존재들의 숭배를 받는 존재들인데 말이야. 결국 우린 아무것도 아닌 거야. 신들의 전쟁에서 빠져나갈 능력도 없는 일개 병사들에 지나지 않는 거지. 우린 신들을 위해 싸우고…… 그들을 위해 죽는 거야. 원하든 말든 간에.'

잭은 몸서리를 쳤다.

"우습지 않아. 끔찍해."

'아, 그래, 끔찍하지. 혹은 비극적이라고도 할 수 있겠지.'

"그럼, 신들이 정말로 존재하는 거야? 난 그냥 전설일 거라고 생각했는데."

셰시스는 잠깐 동안 그를 쳐다봤다.

'네가 너 자신을 통제할 수 있게 되면 뭔가 보여주지. 아마 신들이 진짜인지 아닌지 깨닫는 데 도움이 될 거다.'

"이제 풀어줘도 돼."

지칠 대로 지친 잭이 말했다.

"싸우고 싶지 않아. 심지어 당신이 마음에 들기 시작했다고."

뱀이 속을 알 수 없는 미소를 지었다.

'아, 아니지. 넌 증오심이 있다는 걸 무시하면서 그저 참고 있는 거야. 하지만 넌 날 미워하지, 용. 네 속을 들여다봐. 그러면 미움을 발견할 수 있을 거야. 그렇지?'

"응, 그대로야."

긴장된 침묵이 흐른 후 잭이 인정했다.

'날 죽이고 싶은 거니? 아니면 그걸 원하는 거니?'

"무슨 차이가 있지?"

'원하는 건 본능이지. 비이성적인 거야. 반면에 그러고 싶다는 건 이성적인 의지를 포함하고 있지.'

"그러길 원하는 것 같아."

잭이 잠시 곰곰이 생각하고는 인정했다.

"하지만 죽이고 싶지 않아."

불현듯 잭은 떠올렸다.

'크리스티안도 날 죽이고 싶어하지는 않았을 거야. 원하기는 했겠지만. 그래서 검을 내 심장에 꽂지 않은 거야. 마지막 순간에 그애의 의지가 본능을 가로막은 거야. 나라면……그렇게 할 수 있었을까?'

"당신을 죽이고 싶지 않아."

잭은 거듭 외쳤다.

"싸우고 싶지 않아. 본능을 다스리는 법을 배우고 싶어."

셰시스가 미소를 지었다.

'내 눈을 봐라, 잭.'

잭은 놀라서 고개를 들었다. 아마 다른 상황이었다면 셰크의 눈을 쳐다보기 전에 몇 번쯤은 더 생각했겠지만, 셰시스가 그의 이름을 불러준 것이 처음이라 당황했던 것이다.

최면을 거는 듯한 셰시스의 눈을 응시한 순간, 이미 눈길을 돌리기엔 늦었다는 걸 알았다. 마비된 듯 꼼짝도 할 수 없었다. 뭔가가 의식 속에서 풀려나는 걸 느낄 수 있었다. 잭은 필사적으로 움직이려 애썼고 가까스로 움직일 수 있었다.

그는 바위벽으로부터 떨어져 멀찍이 움직였다. 이전보다 훨씬 더 멀리. 손을 내려다본 그는 깜짝 놀랐다. 사슬이 사라졌고, 손목에 남은 자국 역시 없어졌다. 말짱한 피부에 손가락을 갖다댄 잭은 혼란스러워했다.

"어떻게 한 거지? 사슬을 어떻게 한 거야?"

'사슬은 존재하지 않았다. 오직 네 머릿속에만 있었던 거야.'

잭이 눈을 껌벅이고 어리둥절해했다.

'셰크라면 이런 방식에 속지 않았을 거야. 그래, 물론 용의 정신에 비해 너무 섬세한 속임수이긴 했지.'

잭은 돌연 모욕당한 기분이 들었다. 증오가 새삼 부글부글 끓어올랐고, 미칠 듯한 느낌이 들었다. 분노의 포효를 지르며 용으로 변신한 그는 발톱을 앞으로 치켜들고 셰크에게 돌진했다.

눈 깜짝할 사이에 벌어진 일이었다. 순식간에 잭의 몸은 셰시스의 둥근 몸통에 붙잡혀 휘감겼고, 앞발과 날개를 쓸 수 없게 되었다. 불도 내뿜을 수 없었다. 셰시스가 잭의 목을 누르며 꼼짝도 못 하게 했기 때문이었다. 설사 한 입 가득 불을 내뿜는다고 해도, 불길이 벽에 부딪혀 솟구칠 테고, 그랬다간 제 코만 그을릴 것이다. 그는 으르렁거리는 소리를 냈다.

'아, 아직도 배울 게 많구나, 얘야.'

셰크가 놀렸다.

'말해보렴, 내가 밉니?'

"응."

용이 으르렁댔다.

'왜지?'

"셰크니까."

둥근 몸통이 좀더 세게 조여왔다. 잭이 숨을 헐떡였다.

'그건 이미 알고 있는 이야기잖아. 새로운 걸 말해보렴, 잭. 왜 날 미워하지?'

"날 붙잡고 있으니까."

'널 붙잡고 있지 않으면, 날 공격할 거잖아. 내 행동이 당연하지 않니?'

"그래."

잭이 이를 악물며 인정했다.

"자, 이제 날 풀어줘."

그러나 몸통은 더욱더 조여왔다.

'왜 날 미워하지? 네 생명을 구하고, 상처를 치료해주기까지 했잖아. 그런데, 왜 날 증오하는 거지?'

"그래……당신을 미워할 이유가 없어."

짧은 침묵 후 그가 말했다.

"하지만 어쩔 수 없어."

'아, 좀더 진전을 했구나. 하지만……'

돌연, 셰크의 몸이 긴장했다. 셰시스는 쉭쉭 하는 소리를 내면서 고개를 들었다. 두 눈이 어둠 속에서 번쩍였다.

"무슨 일……?"

질문하려던 잭은 성난 텔레파시가 들려와 입을 다물었다.

'조용!'

잭은 숨을 죽인 채 거세게 두근거리는 심장을 달래며 귀를 쫑긋 세웠다. 하지만 더 많은 뱀이 가까이 있다고 알려준 건 그의 본능이었다.

'다시 변신해.' 셰시스가 명령했다. '이 모습이라면 너무 주의를 끌게 돼.'

잭은 변신을 시도했다. 하지만 뱀들이 너무 가까웠고, 셰시스 역시 너무 가까이 있었다. 그의 본능은 용으로 변신하여 놈들과 싸워, 그들을 죽이라고 외치고 있었다.

'어서.' 셰크가 계속 재촉했다. '여기서 네가 발각되면, 우리 둘 다 죽을 거야. 그리고 놈들 손에 죽게 되면 넌 다시는 그애 곁으로 돌아갈 수 없어.'

이 말이 결정적이었다.

'빅토리아.'

잭은 빅토리아의 빛나는 눈을, 그 미소를 떠올렸다. 그 이 사실을 깨닫자, 그는 다시 인간 소년이 되었다.

'훨씬 낫군. 이제 내가 말하는 대로 해. 놈들이 가까이 있어.'

잭은 빅토리아 생각을 계속하려고 무진 애를 썼다. 빅토리아를 향한 감정, 그 눈빛의 기억이 증오와 본능을 막아냈다. 하지만 셰시스의 꼬리가 그의 허리를 감싸고는, 등 위, 날개 사이에 얹으려고 그를 허공으로 들어올렸을 때는 자제하기가 힘들었다. 셰크에 닿기만 해도 증오로 미칠 지경이었다.

'얘야, 가만있어봐라.' 셰시스가 말했다. '나도 극도로 불쾌하지만, 우리 목숨이 여기 달려 있어.'

그녀는 잭을 완전히 가리기 위해 몸 위로 날개를 접었다. 잭은 괴로워 신음소리를 냈다. 뱀에게 닿는 게 견딜 수 없었다.

그는 다시 빅토리아를 생각했다. 셰시스가 잭을 등에 태우고 동굴 밖으로 기어나가자, 잭은 뱀의 비늘을 꼭 붙든 채 눈을 감으며, 빅토리아와 함께 나눴던 친밀하고 특별했던 순간들을 하나씩 떠올렸다. 뱀의 차가움을 잊기 위해 유니콘의 빛을 떠올리자, 왠지 모르지만 그 차가움이 서서히 익숙해지기 시작했다.

둘은 이제 축축한 벽이 부드러운 형광빛으로 희미하게 빛나는 터널로 막 들어섰다. 하지만 그 순간 다른 셰크와 맞닥뜨렸다.

잭이 셰시스 등에서 몸을 움츠리자, 그녀가 날개를 더 바짝 내리며 그를 숨겼다. 셰시스는 통로에 멈춰선 채 다른 뱀과 텔레파시로 대화를 하기 시작했다. 그녀보다 더 어린 수컷이었다. 잭은 그들이 무슨 말을 하는지 알아들을 수가 없었다. 그의 본능은 용으로 변신하여 두 셰크 모두에게 달려들어 갈가리 찢으라고 명령하고 있었다.

'그건 신중한 일이 아니야.'

그는 스스로에게 상기시켰다. 그는 뱀의 세상에 와 있는 것이다. 셰시스와 다른 셰크를 죽인다면 결코 이곳을 살아서 나갈 수 없을 것이다.

빅토리아를 위해.

다른 셰크가 물러나는 걸 보니 그녀의 뜻에 따르기로 한 모양이었다. 잭은 놈의 번득이는 눈길이 셰시스의 날개 밑에 뭐가 있는지 꿰뚫어보려 한다는 느낌이 들었다. 자신이 여전히 보잘것없는 인간 소년의 모습을 유지하고 있는 걸 안 잭은 마음이 놓였다. 그는 내면에서 맥박 치는 용의 본질을 억누르려고 애썼다.

셰시스는 여왕의 우아함과 품위를 지닌 채 물결치듯 신중한 움직임으로 뒤도 돌아보지 않고 통로를 계속 천천히 나아갔다.

하지만 그때 등 뒤에서 쉭쉭 하는 소리가 들렸다. 셰시스가 돌아섰다.

수컷 셰크가 그다지 수긍이 가지 않는 모양이었다. 그는 뭔가 말하려는 듯 둘에게 다가왔다. 잭은 그들이 하는 말을 알아들을 수 없었다. 그는 이 상황이 빨리 끝나기를 간절히 바랐다. 뱀들이 가까이 있는 걸 더이상 참을 수 없었다.

수컷 셰크는 위협적인 소리를 내며 셰시스에게 독니를 드러냈다. 셰시스는 화내는 듯한 반응을 보이고 뒤로 물러났다. 그러는 바람에 잭이 등 비늘 위에서 조금 미끄러졌고, 그의 오른쪽 다리가 밖으로 드러나버렸다.

셰크의 눈이 다리를 응시하더니 위협하게 거리를 좁혀왔다.

잭은 더 참을 수가 없었다. 고함을 지르며 셰시스의 등에서 뛰어내린 그는 셰크를 향해 자살 공격을 감행했다. 그는 달려가며 변신했고, 앞발, 뿔, 이빨, 불길 등 온갖 수단을 사용하여 셰크를 덮쳤다.

뱀은 젊었고, 한 번도 용을 본 적이 없었다. 그는 한순간 공포에 질려 마비된 채로 멍하니 있었지만, 셰크들이 용에게 느끼는 본능적인 증오 덕분에 곧바로 행동을 취하려 했다.

하지만 상황은 잭에게 유리했다. 뱀에게 불을 토해내자, 놈은 겁에 질려 비명을 지르면서도 용의 목을 이빨로 물었다.

잠시 후 잭은 셰크의 시체 앞에서 숨을 헐떡이며 좋아서 어쩔 줄 몰랐다.

'멍청하기 짝이 없군, 용.'

셰시스가 차가운 분노를 쏟으며 말했다.

잭이 돌아섰다. 그의 초록색 눈은 여전히 용의 불길로 반짝였다. 그는 포효를 내지르며 셰시스를 향해 달려들려 했으나, 셰시스가 보기 좋게 피하더니 빛나는 눈으로 잭의 눈을 응시했다.

'멍청한 놈. 이제 넌 이 지역에 있는 모든 셰크들의 주의를 끈 거야. 우리가 살아서 이 궁지를 벗어나도록 네 신들에게 기도나 해……'

최면을 거는 뱀의 시선이 의식의 끈을 조정했다. 잭은 깊은 꿈속으로 빠져들고 말았다……

이동이 얼마나 걸렸는지조차 알 수 없었다. 뱀의 등에 얹힌 잭은 주위에 무슨 일이 일어나고 있는지 거의 알아차리지 못했다. 단지 희미한 어둠 속에서 끝없는 터널 속을 아래로 위로, 위로 아래로 지나면서, 점점 더 추워진다는 사실만 인식할 뿐이었다. 거의 정신을 잃은 상태라 어디로 가는 건지 물어볼 수도 없었다.

인간의 모습으로 되돌아온 그는 너무나 나약하게 느껴졌다. 여전히 뱀과 접촉하는 것이 혐오스러웠지만, 셰시스의 등에서 내려올 기운도 없었고, 항변조차 할 수 없었다.

그는 셰크의 물결치는 몸통 위에 얹힌 채, 빅토리아의 꿈을 꾸며 간절한 그리움에 사로잡혀 있었다.

한참 후, 셰시스는 마치 부대자루처럼 잭을 바닥에 내동댕이쳤다. 몇 시간이 지났는지, 며칠이 지났는지 도무지 알 수 없었다.

"여긴 어디야?"

잭은 더듬더듬 물어보았다.

'이제 당분간은 무사해. 두 세계의 경계에서 멀리 떨어졌으니까.'

잭의 심장이 고통으로 죄어왔다.

"이둔으로 가는 문에서 멀리? 얼마나?"

'우리를 찾을 수 없을 만큼. 우마둔에 남아 있는 셰크들은 원래 거의 없었고, 그나마 남은 셰크들도 경계선 근처에 가 있지. 너의

불필요하고도 멍청하기 짝이 없는 행동으로 놈들의 주의를 끈 거야. 그러니 도망쳐야만 했어.'

잭이 부끄러워했다.

"미안해…… 자제할 수가 없었어."

'알고 있어.'

"젠장!" 잭은 맥없이 성질을 냈다. "자살이나 다름없는 짓이었어. 알고 있었다고! 그런데도 자제할 수 없다니. 증오와 본능이 그런 상식보다 어떻게 더 강할 수 있는 거지?"

셰시스는 잭을 바라보며 생각에 잠겼다.

'네가 미워할 만한 대상을 만들어내야만 해. 그를 미워할 확실한 이유가 있어야 하고. 말해봐, 넌 누굴 미워하지?'

잭은 잠시 입을 다물었다. 셰시스가 지금 이야기하고 있는 건, 셰크들이 그들을 발견하기 직전에 나눴던 대화의 연속이었다.

"키르타슈."

잭이 생각나는 대로 말했다.

'왜?'

"셰크니까."

셰시스는 신경질이 깃든 소리를 냈다. 잭은 자신의 대답이 올바른 대답이 아니란 걸 깨달았다.

'왜 그를 미워하지?'

"왜냐하면……왜냐하면……빅토리아 때문이야."

결국 그가 대답했다.

'빅토리아가 그애를 미워하니?'

"아니, 빅토리아는……그를 사랑해."

'키르타슈도 그녀에 대해 똑같은 마음이지? 그리고 그가 너의 그녀를 소중히 한다는 거지?'

잭은 크리스티안이 여러 차례 빅토리아의 생명을 구했던 것, 빅토리아를 지키기 위해 목숨을 걸고 싸웠던 것을 떠올렸다.

"맞아."

잭이 시인했다.

'그런데도 그를 미워하는 거니? 난 네가 빅토리아에게 진짜로 사랑의 감정이 있다는 걸 믿기 힘들구나. 넌 그애를 소중히 여기는 누군가로부터 떼어놓으려 하는 거 아니냐?'

잭은 눈을 감았다. 피곤했다. 불현듯, 자신이 느끼는 질투가 부조리하고 유치하게 여겨졌다.

잭은 인정하기로 했다.

"그래서 미워하는 게 아니야. 키르타슈가 암살자라서 미워하는 거야. 그는 망설임도 가책도 느끼지 않고 사람들을 죽이거든."

이쪽이 그래도 좀더 무게 있는 대답인 것 같았다. 하지만 셰시스는 여전히 언짢아했다.

'그는 셰크야. 인간을 죽인다 해도 죄책감을 느낄 수 없어. 용들도 그런 감정을 느끼지 않아. 그들에게는 온혈생물이나 냉혈생물이나 아무것도 아닌 건 마찬가지야.'

잭은 그대로 얼어붙어버렸다.

"아냐, 그건 사실이 아냐. 용들은 이둔에서 사랑받고 존경받고 있다고."

세시스는 휘파람을 부는 듯한 소리로 웃었다.

'그래, 온혈생물들은 용을 숭배하지, 물론이야. 그건 당연하지. 넌 지금까지 다른 세상에 있었으니 이둔에 대해 모르는 게 많다는 건 알겠다. 너희 세계의 인간들에겐 애완동물이 있니?'

"응. 개, 고양이……"

잭은 이 대화의 끝이 어디로 이어질지 궁금해하며 대답했다.

"나도 개를 키웠어."

'개라.'

세시스가 따라했다.

'네 의식 속에 그 동물의 이미지가 보이는구나. 개들은 주인을 숭배하지, 안 그러니? 주인의 말에 따르고, 그들을 위해 싸우고, 지키려 하지 않니?'

"응, 그렇지."

'노예인데도 말이야.'

"개들은 노예가 아니야."

잭은 항변했다.

'그래? 그렇다면, 개들은 가고 싶은 대로 가고, 먹고 싶은 대로 먹고, 좋아하는 상대와 짝을 맺을 수 있다는 말이구나. 너희 인간은 절대로 개들을 묶지도 때리지도 않고, 명령하지도 않니?'

"아니."

그렇지 않다는 걸 인정한 잭은 왠지 창피해졌다.

'그런데도 네 개는 널 숭배하고, 네 말을 따르지. 그건 네가 먹을 것을 주니 그런 거야. 개는 네가 자신보다 우위라는 걸, 네가

자기 주인이라는 걸 아는 거지.'

잭은 고개를 흔들었다.

"무슨 뜻인지 모르겠어."

'모르지 않을걸. 셰크와 용 사이의 영원한 전쟁은 오직 우리 두 종족 간의 전쟁일 뿐이야. 열등 종족들은 그저 편을 든 거지. 온혈생물들은 용의 편을, 냉혈생물들은 셰크의 편을. 온혈생물들이 셰크를 미워하는 게 당연하고 자연스러운 거야. 자기 주인들의 적이니까 말이야. 그래서 우리에 대항해 싸운 거지.'

"싸우지 않았다면 그들을 죽였을 거잖아."

'아슈란이 우리를 불렀을 때 나는 동료들을 따라 이둔으로 가지 않았어. 그래서 그곳에서 일이 어떻게 되었는지는 잘 모르겠다. 말해보렴, 혹시 셰크들이 온혈생물들을 모두 다 죽였니?'

"아니. 하지만 그들을 통치하지."

'아, 그래? 용들이 했던 그대로구나. 용들이 냉혈생물들에게 얼마나 자비로웠을지는 의심스럽군. 물론 온혈생물들은 돌봐줬겠지. 그들의 동맹이었으니까, 아니 차라리 부하였다고 하는 게 낫겠군. 가장 가깝게 지낸 생물들에겐 애정 비슷한 걸 느꼈을 수도 있을 거고, 어쩌면 그들을 지켜줬을지도 모르지. 하지만 사랑하진 않았지. 그리고 만일 누군가 말썽을 일으키거나, 말을 듣지 않으면, 혹은 그저 더이상 쓸모가 없어져서 없애버려야 한다면, 조금도 망설이지 않고 그렇게 했을 거야. 우리가 냉혈생물들에게 그랬던 것처럼. 혹은 인간들이 동물들에게 그랬던 것처럼.'

"하지만 인간들, 천상족들, 요정들은, 아니 시슈까지 포함하자면, 그들은 그냥 짐승이 아니야."

잭이 항변했다. 머릿속이 어지러웠다.

"모두 이성을 지닌 존재들이라고."

'짐승의 영혼보다는 좀더 복잡한 영혼을 지녔지. 맞아. 하지만 우리들보다는 단순하지. 넌 진화에 대해 알고 있니? 그게 무슨 뜻인지 이해하니?'

"개념은 알아. 학교에서 배웠거든."

'진화 과정에서 짐승들은 온혈생물이나 냉혈생물보다 한 단계 밑이지. 우리들, 용, 유니콘은 그들보다 한 단계 위에 있는 거고.'

잭이 심호흡을 했다. 이해하기가 쉽지 않았다.

'보아하니, 네가 자라난 그 세계에서는 온혈생물보다 더 진화한 종이 없는 모양이군.'

"사실이야."

'네가 그 사실을 왜 그리 받아들이지 못하는지 이해가 되는구나. 하지만 네가 용의 본질을 수용하게 되면, 열등한 존재들은 네게 별로 중요하지 않을 게다. 가차 없이 그들을 없애버릴 수 있는 거지, 키르타슈가 그렇게 하듯이 말이야.'

잭은 소름이 끼쳤다.

"아니, 난 그렇게까지 되고 싶지 않아."

'너희 세계에선 개들을 도살하는 사람들이 없니?'

잭이 못마땅해하며 시인했다.

"버려지거나 길을 잃거나, 사람에게 위험한 개들을 잡는 사람들은 있어. 잘은 모르지만, 일정 기간이 지나도 그런 개들을 찾으러 오는 사람이 없으면 죽이긴 할 거야."

'개를 도살하는 사람들을 미워하니? 그들이 범죄자 같니?'

"아니. 하지만 그 일이 마음에 들진 않아."

'만일 인간을 위협하는 개들이 있다면, 넌 그들을 없앨 거니?'

"아마 그러겠지."

잭이 마지못해 인정했다.

"이제 개 이야기는 그만하면 안 될까?"

'우리는 지금 개 이야기를 하고 있는 게 아니야, 잭. 네가 키르타슈를 미워하는 이유는 뭐지? 결국 그애는 그런 역할을 하게끔 태어났어. 셰크의 관점에서 보자면, 키르타슈는 하나도 나쁜 짓을 하는 게 아닌 거지. 하지만, 그가 온혈생물과 한편이 되었으니 그를 배신자로 여기는 거고.

만일 어떤 생물이 온혈생물에게 위협이 된다면 그들도 그 생물을 전멸시킬걸. 우린 단지 우리가 통제할 수 없는 존재들을 없애는 것뿐이야. 용들도 이미 그랬었지. 우리를 우마둔으로 쫓아냈잖아. 우릴 전멸시킬 수는 없었으니까. 거의 그럴 뻔 했지만.

암컷 셰크는 암컷 용과 마찬가지로 일생에 단 한 번만 알을 낳을 수 있어. 우리 종족은 그 전투에서 가까스로 살아남았지. 냉혈생물들, 시슈들의 경우는 더 힘들었어. 용들이 그들을 학살하고 거의 종족 전체를 없애버리다시피 했거든. 그래, 맞아, 시슈들은 온혈생물들과 아주 유사한 존재들이지. 지능도 비슷하고. 다른 점은 그들이 용을 주인으로 받아들이지 않았다는 거야.'

무슨 이유에선지, 잭은 늑대에 대한 생각을 했다. 늑대는 개의 친척이지만 자유롭고 야성적인 동물이다. 지금 지구에서 늑대는 멸종의 위기에 처했고, 때문에 그들을 죽이는 건 범죄로 간주된다. 하지만 백 년 전만 해도 그 반대였다. 늑대 사냥꾼들은 박수갈채를 받고 존경을 받았다.

'늑대들은 개들처럼 인간에게 종속된 게 아니었으니까.'

잭은 그 사실을 상기하고는 오싹 한기를 느꼈다.

'그래, 인간과 용은 여러 가지로 공통점이 많지.'

잭의 생각을 읽어낸 셰시스가 말했다.

"키르타슈도 나처럼 일부는 인간이야."

잭이 반론을 제기했다.

"우리는 인간을 열등한 존재로 다룰 수 없어."

'아니, 너흰 그럴 수 있어. 실제로 너도 머지않아 그렇게 될 거다. 물론 인간 영혼을 지니고 있으니, 열등한 존재들을 더욱 존중하고 그 가치를 높이 평가해줄 수는 있겠지. 그들 사이에서 더 많은 시간을 보낼 수도 있고. 아마 정당한 이유가 없다면 인간을 죽이지도 않겠지. 하지만 일단 죽이게 되면 후회하지는 않을걸. 왜냐하면 너희는 그들을 사랑할 수 없으니까. 그리고 미워할 수도 없고. 그들은 너희에게 그리 소중한 존재가 아니거든.'

"다른 셰크들처럼 이둔으로 돌아가지도 않았으면서 어떻게 그렇게 키르타슈에 대해 잘 알고 있는 거지?"

느닷없이 잭이 질문했다.

셰시스의 눈이 순간 반짝했다. 뱀이 성난 듯 소리를 내며 꼬리를 탁 하고 내려쳤다. 잭은 왜 그렇게 언짢아하는지 궁금했다.

'물론, 난 내가 원한 만큼보다 그에 대해 훨씬 더 많은 걸 알고 있지.' 셰시스가 말했다. '그는 내겐 그저 배신자 괴물일 뿐이야. 너 역시 괴물이지. 하지만 아슈란을 끝장내려면 네가 필요해.'

잭이 불쾌한 기분이었다.

"왜 아슈란을 미워하는 거지? 그냥 인간일 뿐이잖아."

'그런 존재치고는 내게 그 어떤 셰크보다도 더 심한 상처를 줬기 때문이지. 아, 물론 예외가 있긴 해. 세스하크, 뱀들의 왕. 하지만 이놈은 내 손으로 직접 죽일 거야.'

잭은 불안한 한편, 어딘가 끌리기도 하는 심정으로 셰시스를 쳐다보았다.

"그러면 죄책감이 들지 않을까?"

잭은 슬쩍 질문을 던져보았다.

셰크는 잠시, 조용히 그를 바라보았다.

'아마도.' 셰시스가 대답했다. '아마 그렇겠지.'

잭은 돌바닥에 앉아, 곰곰이 생각에 잠겼다.

"난 크리스티안을 미워하지 않아."

그는 불현듯 그 사실을 깨달았다.

"셰크라는 사실 말고는 그를 미워할 이유가 없어. 마음속에서 그를 미워할 이유를 찾지 못하겠다는 거야."

셰시스는 흥미롭다는 듯 쳐다보기만 할 뿐 아무 말도 하지 않았다. 잭이 말을 이었다.

"엘리온은 증오해. 우리 부모님을 죽였으니까……인간 부모님 말이야. 하지만 그는 이미 죽었지. 게르데도 미워하지 않아. 음모와 술수를 부리고 우리를 해치려 했지만, 사실 그건 별로 대단한 게 아니었어."

문득 새로운 사실을 깨닫자 잭은 당혹스러웠다.

"게르데는 내 상대가 될 수 없어. 원한다면 죽일 수도 있지. 아주 쉽게."

그 말을 입에 담자 온몸에 전율이 일었다.

"그래, 성가시기는 해, 맞아. 하지만 그뿐이야."

셰시스는 여전히 입을 다문 채 온갖 색으로 번득이는 눈으로 잭을 빤히 바라보았다.

"나를 이용하려고 했던 자들도 미워할 수 없어. 브라흐두, 여교왕, 대마법사. 그들은 내게 아무 힘도 쓰지 못해. 하지만……"

잭은 망설였다.

'하지만?'

셰시스가 물었다.

"하지만 아슈란은 증오해."

잭은 이 사실을 깨닫고 놀랐다.

"나를 죽이고, 다른 사람들을 죽이려고 키르타슈와 엘리온을 보냈기 때문이야. 그리고 용과 유니콘의 멸종을 꾀했기 때문이야. 할 수만 있다면 그는 나를 죽였을 수도 있어. 그는 크리스티안이 우리 편이 되기로 결심했을 때 그를 고문했고, 빅토리아에게 너무나 많은 상처를 주었어."

빅토리아는 드락웬 탑에서 있었던 경험을 구체적으로 이야기하려 하지 않았지만, 사람들이 그 일을 상기시킬 때면, 얼굴이 새

하얘진 채 움츠러들면서 무의식적으로 거리를 두었다. 잭은 그런 빅토리아의 눈빛에서 두려움과 고통을 읽었다. 빅토리아 역시 초인간적인 생물인데도 아슈란은 그애에게 상처를 주었다, 아주 커다란 상처를.

"어떻게 그게 가능한 거지?"

잭이 큰 소리로 물으며 의아해했다.

"셰크를, 유니콘을 괴롭힐 수 있는 힘이 대체 어디서 나오는 거지? 어떻게 해서 그자가 우릴 해칠 수 있게 된 거지?"

'그건 모르겠다.' 셰시스가 대답했다. '어쨌든 문제는 그가 혼자가 아니라는 거야. 그의 곁에는 셰크의 왕인 세스하크가 있지. 그래, 확실히 세스하크는 우리에게 영향력을 미치고 있으니까.'

"그리고 당신은 그를 쓰러뜨리기를 바라는 거지? 당신들의 왕인데도 말이야."

'난 그를 증오해.'

셰시스는 간단하게 대답했다.

'아슈란, 세스하크, 둘 다 증오해. 내겐 그들을 미워할 만한 동기가 있지. 하지만 난 용을 미워할 이유는 없어. 설령 내가 용을 증오하도록 태어났기 때문에 그들에 대한 증오를 버릴 수 없다 해도 말이야.'

"이해해."

잭이 고개를 끄덕였다.

"나 역시 아슈란을 미워할 동기가 있어."

'좋아.' 셰시스가 말했다. '그럼 나와 동맹을 맺을 준비가 된

거지?'

잭은 셰시스를 바라보며 생각에 잠겼다.

"당신은 변절한 거야. 당신이 그 둘에 맞서 음모를 꾸민다는 사실을 알면 다른 셰크들이 어떻게 할까?"

'오래전부터 알고들 있었어. 하지만 대단하게 여기지 않은 거지. 모두 내가 미쳤다고 생각해. 하지만 그래 봤자 별 해가 안 된다고 생각하는 거야. 사실 정말로 그럴 뻔했지, 네가 그 틈으로 떨어지기 전까지는. 아, 물론 네가 용이라서 미운 마음이 들기도 하고, 하이브리드라 몹시 혐오스럽다는 사실은 부인할 수 없지. 하지만 아슈란을 향한 증오가 네게 느끼는 미움보다 훨씬 더 강해. 난 그를 미워할 만한 충분한 이유가 있으니까. 그렇다면 넌?'

잭이 잠시 셰시스를 쳐다봤다. 내면에서 다시 증오심이 일었지만, 그는 심호흡을 하고 아슈란을 떠올렸다.

"나도 그래."

잭이 동의했다.

'좋아.' 셰시스가 반복했다. '그러면, 네게 뭔가 보여줄 때가 온 것 같구나. 여기서 조금 멀긴 하지만……볼 만한 가치가 있을 거다.'

이동은 계속되었다. 단조롭고 지루하기 짝이 없었다. 우마둔의 풍경은 끝없이 이어졌다. 끝없는 터널도, 그 희미한 광채도.

잭은 넌더리가 나서 죽을 것만 같았다. 모든 갱도들이 다 똑같아 보였다. 모퉁이, 갈림길, 동굴, 샛길 등등. 어딘가로 나아가고 있다는 기색이 전혀 보이지 않았다. 그런데도 셰시스는 어디로 가야 할지 정확히 알고 있는 듯했다.

가는 도중에 단조로움을 깨뜨린 하나의 사건이 있었다. 넓은 갱도로 들어서는 순간, 잭이 몸을 일으키며 경계태세를 취했다.

"저 앞에 뭔가 있어."

잭이 말했다.

'그래, 나도 알아.'

셰시스가 별 흥미 없다는 듯 대답했다. 그러나 잭은 셰크의 의식에서 분노의 기척을 감지했다.

"뭐지, 셰시스? 내가 잘 알고 있는 것 같은데. 어딘가 낯익은 느낌이 있어."

셰시스가 잭을 돌아보았고, 잭은 뒷걸음치며 미간을 찌푸렸다. 증오심이 맥박 쳤다. 그는 감정을 다스리려고 안간힘을 썼다.

'추적자야. 혹은 그 잔해라고도 할 수 있지. 보고 싶니?'

그랬다. 잭은 보고 싶었다. 그런 강렬한 그리움을 불러일으키는 그것에 가까이 다가가고 싶었다. 하지만 셰시스가 그것에 대해 말하는 방식이 마음에 들지 않았다. 그녀는 어둡고 부정적인 감정들을 전달하고 있었다. 두려움, 증오, 복수에 대한 갈망……

어쨌든 그게 뭔지 알아야만 했다. 잭이 고개를 끄덕였다.

"응, 가능한 한 빨리."

셰시스는 아무 말도 하지 않고, 물결치는 몸통을 미끄러뜨리며 그쪽으로 다가갔다.

갱도는 출구 없는 커다란 어두운 방으로 이어져 있었다. 안쪽벽 옆에 커다란 덩어리가 놓여 있었는데 셰시스보다 더 컸다.

'이놈이 기억나는군.' 셰크가 생각에 잠겼다. '아주 오래전이었지. 그때 난 젊었고, 감시자 그룹에 속해 있었어. 놈이 새끼 셰크들의 둥지를 침범하려 하는 걸 발견했지. 새끼들의 어머니는 알을 보호하려다 죽었고. 그래, 기억이 아주 선명해. 우리는 놈을 도망치게 했어. 그리고 뒤를 쫓다가 조금 뒤에 놈을 터널로 몰아넣은 뒤에 이 방에 가두었지. 놈을 이기기는 쉽지 않았어.'

잭은 공포로 말을 잃은 채 가만히 있었다.

그건 용이었다. 아니, 셰시스가 말한 대로 용의 잔해였다.

거대하고, 멋진 용은 셰크들의 독니에, 둥근 몸통의 질식할 듯한 조르기에, 혹은 치명적인 텔레파시 공격에 쓰러졌을 것이다.

증오심이 다시 잭을 사로잡았다. 용이 내지르던 마지막 포효가, 죽음의 비명이 들리는 것만 같았다. 급하게 변신한 잭은 용을 죽였던 셰크들과 싸우기 위해 셰시스에게 돌진했다.

하지만 셰시스는 이미 대비를 하고 있었다. 그녀는 잭을 모욕적일 정도로 손쉽게 피하고는, 몸통으로 꼼짝도 못 하게 잡아눌렀다. 잭은 차가운 동굴 바닥 위에서 셰크에게 깔린 채로 울부짖었다. 셰시스의 목소리가 머릿속 구석구석까지 들려왔다.

'날 자극하지 마라, 애야. 난 평생 동안 수많은 추적자들과 싸웠다. 놈들을 어떻게 잡는지, 어떻게 죽이는지 잘 알고 있다고.'

잭이 몸부림을 쳤다. 하지만 셰시스의 말은 끝난 게 아니었다.

'추적자가 뭔지 아니? 암살자 용들을 그렇게 부르지. 넌 너희 편에는 암살자가 없었을 거라고 생각했니?'

잭은 충격을 받았다. 셰크는 용이 서서히 진정을 되찾을 때까지 잠자코 있었고, 결국 용은 인간의 모습으로 돌아왔다.

'이번엔 훨씬 낫구나.'

"암살자 용이라니. 그런 게 있었다고?"

'네가 말한 그대로야. 전쟁이 있었다는 건 너도 알지, 잭? 용과 날개 달린 뱀 사이에 벌어진 전쟁 말이야. 수세기 전 셰크들이 패했고, 우마둔으로 추방당한 것도 알 테고. 용들은 우리가 다시 돌아올 수 없게 입구를 봉인해버렸다. 그럼 그걸로 만족했어야만 했겠지, 안 그래?'

"그러지 않았어?"

잭이 희미한 목소리로 물었다.

'대부분은 그랬지만 아닌 놈들도 있었어. 특히 젊은 수컷들, 본능을 다스릴 능력이 없는 놈들 말이야. 그들은 셰크들을 죽이기 위해 필사적이었어. 그래서 때때로 몇몇 놈들이 우마둔의 터널로 들어왔다…… 우릴 사냥하러. 왠지는 알 수 없지만 놈들은 둥지를 파괴하면서 맘껏 기분을 냈지. 셰크 새끼들은 추적자들을 너무 무서워하는 바람에 지독한 악몽에 시달렸어.

잭, 셰크들의 유년시절에 이 용들은 괴물이나 다름없었다. 우린 우리 편의 희생을 막기 위해……아니, 최악의 경우 그들이 어린 셰크들이 있는 둥지에 이르기 전에 막아내야만 했지. 천체 결합 이후에 태어난 새끼들만이 더이상 악몽을 꾸지 않고 잠을 잔단다. 그들의 미래에 닥칠 위협이라곤 고작 너 정도니까.'

잭은 눈을 감았다. 크리스티안이 보호하지 않았더라면 자신이 죽였을지도 모를 새끼 셰크에 대한 기억이 떠올랐다. 자신도 셰크의 알이 가득 들어 있는 둥지를 파괴하면서 기쁨을 맛보았을까.

"난 당신들이 괴물이라고 배웠어." 잭이 중얼거렸다. "게다가, 증오의 감정도 멈출 수가 없었고."

'이해한다.'

셰시스가 대꾸했다.

'그 점은 우리도 비슷하지. 특히 지금처럼, 우리 셰크들이 용을 절대로 이해할 수 없는 시대일 때는 말이야. 잭, 우리는 용들이 사라진 세상에 남겨졌단다. 용에 대한 증오는 우리 자신의 일부고, 용이 없는 세상에서 사는 건 끝없는 사막에서 갈증에 시달리는 것과 다를 바 없지. 우리는 용을 죽여야 해. 용을 죽이고 싶어 다들 안달이 났지. 우리의 본능이 그렇게 시키기 때문이야. 하지만 이제 더이상 죽일 용이 없는 거지.'

잭은 소름이 쫙 끼쳤다. 그는 저도 모르게 셰시스에게 거리를 두었다.

셰시스는 그의 이런 행동을 무시하고 말을 이어갔다.

'용들도 죽일 셰크가 없어지자 견딜 수 없었던 거지. 그래서 우리를 찾아온 거야. 우리도 아마 똑같이 하지 않았을까 싶다. 그때 우리가 승리자였다면, 우리들 사이에서도 추적자들이 생겼을지 모르고, 그들이 용을 찾아나서서 그들의 둥지를 파괴하면서 즐거워했을지도 모른다는 말이야.'

길고도 긴장된 침묵이 감돌았다.

"이게 당신이 보여주고 싶었던 거야?"

잭이 나지막이 물었다. 셰시스가 잠시 그를 쳐다보았다.

'아니, 아니야, 이곳에 온 것도 그리 나쁘진 않았지만, 네게 보여주고 싶은 건 우마둔의 진정한 얼굴이야. 그러면 우리 존재에 대해 더 많은 걸 이해하게 될 거야.'

어둠

알렉산더는 그날 나쁜 소식을 세 가지 전해들었다.

첫째는 타나웨가 전해준 소식이었다. 알렉산더와 콰이다르, 알레그라가 앞마당에 투석기 세우는 일을 감독하고 있는데, 그녀가 그를 만나러 달려왔다. 대마법사는 투석기로 마법 포탄을 던지자는 아이디어를 떠올렸고, 그의 이론대로라면 돌뿐만 아니라 마법 에너지도 공중으로 쏘아올릴 수 있는 투석기의 제작에 착수했다.

타나웨가 작업실이 있는 지하실 밖으로 나오는 경우는 드물었다. 누르곤에 도착한 이후로 그녀는 더 많은 용을 제작하는 데 심혈을 기울이고 있었고, 그녀의 주의를 돌릴 수 있는 것은 아들인 라웰뿐이었다. 타나웨는 그런 상황에서도 엄격한 감시의 눈초리로 아들을 살피고 있었다.

알렉산더는 그날따라 기분이 썩 좋지 않았다. 일레아가 만월이 되기 때문만은 아니었다. 사실 기분이 좋지 않은 지는 꽤 오래되었다. 정확히 말하면 빅토리아가 왔다가 떠나버린 이후부터였다.

잭이 죽었다는 소식을 알고 있는 이는 몇 안 되었다. 반란군 지도자들은 그 사실을 비밀에 부치기로 합의했다. 예언이 실현되지 않을 거라는 소문이 퍼지면, 많은 이들이 떠나고, 항복할 것이다. 희망을 유지하려면 어쩔 수 없었다.

그렇지만 알렉산더는 어쩔 수 없이 죄책감이 들었다. 다른 사람들이 원한다면, 이미 잃어버린 명분 때문에 죽음을 맞이하기 전에 항복할 기회를 줘야만 하는 게 아닌가 하는 생각이 때때로 들었다. 때로는 사람들이 예언에만 집착하고 있는 거라면, 이제 그 명분은 사라진 게 아닌가 하는 생각이 들기도 했다. 자신이 올바른 일을 하고 있는지 확신이 없었다. 그 자신은 예언이 있든 없든 죽을 때까지 투쟁할 것이 분명했지만.

잭의 죽음에 대한 진실을 알고 있는 이들도 여전히 그를 지지했다. 심지어 빅토리아가 누르곤에 잠시만 머물렀던 것도 전설을 지지하고 예언에 대한 믿음을 지속하는 데 유리하게 작용했다. 유니콘 아가씨를 제대로 본 사람은 거의 없었다. 하지만 빅토리아는 누르곤에 머무는 동안 기이하고 신비롭게 행동했고, 그 덕분에 진정한 영웅이라는 기대에 걸맞은 이미지를 남겼다. 알레그라와 알렉산더는 빅토리아가 예언의 용과 합류하기 위해 다시 떠났고, 결정적인 전투의 순간에 합세하기 위해 둘이 함께 돌아올 것이라는 말을 퍼뜨렸다.

잭을 생각할 때마다, 알렉산더는 심장이 옥죄어왔다. 그는 분노로 주먹을 꽉 쥔 채, 자기 손으로 키르타슈를 죽이기 위해 빅토리아와 함께 길을 떠났어야 했다고 생각했다.

타나웨가 그에게 다가오자 그는 다시 현실로 돌아왔다. 그리고 즉각 타나웨의 걱정이 깃든 표정을 알아보았다.

"무슨 일인가요?"

"올렌코 나무 기둥이 벌써 삼 일 전에 도착했어야만 해요, 알산 왕자. 이제는 더 기다릴 수가 없어요. 에스쿠페푸에고 하나를 절반쯤 끝냈는데 대책 없이 이렇게 기다릴 순 없잖아요."

알렉산더가 숨을 깊이 내쉬었다.

"좋아요." 그가 나지막이 대답했다. "셰크들이 나무를 싣고 오던 배를 가로챘는지도 모르죠. 이제부턴 배를 통과시키지 않을 게 분명해요. 조만간 이런 일이 일어날 줄 알고 있었습니다."

"하지만 이렇게 빨리는 아니었어요." 타나웨가 앓는 소리를 했다. "적어도 화물이 한 번이나 두 번은 더 올 거라고 계산하고 있었는데. 할 일 없이 팔짱만 끼고 있는 목수가 다섯이나 된다고요."

"어떻게 하면 좋을지 알아볼게요." 알렉산더가 타나웨를 안심시켰다. "그동안 다른 용들을 만들고 계세요."

"목재도 충분하지 않아요."

타나웨가 마당의 투석기를 향해 찡그린 눈길을 던졌다. 그걸 만드는 목수들이 비축해둔 목재의 대부분을 가져갔던 것이다.

알렉산더가 미간을 찌푸렸다.

"요정들이 숲의 나무를 제공해주는 걸로 알고 있는데요."

"하지만 그걸로는 충분하지 않아요. 요정들은 나무를 단 한 그

루도 자르지 못하게 해요. 그리고 주워온 목재로는 뭔가를 만드는 데 충분치 않고요."

"하렐에게 가지 치는 요정들과 상의해보라고 할게요." 알레그라가 끼어들었다. "아와 숲에는 무절제하게 자라는 나무들이 많아요. 그리고 몇몇 요정들은 나무들이 더욱 잘 자랄 수 있게 가끔씩 가지를 쳐내죠. 아마 그걸 사용할 수 있을 거예요."

"고마워요."

미소를 지은 타나웨는 조금 기운이 난 듯 보였다.

"하지만 그래봤자 에스쿠페푸에고 문제를 해결할 순 없어요."

알레그라가 대마법사를 돌아보았다.

"불길을 견디는 나무요?"

콰이다르가 잠시 생각에 잠겼다.

"음, 불에 맞서 보호할 수 있는 주문이 있기는 하지만 그 효과는 제한적이지. 어쩌면……잘 모르겠소."

결국 그는 고개를 가로저었다.

"그 문제는 좀더 생각해보도록 합시다."

처음 며칠 동안, 콰이다르는 사사건건 이의를 제기하고 모든 사람들을 못살게 굴었다. 하지만 덴얄과 알렉산더가 요새를 복구하고 수비대를 조직하는 데 진전을 보이자, 반란군 마법사들도 해결해야 할 문제들과 대면하기 시작했다.

평생을 마법 공부에만 몰두했던 콰이다르는 자기 앞에 제시된 새로운 도전에 신이 났다. 공격과 수비에 사용할 옛 주문을 구상하면서, 오랜만에 자기 실력을 제대로 발휘하는 기분에 카슬룬 탑에 대한 집착마저 잠시 잊어버릴 정도였다. 그런 활동이 그와 아주 잘 어울린다는 사실에는 의심의 여지가 없었다.

며칠 전, 빅토리아가 떠나버렸다는 사실을 알고 그는 불같이 화를 냈다. 최후의 유니콘을 그냥 빠져나가게 했다고 모든 사람들을 나무랐다. 그러자 알레그라는 진지하게 대답했다.

"누가 유니콘을 잡아둘 수 있나요? 아무리 우리라 해도 최후의 유니콘에게 명령할 수는 없지 않나요?"

콰이다르는 불편한 듯 시선을 피했다. 그는 빅토리아가 누르곤을 떠나기 전날 밤에 그녀를 만났다는 이야기는 아무에게도 하지 않았다. 하지만 알레그라의 말에 그날 밤의 일이 생각났고, 아직도 가끔씩 꿈에 나타나 그를 불안에 빠뜨리는 유니콘 소녀의 눈길도 떠올랐다.

하지만 키마라 덕분에 대마법사의 마음은 조금 누그러졌다. 키마라를 보면, 어디에 있든 빅토리아가 계속해서 마법사를 임명하여 저항군과 합류하도록 누르곤으로 보낼 거라는 사실을 떠올릴 수 있기 때문이었다.

"지금 우리가 용을 몇 마리나 가지고 있죠?"

콰이다르가 정신을 딴 데 팔고 있는 동안 알렉산더가 물었다.

"에스쿠페푸에고 다섯 마리, 그리고 보통 용 여덟 마리요. 요정들에게 좀더 넓은 지역을 쓰게 해달라고 부탁해야만 해요. 요새 주위의 나무들이 너무 빨리 자라서 용을 놔둘 공간이 거의 없거든요. 나뭇가지들이 위로 퍼져 있으면 비행할 수도 없을 거예요."

"네, 저도 봤어요." 알렉산더가 동의했다. "이미 하렐에게 성주변을 좀 치워달라고 부탁했어요. 나무들이 성 외벽에 그렇게 바짝 붙어 있는 게 마음에 들지 않더군요."

"이 문제에 대해 다시 한번 말해보도록 하죠."

알레그라가 말했다. 알렉산더가 입을 열려던 순간, 라웰이 헐레벌떡 뛰어왔다.

"알산 왕자님, 왕자님께 전할 말이 있다는 남자가 왔어요. 슈르 이카일에서 왔다고 하던데요."

알렉산더는 인상을 찡그렸다. 캐바니온 군대 중 일부가 봉쇄를 포기하고 왕국의 서쪽 국경으로 달려가기를 기다린 지 벌써 여러 날이었다. 슈르 이카일의 누에베 클라네스가 그곳을 침공하기로 했던 것이다. 하지만 적군은 꼼짝도 않고 이곳에 계속 머물고 있다. 병영은 누르곤을 보호하는 보이지 않는 둥근 지붕의 경계에 자리 잡은 채 움직이지 않았다. 분명 슈르 이카일 쪽에서 뭔가가 벌어진 것이고, 그게 무엇인지는 곧 정확히 알 수 있을 것이다.

알레그라와 함께 아이를 따라 건물 입구로 서둘러 가보니, 덴얄이 이미 방금 도착한 사람과 함께하고 있었다. 두 사람은 무슨 일인가 싶어 눈길을 주고받았다. 전령의 몰골은 말이 아니었다. 지저분한데다 부상까지 당해 기진맥진한 채 누더기가 다 된 옷을 걸치고 있었다.

"전령의 말이, 야만족들이 생각을 바꾸었답니다."

덴얄이 어두운 얼굴로 보고했다.

"호르 둘카르가 전투에서 우리를 지지하지 않을 거랍니다."

"무슨 소리!"

알렉산더가 폭발했다.

"그들은 아슈란과 동맹을 맺었습니다."

전령이 실낱같은 목소리로 설명했다.

"제 동료를 모두 죽였습니다. 저만 살아서 빠져나왔는데, 호르둘카르가 난델트의 왕자와 동맹을 맺지 않을 거라는 사실을 왕자님께 알리고 싶어했던 덕분입니다. 그 작자 말이 슈르 이카일 인한 사람은 누르곤 기사 열 명의 값어치가 있다고 했습니다."

"또 시작이군."

알렉산더가 부글부글 화를 내며 말했다.

그때서야 전령의 왼쪽 귀가 없다는 사실을 알아챈 그는 치미는 분노에 주먹을 불끈 쥐었다. 잭이 죽었고, 부하들은 명분 없는 싸움에 목숨을 걸어야 할 판에, 그 죽일놈의 야만인은 계속 귀나 잘라대고 있는 것이다.

"이 대가를 치르게 할 거다, 짐승 같은 놈."

알렉산더가 으르렁거렸다.

"셰크들은 전령이 통과하도록 내버려뒀습니다."

덴얄이 말했다.

"놈들은 야만인들이 우리를 엿먹였다는 사실을 알리고 싶었던 겁니다."

"그런데, 왜 이렇게 갑작스럽게 생각을 바꾼 거지?"

알레그라가 의아해했다. 전령이 작은 목소리로 대답했다.

"마녀가 놈들과 함께 있습니다. 카슬룬 탑의 마녀입니다."

알레그라의 눈이 가늘어지면서 중얼거렸다.

"게르데야."

알레그라는 주위를 둘러보며 키마라를 찾았다. 마당에 있겠지 싶었다. 젊은 혼혈 얀 족 소녀는 갇혀 있는 걸 내켜하지 않았고, 요새 주변의 숲속에 있는 건 더욱더 싫어했다.

짐작이 맞았다. 키마라는 성벽 높은 곳에 앉아 있었다. 무릎에 마법 주문책을 펼쳐놓고 있었지만 시선은 이둔의 하늘만 멍하니 쳐다보고 있었다. 잭의 죽음으로 키마라는 늘 슬픔에 젖어 있었고, 아무도 그 상태에서 그녀를 끄집어낼 수 없었다.

"키마라에게 가거라."

알레그라가 라웰에게 말했다.

"이 사람을 치료하는 일을 맡으라고 전해주렴."

치유 마법은 키마라가 배운 가장 초보적인 지식 중 하나였다. 저항군의 다른 마법사들은 더 복잡한 일을 하느라 정신이 없었기에, 부상자들과 환자들을 돌보는 일은 키마라 차지가 되었다.

"정보를 알려주어 고맙네, 친구."

덴얄이 전령에게 인사를 건넸다.

"자네의 희생은 헛되지 않을 거야."

남자는 간신히 미소를 짓더니 그대로 의식을 잃었다.

"게르데가 우리 일에 두 번 다시 끼어들지 못하게 할 거야."

알레그라가 말했다.

"지금까지도 충분히 많은 손해를 끼쳤지."

"무슨 생각을 하는 거예요?"

알렉산더가 인상을 쓰며 질문했다.

알레그라는 대답할 틈이 없었다. 바로 그 순간 사이세이가 도착했기 때문이었다. 그녀 역시 근심으로 가득 차 보였다.

"샤일이 간대요."

사이세이가 곧장 본론을 말했다.

"가다니요?"

알레그라와 알렉산더가 동시에 물었다.

"빅토리아를 찾으러요."

"내가 이 녀석을 그냥."

알렉산더가 나지막이 욕설을 퍼부었다.

샤일과 알렉산더는 말다툼을 한 뒤, 며칠째 말 한마디 하지 않고 있었다. 마법사는 빅토리아가 떠난 사실이 영 마음에 들지 않았다. 그는 그애를 그냥 떠나게 내버려둔 알렉산더에게 대들었다. 아직도 잭의 죽음을 온전히 받아들이지 못했던 알렉산더는 키르타슈가 빅토리아를 죽인다 해도 상관없다며 성질을 냈다.

"빅토리아가 그 뱀에게 꼬리치지 않았다면, 저항군의 문을 그놈에게 열어주지 않았더라면, 잭은 아직도 살아 있었을 거야!"

"네가 다쳤을 때 그애가 몇 번이나 생명을 구해줬었는데도 그런 말을 해, 이 염치없는 친구야!"

샤일이 악다구니를 퍼부었다.

"그애는 세상에 남은 마지막 유니콘이라고! 그리고 무엇보다도, 빅토리아라고. 우리의 어린 빅토리아! 어떻게 그애가 떠나게 내버려둘 수 있었냐고!"

"아와 숲에서 네가 그애를 떠나게 했을 때랑 똑같은 거지, 뭐!"

샤일의 얼굴이 창백해졌다.

"그건 예상치 못한 갑작스러운 일이었어, 알렉산더."

그때부터 두 사람은 말을 하지 않았다. 샤일은 기분이 상해 자기 방에 틀어박힌 채, 오직 사이세이가 곁에 있다는 사실만으로 참고 있었다. 알렉산더는 고통과 죄책감, 망설임과 책임감에 시달리느라 그와 화해하려는 시도를 하지 않았다.

이제 적당한 때가 온 것 같군. 알렉산더는 요새의 방들을 성큼성큼 지나며 혼자 생각했다. 요새의 동쪽 날개는 거의 완전히 복원되어 이제는 저항군 지도자들이 자리를 잡고 있었다. 알렉산더는 마음 먹었던 것보다 더 거칠게 샤일의 방문을 확 열어젖혔다.

젊은 마법사는 단호한 표정으로 물건을 챙기고 있었다.

"지금 대체 뭘 하고 있는 건지 알 수 있을까?"

샤일이 고개를 들어 차가운 시선을 던졌다.

"빅토리아를 찾으러 가."

"또? 대륙 절반을 가로질러 그애를 따라가겠다고?"

샤일의 어깨가 잠시 떨렸다.

"필요하다면, 그럴 거야."

한마디 쏘아붙이려던 알렉산더는 친구의 두 눈에 눈물이 어려 있는 걸 보았다. 샤일이 얼마나 상심하고 놀랐을지 불현듯 이해가 갔다. 마치 알렉산더 자신처럼, 그리고 수 년 간 예언을 믿었다가 느닷없이 모든 게 무너져내렸다는 사실을 받아들여야만 하는 다른 사람들처럼 그 역시 상심한 것이다.

마음을 추스르는 건 그리 간단치가 않았다. 때문에 다들 그 생각을 하지 않으려고 다른 일에 죽어라 매달리는 것이다. 키마라는 마법 공부에, 대마법사는 전투 도구에, 타나웨는 나무 용에, 그리고 샤일은 빅토리아에게. 남아 있는 마지막 유니콘이자 그에게 생명과 마법을 부여해주었던 그 생물에게.

하지만 문득 알렉산더는 생각했다. 샤일에겐 그것 말고도 다른 것들이 있다. 그는 샤일이 이성적으로 생각할 수 있도록 하기 위해 그 생각에 매달렸다.

"그러면 사이세이는 어떡하고. 같이 가자고 부탁할 건가? 드락웬 탑까지?"

샤일이 움찔했다.

"사이세이……"

"그녀를 이곳에 두고 갈 거야? 빅토리아를 따라가기 위해 그녀를 두고 갈 거냐고."

마법사가 주저했다.

"그럴 수는 없어."

알렉산더가 말을 이었다.

"유니콘의 뜻을 거스르며 그들을 쫓아다니는 사람들에게 무슨 일이 일어나는지는 이미 잘 알고 있잖아."

샤일은 고개를 숙였다. 전설 속에서 모든 유니콘 사냥꾼들은 이런저런 식으로 안 좋게 끝났다. 미쳐버리거나, 모든 기억을 잊어버리거나 하는 식이었다. 하지만 누구도 결코 유니콘을 발견하지 못했다.

"아무도 빅토리아와 같이 가려 하지 않았다는 사실이 믿기 힘들어." 샤일이 작은 소리로 말했다. "그애는 우리가 함께 가기를 바랐지."

알렉산더가 말했다.

"키르타슈를 죽이러 말이지."

그리고 그는 잠시 머뭇거렸다.

"난 빅토리아에게 안 된다고 했어. 내가 있을 곳은 이곳 누르곤이고, 우리를 믿는 이 모든 사람들과 함께해야 한다고 생각했으니까. 하지만 사실, 이 문제는 그들 둘이서 해결해야 될 일이라는 생각이 들지 않아?"

샤일은 맥없이 침대에 털썩 주저앉으며 말했다.

"네가 그런 말을 하다니 우습군."

"그래 알아. 하지만 이게 옳다고 생각해. 빅토리아가 일으킨 문제니 그애가 매듭을 지어야지. 잘못 생각한 건 그애니까 그애가 정리를 해야지."

"키르타슈가 죽는다고 잭이 다시 살아 돌아오진 않을 거야."

"그래. 하지만 마침내 그 배신자 뱀한테서 자유로워질 수는 있겠지. 그리고 좀더 운이 좋으면 빅토리아가 잃어버린 영혼의 안식을 되찾을 수도 있을 테고."

샤일이 망설이는 표정으로 친구를 쳐다보았다.

"너도 그렇게 생각해? 빅토리아는 아주 이상해졌어. 그 일 이후로는 예전의 그애가 아니야."

알렉산더가 피곤한 듯 한숨을 내쉬었다.

"빅토리아는 잭을 정말로 사랑했어. 알잖아. 아마 죽을 때까지 편히 쉴 수 없을 거야."

"하지만 키르타슈는…… 둘이 정면으로 맞닥뜨리면 키르타슈가 어떻게 할까?"

"모르겠어, 샤일. 놈이 워낙 예측 불가니 무슨 생각을 하는지 알 수가 없어. 아직도 빅토리아를 보호하려는 것 같기도 하지만…… 그래도, 모르겠네."

샤일이 침을 삼켰다.

"우리가 잘못 알고 있는 건 아닐까, 알렉산더?"

"우리한테는 너무 버거운 일일지도 모르지. 하지만 신들은 우리가 매 순간, 우리 손에 쥐여진 일을 해내려 노력한다는 걸 알고 계실 거야. 그러니 계속 그렇게 할 수밖에."

샤일은 아무 말도 하지 않았다. 알렉산더는 친구 곁에 앉으며 위로하기 위해 한손을 그의 팔 위에 올려놓았다.

"신들은 이 세상에서 마법이 죽게 놔두지 않을 거야. 빅토리아를 지켜줄 거야."

"그러길 바라."

샤일은 한숨을 내쉬었다.

"내가 너무나 쓸모없다는 생각이 들어. 이둔에 오고 나서는 저항군에 별 도움도 되지 못했고."

"이제라도 시작하면 결코 늦은 게 아니지."

알렉산더가 미소를 지었다.

"혹시 모를까봐 하는 소린데, 우린 이곳에서 큰 전투를 준비중이야. 지금 당장 마법사들의 손이 부족하고. 한 명쯤 더 있다 해도 나쁘지 않을걸."

샤일 역시 미소를 지었다.

그들은 그녀를 절대 공격해서는 안 되었다. 소녀가 그들의 눈을 쳐다보았을 때 그 사실을 미리 알았어야만 했다.

빅토리아가 황폐한 시아 왕국을 가로지를 때 일어난 일이었다. 셰크들이 휩쓸고 간 시아는 살기에 적당한 곳이 아니었다. 농작물은 한참 전에 서릿발이 내려 모두 시들어버렸다. 도시, 시골, 그 어느 곳에도 예전의 모습은 흔적조차 남지 않았다.

빅토리아는 주변과 멀찌감치 떨어진 길을 가고 있었다. 유니콘의 본능이 숲이 그나마 남아 있는 곳으로 이끌었고, 그곳에서 나무뿌리를 양식 삼아 먹었다. 가지 꼭대기에 가끔 과일이 남아 있었다. 식사량은 매우 적었고, 사실 많이 먹을 필요도 없었다. 내면의 이상한 힘이 그녀를 한 걸음 한 걸음씩 드락웬 탑으로 이끌고 있었다.

가는 도중에 어쩌다 마주치는 몇 안 되는 사람들은 어떻게든 살아남으려고 기를 쓰는 불쌍한 이들뿐이었다. 그들은 그녀를 멍하니 그저 쳐다볼 뿐이었다. 그중 누구도 그녀가 자신의 의지로 시아에 들어왔다는 사실을 이해하지 못했을 것이다. 시아에 남은 건 아무것도 없었고, 대부분의 여행자들이 이곳을 지나는 길을 피했기 때문이었다.

빅토리아에겐 아무것도 중요하지 않았다. 드락웬으로 이어지는 가장 빠른 길이 시아를 지나는 길이었을 뿐이었다.

길에서 마주치는 사람들의 얼굴이나 신발도 신지 않은 아이들의 지저분하고 지친 작은 얼굴을 바라보느라 멈춰서는 법도 없었다. 다른 때라면 분명 그랬을 텐데도. 예전이라면 왕국의 황폐함을 보고 심장에서 피를 흘리듯 아파했을 것이다.

하지만 이제는 모든 게 뒷전이었다. 지금은 단지 앞으로 나아가는 것만이 중요할 따름이었다.

인간들은 말 그대로 인간일 뿐이다. 그들의 삶은 덧없이 짧다.

빅토리아는 상처투성이인 시아의 대지 아래에서 머잖아 다시 자리 잡을 자연의 힘을 감지했다. 인간의 세대로 두 세대 정도면 대지의 여신 위나의 자애로운 손길이 지난날의 신록과 풍요를 다시 이곳에 돌려줄 것이다.

인간에게 두 세대는 너무나 긴 시간이다. 하지만 유니콘에게는 그렇지 않다.

빅토리아는 그저 앞만 바라보고 계속 길을 갈 뿐이었다. 저 너머로 난델트와 드락웬을 양분하는 거대한 산맥이 우뚝 솟아 있다. 그녀는 그 산맥을 어떻게 넘을지를 두고 단 한 순간도 고민하지 않았다, 그저 걸어갈 뿐이다. 기이한 본능이 그녀를 한 치의 오차도 없이 유니콘의 숲인 알리스 리스반을 향해, 그녀의 심장을 품고 있는 탑을 향해, 그리고 크리스티안을 향해 이끌고 있었다.

어느 날 밤, 산적들이 길 옆 말라비틀어진 나무 둥치에 잠들어 있는 그녀를 발견했다. 그녀는 산맥의 한 지류에 다다라 차가운 바닥 위에 몸을 웅크린 채 쉬고 있었다.

산적들은 예전에는 모든 걸 잃고 절망에 빠진 보통 사람들이었지만, 이제는 명예라고는 눈을 씻고 찾아봐도 없는 망나니 패거리에 지나지 않았다. 그들은 유령 같은 안개로 뒤덮인 이런 우중충한 곳에서 소녀가 뭘 하고 있을까 하는 의심도 하지 않았다. 그들은 그녀에게서 유니콘이 아니라, 그저 혼자 잠들어 있는 젊은 여자의 모습밖에 보지 못했다.

앞장 선 자가 팔을 잡아 거칠게 일으켜 세우자 빅토리아는 잠에서 깼다.

"오호, 이 이쁜이 좀 보라지." 그가 기분 나쁜 미소를 지으며 말했다. "길을 잃었니, 얘야? 길동무를 찾고 있는 거니?"

그가 빅토리아를 못살게 구는 동안 다른 자들은 상스럽게 웃고 있었다.

웃지 않는 사람이 딱 하나 있었다. 머리가 마구 헝클어진 한 젊은이가 빅토리아를 뚫어져라 바라보고 있었다.

"검을 갖고 있는데."

누군가가 말했다.

"벌써 봤어."

두목처럼 보이는 자가 내뱉었다. 그가 빅토리아의 턱 아래 칼을 갖다댔다.

"움직이지 마라, 이쁜이."

그가 커다랗고 더러운 손으로 빅토리아를 더듬었다. 빅토리아는 눈 하나 깜박하지 않고 가만히 있었다.

"당신이 지금 무슨 짓을 저지르는지 모르는군요."

빅토리아가 온순하게 말했다. 그녀는 커다란 눈으로 도적을 응시했다. 그는 잠시 멈칫하더니 곧 너털웃음을 터뜨렸다.

"이 계집애가 검을 가졌다고 까부는 모양인데. 하지만 너 혼자서 남자 아홉을 상대로 뭘 할 수 있지?"

그가 도미바트 손잡이를 쥐더니 잡아당겨 빼앗으려 했다.

"이미 경고했어요."

빅토리아는 목소리를 높이지도 않았다.

등에 매고 있던 지팡이가 지팡이 집에서 사라지더니 그녀의 손안에 다시 모습을 나타냈다. 윙 하는 소리가 나더니 살이 타는 역겨운 냄새가 났다. 산적 두목은 고통스러운 비명을 내질렀고, 가슴에 연기가 피어오르더니 바닥에 고꾸라져 죽고 말았다.

빅토리아는 그가 발아래 쓰러지는 모습을 무덤덤하게 바라보았다. 다른 자들은 죽은 두목의 얼굴에 그대로 얼어붙은 공포를 응시했다. 그러고는 마치 유령을 보듯 빅토리아를 보았다.

빅토리아는 침착한 눈빛을 되돌려주었다. 남자들은 인간 소녀처럼 보이지만 전혀 그렇지 않은 이 이상한 생물로부터 등을 돌리더니 황급히 도망쳤다.

딱 한 명만 빼고.

다른 자들과 어울려 웃지 않았던 젊은이가 빅토리아 앞에 그대로 서 있었다. 그의 표정에는 두려움이 아니라 일종의 존경심 같은 것이 떠올라 있었다.

"당신이군요."

빅토리아는 고개만 숙일 뿐 아무 말도 하지 않았다.

"당신에 대한 말을 들은 적이 있어요."

젊은이가 말했다.

"최후의 유니콘이 전설의 지팡이를 지니고 인간 여자의 모습을 하고 세상을 돌아다닌다고 하더군요."

젊은이가 앞으로 나왔다. 빅토리아가 경고의 눈빛을 던졌지만 그는 걸음을 멈추지 않았다. 빅토리아 앞에 무릎을 꿇고는 복종의 표시로 고개를 숙였다.

"제발," 젊은이가 애원했다. "당신과 같은 분을 만나길 몇 년 동안이나 꿈꾸어 왔습니다. 제발, 당신의 재능을 제게 나눠주세요. 절 완전한 마법사로 만들어 주세요."

빅토리아는 잠시 그를 쳐다보고는 무슨 일인지 이해했다. 그는 그녀의 발아래서 부들부들 떨고 있었다.

"당신은 준마법사군요."

빅토리아가 부드럽게 말했다.

산적이 고개를 들었다. 스물 다섯 살쯤 되어 보였고, 지저분하고 헝클어진 짙은 금발머리에 가무잡잡한 얼굴은 며칠 동안 깎지 않은 수염으로 뒤덮여 있었다. 하지만 회색 눈에는 촉촉이 물기가 어려 있었다.

"간청합니다. 절 마법사로 만들어주세요. 간절한 소원입니다. 당신이 해주지 않는다면 아무도 해줄 수 없을 겁니다."

빅토리아가 고개를 가로저었다.

"부탁을 들어줄 수 없어요."

젊은이는 잠시 빅토리아를 응시했다. 빅토리아는 짐을 챙겨 원래 있던 길로 돌아갈 채비를 했다.

그녀는 산적이 따라오는 걸 보고도 놀라지 않았다.

"제발요."

그가 끈질기게 매달렸다.

빅토리아는 아무 말도 하지 않았다. 젊은이가 잠시 머뭇거리는 사이, 빅토리아는 가던 길을 계속 갔다. 그는 어떻게 해야 할지 망설이다가, 달려가 빅토리아를 따라잡았다.

"당신은 이해하지 못해요!"

그가 갑자기 쏘아붙였다.

"어렸을 때, 숲에서 유니콘을 봤어요. 물론 날 찾고 있던 건 아니었어요. 내가 있다는 걸 알아채자마자 우거진 나무 사이로 사라져버렸으니까. 하지만 난 유니콘을 보았고, 그때부터 마법을 약간 쓸 줄 알게 되었어요."

빅토리아는 대답하지 않았다. 손짓발짓을 하며 그녀의 곁에 붙어 빠르게 지껄이는 그의 모습은 마치 빅토리아가 곧 연기처럼 사라질까봐 두려워하는 듯 보였다.

"단지 아주 약간뿐이었지만요. 무슨 말인지 아시죠? 난 어떤 일이 벌어지기 전에 미리 예감할 수 있어요. 감각도 다른 사람들보다 뛰어난 편이고, 환자들과 부상자들의 고통을 덜어줄 수도 있어요. 하지만 그 이상은 못 해요. 유니콘들이 전부 죽자 괴로워 미칠 것만 같았어요, 지금도 계속 밤마다 내가 봤던 유니콘 꿈을 꾸죠…… 모두 다 죽었다는 걸 알면서도 말이에요. 유니콘을 갈망하는 동시에, 애초에 보지 않았으면 좋았을 거라고 생각하기도 해요. 그건 마치 사막을 헤매다가 딱 한 방울의 물만 맛보고는 우물에서 강제로 멀리 떨어져버린 것과 같아요. 사실 유니콘을 보기 전에는 내가 목마르다는 것도 몰랐어요. 무슨 말인지 이해해요? 그런 갈증에 목말라한 지가 벌써 십육 년째예요."

"이해해요." 빅토리아가 말했다. "하지만 부탁을 들어줄 수는 없어요."

젊은이는 빅토리아의 말을 되씹으며 잠시 서 있다가, 결국 부르르 화를 냈다.

"당신 종족은 모조리 재수 없어! 당신은 준마법사가 된다는 게 뭘 의미하는지 짐작도 못 할 거야! 난 평범한 인간이 아니야. 하지만 그렇다고 마법사도 아니지! 이봐, 당신은 날 이해 못 해!"

돌연 빅토리아가 발걸음을 멈추었다. 그 눈빛이 어찌나 강렬한지 산적은 겁을 먹고 입을 다물었다.

"이것도 저것도 아닌 거죠."

빅토리아가 단순 명료하게 말했다.

"하지만 둘 다 될 수도 있어요. 당신이 어떻게 느끼는지 내가 모른다고 했나요? 잘못 안 거예요, 준마법사. 당신이 어떤 기분인지 정확히 알고 있어요."

젊은이는 입을 다물었다. 빅토리아는 다시 발길을 옮기자 곁에서 젊은이가 계속 말을 걸었다.

"그럼, 당신이 일부는 사람이라는 말이 맞나요?"

"네."

빅토리아는 간결하게 대답했다.

두 사람은 한동안 아무 말 없이 나란히 걸어갔다. 차가운 한 줄기 바람이 옷깃을 들추자 추위로 소름이 돋았다. 하지만 빅토리아는 안색 하나 변하지 않았다.

"당신과 함께 갔으면 하는데요."

마침내 그가 말했다.

"어디를 가든 말입니다. 그래도 됩니까?"

"당신을 막을 순 없죠. 길은 모두의 것이니까요."

"전 야렌입니다."

"난 루나리스에요."

빅토리아가 짧게 대답했다.

산맥으로 길이 막혔을 때에야 빅토리아는 비로소 걸음을 멈추었다. 세 태양이 하늘 높이 솟아 있고, 몇 시간째 걸었지만 빅토리아는 피곤한 기색을 드러내지 않았다. 야렌은 생각에 잠긴 채 산을 응시하는 빅토리아를 보았다.

"맞은편으로 건너가려고요?"

빅토리아는 대답하지 않았다.

"예, 그렇군요. 분명하군요." 야렌이 말했다. "하지만 건너가기엔 좋은 장소가 아닌데요. 맞은편은 드락웬이에요. 산 동쪽으로 조금만 가면 셀레스티아와 접한 난델트로 통하는 고갯길에 닿을 수 있어요."

"내가 가고 싶은 길은 이 길이에요."

야렌은 물끄러미 빅토리아를 쳐다보았다.

"드락웬으로 가려는 거예요? 그렇군요. 알리스 리스반으로. 하지만 유니콘 숲은 이제 예전 같지 않아요. 거기엔 드락웬 탑이 있고, 그곳엔 영혼이 없는 네크로맨서 아슈란이 살고 있어요."

"알아요."

뭔가 더 물으려던 야렌은 고개를 흔들더니 입을 다물고 있는 편을 선택했다. 빅토리아는 다시 바위에 기어오를 준비를 했다.

"기다려요!"

산적이 빅토리아를 불렀다.

"그리로 가면 죽을 거예요."

빅토리아가 행동을 멈추고 그를 쳐다봤다.

"셰크들이 시아를 침공했을 때, 우리 가족도 다른 사람들처럼 산속으로 달려가 숨었어요. 난 이곳에서 자랐다고요. 내가 아는 길들이 있는데요, 우리를 반대편으로 데려다줄 수는 있어요. 위험을 감수할 각오를 한다면요. 지름길이긴 하지만 험한 길이거든요. 조심하지 않으면 굴러떨어질 수도 있고요."

빅토리아가 고개를 끄덕였다.

크리스티안은 심호흡을 하고 눈을 감았다. 빅토리아가 어디에 있든 그녀를 느낄 수 있었다. 너무나 강한 고통이 느껴졌다.

'그애는 아직도 반지를 끼고 있어.'

차가운 돌 벽에 기대며 크리스티안이 생각했다.

그는 총안에 기대앉아 있었다. 몇 주 전 빅토리아가 아버지 손안에서 고통을 겪는 동안 그가 드락웬 탑의 방어를 지휘했던 바로 그곳이었다. 거의 죽다시피 한 상태로 이곳을 빠져나간 뒤로 다시는 이 탑으로 돌아오지 않을 거라고 굳게 믿었다.

그때로부터 영원의 시간이 지난 듯 느껴졌다.

그는 자기 손을 내려다보며 생각에 잠겼다. 책의 죽음이 무거운 돌덩이처럼 그를 내리눌렀다. 불의 봉우리에서 책을 죽인 걸 사무치게 후회하고 있었다.

그 죽음은 그에게 가책이라는 새로운 감정을 느끼게 해주었다. 그는 언제나 원하는 바대로 정확히 행동에 옮겼다. 일생 동안 많은 사람을 죽였으나, 그들은 그저 인간들일 뿐이었다.

하지만 책은 달랐다. 책은…… 그 자신과 다를 게 없었다. 그와 거의 동등한 존재. 아무리 그를 미워한다 해도, 지금까지 늘 그를 존중했었다는 사실을 부인할 수 없었다.

게다가, 빅토리아가 있다.

빅토리아가 난델트에 머물렀고, 알렉산더를 만났다는 사실은 이미 알고 있었다. 누르곤을 떠났다는 사실도 안다. 혼자서.

그녀의 발걸음이 느리지만 확고하게 드락웬 탑으로 향하고 있다는 사실도 안다. 그리고 그것이 무엇 때문인지도.

'우리는 예언의 일부였지.'

그는 생각했다.

'우리 셋. 하지만 이제는 둘만 남았어. 더구나 떨어져 있지.'

크리스티안은 더 참을 수가 없었다. 자리에서 일어난 그는 쌍둥이 태양 중 하나인 에바노르가 저물기 시작한 지평선을 파란 눈으로 응시했다.

'난 다시 내 것을 찾으러 돌아올 거야.'

불과 며칠 전에 그가 빅토리아에게 했던 말이다.

'그 마음이 계속 거기 존재하는 한.'

확인해야만 했다. 다시 한번 그녀의 눈을 들여다보아야 했다.

그러면 알게 되겠지……

낡은 성벽 여기저기에는 아직 무너지지 않은 총안들이 꿋꿋이 버티고 있었다. 그곳에서 바라보는 전경은 장관이었다. 강 너머로 숲이 보이고, 지금은 두꺼운 식물층으로 뒤덮인 누르곤의 대지가 있었다. 그리고 그 너머에 적군들이 있었다. 반란군을 보호하는 요정의 보호막 앞에 진을 친 적군들은 대개 인간과 시슈 병사들이었다. 또한 여러 마리의 셰크들이 쉬지 않고 하늘을 정찰하고 있었다. 그들의 수는 날마다 점점 많아졌다.

키마라는 성벽에 올라 그곳에서 풍경을 바라보는 걸 좋아했다. 사방이 막힌 요새는 숨이 막혔고, 거대한 숲을 보면 두려움이 몰려왔다. 하지만 성벽 높은 곳에는 여전히 하늘이 펼쳐져 있다. 그곳에서는 태양을 향해 고개를 쳐든 채 멋진 용으로 변신한 잭이 그들에게 날아오는 꿈을 꿀 수도 있었다.

적어도, 빅토리아와 동료들이 불의 봉우리에서 가져온 소식으로 그 꿈을 산산조각 내기 전까지는 그랬다.

그래도 키마라는 날마다 그곳으로 올라왔다. 하지만 이제는 하늘을 올려다보면서도 그저 고향으로 돌아가 끝없이 펼쳐진 카슈타르의 모래를 보며 이 악몽에서 벗어나기만을 바랄 뿐이었다.

늘 그랬듯 그날 아침에도 총안까지 올라갔을 때, 키마라는 깜짝 놀랐다. 이미 그곳에는 그다지 유쾌하지 않은 누군가가 와 있었다.

키미라는 호의라고는 거의 찾아볼 수 없는 얼굴로 그 사람을 쳐다봤다.

"여기서 뭐 하는 거야?"

"무슨 상관이야?"

케스트라가 기분 나쁘게 대꾸했다.

키마라는 자제하려고 애썼다. 괜찮아. 어쩌겠어? 성벽은 모두의 것이잖아. 그녀는 위까지 기어올라가 케스트라와 일정한 거리를 두고 늘 앉던 곳에 자리를 잡았다.

케스트라는 키마라를 쳐다보지 않았다. 생각에 잠긴 검은 눈으로 숲을 샅샅이 살피고 있었다.

키마라도 케스트라를 모른 척했다. 비슷한 또래인데도, 두 사람은 처음부터 사이가 좋지 않았다.

혼혈 얀 족 소녀는 총안 사이에 자리를 잡고, 마법 주문 지침서를 펼친 뒤, 거기에 집중하려고 노력했다. 하지만 금세 고개를 들어 하늘을 쳐다보았다. 아무리 셰크로 뒤덮여 있다 해도, 하늘을 쳐다보는 건 싫증나지 않는 일이었다.

"그애가 돌아오지 않으리라는 거, 이제는 알잖아."

케스트라가 말을 걸자 키마라는 깜짝 놀랐다.

"뭣 하러 기다리는 거야?"

"네 일에나 신경 써."

케스트라의 뻔뻔스러움이 놀랍기도 하고 성가시기도 했던 키마라가 대꾸했다.

"그게 내 일이야."

케스트라가 벌컥 화를 내며 대답했다.

"다른 사람들은 모두 앞으로의 일에 대비하려 애쓰고 있는데, 여기서 날마다 시간낭비나 하고 있는 널 보려니 안쓰러워서 말이야. 하늘 쳐다보는 건 그만 두고 여러 모로 뭔가 더 쓸모 있는 일을 하는 게 어때?"

"그게 다 무슨 소용인데? 잭은 죽었고, 예언은 이루어지지 않을 거야. 우린 모두 죽을 거야."

"세상에 용이 걔 하나뿐인 줄 알아?"

"그래, 유일해. 네가 조종하는 그 나무로 만든 물건이 용이라는 말은 감히 꺼내지도 마. 진짜 용의 등을 타고 나는 게 어떤 건지 눈곱만치도 모르면서 말이야."

케스트라는 머리끝까지 성이 나 벌떡 일어섰다. 금방이라도 달려들 기세였지만, 그녀는 간신히 참고 차갑게 대꾸했다.

"대체 여기서 뭘 하고 있는 건지 모르겠다. 그래, 네가 저항군 소속이 아닌 건 분명하지."

"내가 뭘 어쨌다고?"

키마라는 입을 떡 벌리고는 펄쩍 뛰었다.

"난 네가 한 것보다 훨씬 더 큰 일을 저항군을 위해 했다고!"

"넌 예언을 믿는 게 아니잖아, 혼혈 얀. 그저 그 네 용을 믿는 거지. 그러니 그 용이 죽은 마당에 더이상 아무것도 믿지 않는 거잖아."

키마라는 뭐라고 대답해야 할지 몰랐다. 케스트라의 말에 괴로웠지만, 마음 깊은 곳에서는 그 말이 사실이라는 걸 알고 있었다.

"난 예언을 믿어." 시아 출신의 소녀는 말을 이었다. "최후의 용이 죽은 건 아무 상관 없어. 우리는 누에보스 드라고네스, 새로운 용들이니까. 셰크와 싸웠던 예전의 용들이 패배한 바로 그곳에서 승리를 거둘 거야."

"그애는 그냥 용이 아니야, 케스트라." 키마라가 차갑게 대꾸했다. "그애는 인간이기도 해. 그애의 죽음을 그렇게 가볍게 말하지 않았으면 고맙겠다."

짧은 침묵이 감돌았다. 케스트라가 말했다.

"너 자신을 그렇게 괴롭히는 게 무슨 소용이지? 그 용은 유니콘이랑 같이 다녔다고들 하던데. 그 유니콘이 용과 합류하러 떠났다는 소문이 돌고 있지만, 너나 나나 그애가 용의 죽음을 복수하러 떠났다는 걸 알잖아. 용을 위해 눈물을 흘려야 하는 건 유니콘이지 네가 아니야. 아니면 너희 둘 사이에 친구 이상의 뭐라도 있었던 거야?"

키마라의 붉은 눈에 불길이 일었다.

"내 사생활에 신경 쓰지 마. 내가 언제 너한테 왜 그렇게 늘 화만 내는지, 저항군에서 싸우면서 뭘 복수하고 싶어하는지, 그리고 왜 네 주변의 모든 사람들보다 더 요란스럽게 나무 용에 집착하는지 물어본 적 있어?"

케스트라는 얼굴이 새빨개졌지만 대답하지 않았다. 키마라는 다시 자리에 앉아 뚱하고 화난 표정으로 마법의 주문에 집중했다.

긴 침묵이 이어졌다.

"언니의 복수를 하고 싶어."

갑자기 케스트라가 입을 열었다.

키마라는 책에서 눈길을 떼고 케스트라에게 시선을 던졌다. 케스트라의 눈은 여전히 두 사람 앞에 펼쳐진 울창한 숲 어딘가를 응시하고 있었다.

"나한테도 믿고 의지하던 누군가가 있었어. 그리고 난 그 사람 말이라면 무조건 믿었고. 그런데 어느 날 가버리더니, 그러고는 끝이야. 이제 돌아오지 않아."

"그럼 죽은 거야?"

키마라가 나지막이 물었다.

케스트라는 질문에 대답하지 않았다. 키마라를 향해 돌아선 두 눈에 눈물이 어려 있었다.

"너도 알다시피, 난 이제 나무 용들과 파그노르, 그리고 예언에 모든 믿음을 걸고 있어. 네가 믿는 건 뭐지? 넌 왜 싸우는 거야?"

키마라는 대답할 말이 없었다.

그때 누군가 계단을 올라오는 소리가 들려왔다. 돌아보니 알레그라였다. 케스트라는 내려가려는 듯 황급히 등을 돌렸다.

마법사가 두 사람이 있는 곳에 이르렀다.

"널 찾고 있었다, 키마라."

알레그라가 부드럽게 말했다.

"안녕, 케스트라."

"안녕하세요."

케스트라가 말을 자르듯 대답했다.

"전 그만 갈게요."

"그럴 필요는 없는데……"

알레그라가 말을 꺼냈지만 케스트라는 이미 계단을 내려가고 있었다.

키마라는 한숨을 내쉬고 책을 덮었다. 알레그라가 학업에 대한 질문을 하리라 예상했던 그녀는 이어진 알레그라의 말에 놀라고 말았다.

"키마라, 난 떠날 거야. 잠깐만 나가 있을 거지만, 그래도 이미 콰이다르에게 네 스승이 되어달라고 청을 드려 허락을 받았다."

혼혈 얀 족 소녀는 그 말을 되새기는 듯 아무 말도 없었다.

"빅토리아를 찾으러 가시나요?"

키마라가 조용히 물었다.

"아니. 빅토리아는 이제 내 책임이 아니야. 해결해야 할 다른 일들이 있단다. 이곳에서 먼 곳에."

"저항군의 일인가요?"

"그렇단다."

키마라가 고개를 끄덕였다. 알레그라는 그녀를 유심히 살폈다.

"무슨 걱정거리라도 있니?"

'너무나 많아요.'

키마라는 그렇게 말하고 싶었지만 참았다.

"왜 아무도 빅토리아에 대해 책임지려 하지 않는 거죠? 왜 그 애가 떠나게 그냥 내버려뒀나요? 그앤 아직 어리잖아요. 재과 내가 돌보지 않았더라면, 사막에서 죽었을 거예요. 몇 번이나요."

"알고 있다. 내가 아무렇지도 않게 여긴다고는 생각지 마라. 난 그앨 키웠고, 자라는 모습을 지켜봤지. 넌 다른 사람보다 총명하니까 내가 왜 그애를 그냥 가게 놔두었는지 틀림없이 알 수 있을 거다. 잘 생각해보렴."

키마라는 곰곰이 생각했다. 그리고 잠시 눈을 감고, 최후의 유니콘이 뿔로 자신을 건드리던 순간, 마법이 자신을 가득 채우며 그 어느 때보다도 더 생생하게 살아 있음을 느끼게 해준 그 순간을 떠올렸다.

"그애는 유니콘이에요."

키마라가 중얼거렸다. 알레그라가 고개를 끄덕였다.

"이제 우린 그애를 붙잡을 수 없단다. 유니콘의 영혼이 깨어난 이후, 빅토리아는 더이상 우리 뜻에 따르지 않아. 생각하고 행동하는 방식도 다른 사람하고 달라졌지. 우린 이제 그애를 이해할 수 없어. 그애의 결정에 관여할 수도 없고. 무엇보다도, 그애의 뜻을 거스르며 붙잡아둘 수 없단다. 그래서도 안 되고. 마법이 자유로우려면 유니콘들이 자유로워만 하니까. 내 말 알겠니?"

키마라가 고개를 끄덕였다.

"그런데 또 한 가지 일이 있다." 알레그라가 말을 이었다. "잭이 죽은 이후, 그 아이의 눈에 깃든 빛이 꺼져버렸어. 빅토리아는 그 죽음 때문에 상처를 입었지만, 우리 중 누구도 그앨 치료할 힘이 없지. 그래서 그앤 키르타슈와 직면해야만 해. 그애의 본능이 그러길 요구하니까.

막상 그때가 되면 무슨 일이 벌어질지는 나도 잘 모르겠다. 키르타슈를 죽이지 못할 수도 있겠지. 어쩌면 사랑이 다시 그애의 영혼을 가득 채우고, 우리가 알았던 빅토리아로 돌아올지도. 아니면 잭의 살해자를 죽인 뒤, 그 고통에서 스스로 헤어나올 수도 있겠지. 그것도 아니라면 결국 키르타슈를 죽임으로써 자신도 죽음의 길을 택할지도 몰라. 키르타슈의 눈에서 다른 해답을 찾아내게 될 수도 있고.

모르겠다, 키마라. 예전의 빅토리아는 내 아이였다. 누구보다도 잘 알 수 있었고, 이해할 수 있었지. 하지만 이제 그애는 유니콘이야. 그리고 아무도 유니콘의 생각을 이해할 수는 없지."

키마라가 침을 삼켰다.

"그애가 돌아오길 바라요. 오, 제발 살아 돌아왔으면."

알레그라가 미소를 지으며 얀 족 소녀의 어깨에 팔을 얹었다.

"나도 그렇단다, 얘야. 나도."

이어지는 길들은 길고도 복잡했다. 오래전, 산속에 살던 동물들이 만들어놓은 오솔길을 따라 그들은 조금씩 힘겹게 산맥을 올라갔다. 가끔은 도저히 지날 수 없을 것 같은 바위를 기어올라가야 할 때도 있었다. 하지만 야렌은 발 디딜 만한 자리나 붙잡을 수 있는 나무 따위를 용케 찾아냈다. 빅토리아는 조심스레 야렌이 밟은 곳만 따라 밟으며 그의 움직임을 그대로 따라했다.

산 위로 올라가면서 점점 더 추워졌다. 빅토리아는 지팡이를 사용하여 공기를 따뜻하게 데웠고, 야렌은 그것에 고마워했다.

야렌은 먹을 걸 구하는 데 능했다. 그는 이런 장소에서 어떤 동물들과 마주칠지, 어떤 식으로 놈들을 잡아야 할지 잘 알고 있었다. 그렇다고는 하나, 사냥감이 그리 자주 나타나는 건 아니었다. 바위투성이 벽에 와슈단의 군락지가 가끔 보이기도 했다. 돌에 달라붙을 수 있는 손발 덕분에 바위를 재빠르게 기어올라가는 회색 털이 난 작은 동물들이었다. 하지만 축축한 돌에 착 달라붙어서 떼어내기가 꽤나 힘이 들었다.

야렌은 와슈단이 모여사는 곳을 찾아내는 데 특별한 재능이 있었다. 놈들처럼 산속의 바위벽을 기어오를 수는 없지만 새총을 아주 잘 쏘았고, 놈들을 차례로 돌로 맞혀 떨어뜨릴 수 있었다.

어쨌거나 와슈단의 고기는 맛있지도, 영양이 풍부하지도 않았다. 게다가 구우면 딱딱하게 질겨져서 그다지 좋은 식량이라곤 할 수 없었다.

빅토리아는 처음에는 고기에 입을 대려 하지 않았다. 가능한 한 계속 과일이나 버섯, 산딸기만을 섭취했다. 이둔의 숲에서 자라난 다양한 종류의 식물들은 그녀에게 낯설었지만, 그래도 무엇이 먹을 수 있는 것인지를 본능적으로 알 수 있었다.

하지만 점차 먹을 것을 찾기 힘들게 되었고, 결국 와슈단이든 뭐든 야렌이 찾아낸 고기를 먹어야겠다는 생각이 들었다.

산맥의 바위를 타고 올라간 지 며칠이 지나자 내리막길이 나타났다. 서서히 기온이 올라가고, 눈이 녹아 산속 개울이 다시 이어져 흘렀으며, 바위들 사이로 평평하고 안개가 자욱한 잿빛 풍경이 펼쳐졌다.

"회색 땅인 난갈이에요." 야렌이 말했다. "사람들이 많이 살지는 않지만 가는 길에 마을을 발견할 수 있을 거예요. 어떤 경우든, 산보다는 나을 거예요. 드락웬 탑이 재수 없을 정도로 가까이 있지만 않으면 좋을 텐데."

빅토리아는 대답하지 않았다. 야렌이 힐끗 곁눈질했다.

두 사람은 산을 타고 이동하는 동안 말을 거의 하지 않았다. 가끔씩 야렌은 같이 가는 길동무가 정말 유니콘일까 하는 의구심이 들기도 했다. 며칠 밤 동안, 빅토리아가 악몽을 꾸며 거기서 벗어나려는 듯 뒤척일 때가 있었다. 그때 야렌은 세 달 아래 잠든 빅토리아를, 그리고 그럴 때마다 그녀의 이마에서 별처럼 반짝이는 빛을 처음으로 자세히 보았다.

"왜 드락웬으로 가려는 거죠?"

한번은 야렌이 물었었다.

지난밤의 악몽이 유달리 심했던 빅토리아의 눈밑에 시커먼 그늘이 보였다. 하지만 빅토리아는 그 일에 대해 한마디도 하지 않았고, 마치 일도 없다는 듯 굳건한 의지로 계속 걷기만 했다.

잠시 침묵을 지키던 빅토리아가 대답했다.

"누군가를 만나러요."

"유니콘의 관심을 끌 만큼 중요한 사람이 거기 있나보죠?"

야렌이 미심쩍다는 듯이 질문했다.

"그 사람에게 마법을 건네주려고요?"

문득 질투심이 생긴 그가 덧붙였다.

"아뇨." 빅토리아는 순순히 대답했다. "그를 죽이려고요."

그 간결한 대답에 오싹 한기가 들었다. 젊은이는 더 아무 질문도 하지 않았다.

하지만 난갈 방향으로 난 바위투성이 산속 길을 내려가는 동안, 그는 어린 시절부터 들어왔지만 이제는 사람들이 더이상 믿지 않게 된 전설을 떠올렸다. 갑자기 그가 질문을 던졌다.

"아슈란을 죽이러 가나요? 예언에 따르면 아슈란이 용과 유니콘의 손에 쓰러질 거라던데요."

이동하는 동안, 빅토리아는 그 어떤 것에도 동요하지 않았다. 하지만 이 말은 그녀를 마음 깊이 뒤흔들어놓았다.

"그런 예언이 있었죠."

빅토리아는 천천히 말했다.

"하지만 이루어지지 않을 거예요. 이제 더이상 용은 존재하지 않으니까."

그녀의 말투는 여전히 침착했다. 하지만 야렌은 뭔가 신비한 느낌이 깃든 그 목소리에서 빅토리아의 영혼을 휩쓴 거대한 고독과 슬픔, 절망의 기미를 감지할 수 있었다.

그는 더 많은 걸 묻고 싶었고, 자신이 호위하고 있는 이 수수께끼 같은 소녀의 신비를 더 깊이 파헤치고 싶었다. 하지만 그럴 엄두가 나지 않았다. 빅토리아가 지닌 여왕과도 같은 품위에 겁이 나는 동시에 매혹되었고, 당황하기도 했다.

'이애는 유니콘이야.'

그는 그 사실을 끊임없이 상기했다.

'이상해 보이는 게 당연해.'

뭔가 자신을 엄청난 두려움에 떨게 하는 것이 그녀에게 내재하고 있다고 생각하는 것보다는 그렇게 생각하는 편이 나았다.

어느 날 두 사람은 산맥 아래서 야영을 했다. 둘은 커다란 바위 아래 몸을 피한 채 남쪽에 펼쳐진 지역을 응시했다.

드락웬이다.

"내가 미친 게 분명해." 야렌이 중얼거렸다. "셰크 제국의 심장부까지 동행하다니…… 이건 전부 당신이 언젠가 나를 불쌍히 여겨 마법사로 바꿔주겠지 하는 아련한 꿈같은 기대 때문이에요. 이렇게 희망에 모든 걸 걸어버리는 존재는 바로 우리 인간뿐이죠. 바보 같은 일이긴 하지만 말이에요. 사람들 말이, 우리에게 이렇듯 꿈을 불어넣어주는 건 이리알 여신이라더군요. 하지만 내 생각엔, 단순히 우리 인간들이 다른 지능 높은 종족들보다 더 멍청해서 그런 것 같아요."

문득 야렌이 질문을 했다.

"그런데, 유니콘들에게도 꿈이 있나요? 우리가 잠잘 때 꾸는 꿈이 아니라, 일종의 소망이나 바람 같은 거……그걸 위해서라면 평생 싸울 수 있는 그런 것 말이에요. 그게 없다면 존재가 아무 의미도 없어지는 그런 것. 그런 꿈을 가져본 적이 있나요?"

한순간 빅토리아의 머릿속에서 두 사람의 이미지가 떠오르더니, 어느 순간 그것이 하나로 겹쳐지는 듯 느껴졌다.

잭. 그리고 크리스티안.

"그런 것 같아요."

그녀가 아무 대답도 하지 않으리라고 짐작할 즈음에야 빅토리아는 입을 열었다.

"그 꿈이 실제로 이루어졌나요?"

준마법사는 호기심에 물어보았다.

"아뇨."

잠깐의 침묵 뒤에 빅토리아가 대답했다.

"산산조각났죠."

그날 밤 두 사람은 더이상 말하지 않았다.

하지만, 꿈이 빅토리아의 눈꺼풀에 내려앉았고, 악몽이 다시 돌아왔다. 악몽 속에서 그녀는 잭이 불구덩이 속으로 떨어지는 모습을 보고 또 보아야만 했다. 잭의 가슴을 관통하는 크리스티안의 검. 사투를 벌이는 용과 셰크. 매일 아침 지평선에 해가 떠오르듯, 돌이킬 수 없는 일이었다.

그런데, 그날 밤에는 뭔가 다른 점이 있었다.

그가 반지를 통해 말을 걸어왔다.

빅토리아는 즉각 그 사실을 알아챘다. 그녀의 꿈이 침범당했고, 머릿속은 크리스티안의 이미지로 가득했다. 그의 푸른 눈이 진지하게 그녀를 바라보고 있었다. 마치 그녀를 처음으로 보듯 신비와 암시로 가득한 눈길이었다.

'빅토리아,' 그가 말했다. '내게 오고 있구나. 왜지?'

'잘 알고 있잖아.'

빅토리아가 꿈속에서 대답했다.

'널 죽여야만 해.'

'그래야만 해?'

'선택의 여지가 없어.'

'그렇지 않아, 빅토리아. 물론 내가 한 짓을 지울 수는 없어. 하지만 난 네게 미래를 제공해줄 수 있어. 빅토리아, 날 용서하라는 게 아니야. 내가 어쩔 수 없이 너와 맞서는 건 피하게 해달라는 거야. 나와 함께 있어줘.'

'네 부탁을 들어줄 수 없어. 잘 알잖아.'

'하지만 다른 방법이 있을 거라는 기대도 걸고 있지. 빅토리아, 내가 널 찾아왔어. 눈을 떠봐.'

빅토리아는 돌연 꿈에서 깨어났다. 서늘한 존재가, 자신을 감싸는 두 팔이 느껴졌다. 어느덧, 그녀는 익히 잘 알고 있는 그 어깨 위에 고개를 기대고 있었다.

야렌은 불현듯 잠에서 깨어났다. 갑자기 몹시 추웠다. 빅토리아를 돌아본 그는 그대로 얼어붙고 말았다.

빅토리아가 검은 옷을 입은, 정체를 알 수 없는 젊은이의 품에 안겨 있었다.

이 작자가 누구인지, 그들에게 뭘 원하는지 짐작조차 할 수 없었지만 왠지 모를 전율이 일었다. 길동무를 지키기 위해 달려들고 싶었지만 그 자리에서 꼼짝할 수가 없었다.

두 사람 모두 그의 존재는 신경도 쓰지 않았다. 빅토리아는 두 눈을 크게 뜨고 있지만 움직임이 없었다. 분명히 두 사람은 말없이, 알 수 없는 방식으로 의사소통을 하고 있는 것이다. 그러자 자신이 그곳에 있다는 사실이 주제 넘게 느껴졌고, 두 사람 사이에 끼어들어서는 안 된다는 기분이 들었다.

야렌은 두 사람을 물끄러미 바라보며 부들부들 떨었다.

빅토리아는 움직이려고 애썼지만 그럴 수가 없었다.

'넌 날 마비시켰어.' 빅토리아가 물었다. '왜지?'

크리스티안의 손이 그녀의 머리카락을 어루만졌다. 빅토리아는 모순된 감정의 바다에 빠졌다. 잭을 죽인 증오스러운 그의 심장에 도미바트를 찌르고 친구의 죽음에 대해 복수하고 싶었다. 하지만 또 한편으로는 다시 한번 크리스티안을 끌어안고, 그가 청하는 대로 다시는 그 곁에서 떨어지고 싶지 않았다.

'너와 말하고 싶었어.'

'할 말은 아무것도 없어.'

빅토리아가 나지막이 대답했다. 크리스티안의 품에서 자신이 완전히 무방비한 상태라는 생각이 들었지만 무섭지는 않았다.

'만일 나를 죽인다 해도, 그 다음엔 어쩌려고?'

'그 다음은 아무것도 없어.'

빅토리아가 단정지었다.

'그래서 난 널 죽여야만 하는 거야.'

'너와 싸우고 싶지 않아. 그렇게 해서 일이 해결될 거라는 확신이 있다면, 날 죽이게 놔둘 거야. 하지만 그렇지 않아. 이미 벌어진 일은 이제 어쩔 수 없어. 하지만 너만 괜찮다면, 난 네 고통을 덜어내는 데 남은 일생을 바칠 거야.'

빅토리아는 대답하지 않았다. 크리스티안의 손길이 닿는 게 느껴졌다. 귓가에 속삭이는 그의 목소리가 들렸다.

"같이 가자……"

빅토리아는 천천히 그에게서 몸을 뗐다. 바로 그 순간, 그녀는 크리스티안의 정신력이 계속 발휘되고 있지만, 더이상 그녀에게 영향을 미치지 못한다는 사실을 깨달았다. 셰크는 더이상 그녀에게 아무 힘도 발휘할 수 없었다.

빅토리아는 그의 눈을 보았다. 크리스티안이 잠시 멈칫했다. 그는 흠칫했지만, 손을 치우지는 않았다.

"네 눈 속의 빛은 어떻게 된 거야?"

그가 나지막이 물었다.

"이젠 어둠밖에 보이지 않아."

"바로 네가 그렇게 만든 거야."

빅토리아가 미동도 하지 않은 채 대답했다.

그녀는 몸을 일으켜, 한 번도 곁에서 떼어놓은 적이 없는 도미바트의 손잡이를 쥐었다. 크리스티안이 손을 치우며 조금 뒤로 물러서더니 고개를 흔들었다.

"너랑 싸우지 않을 거야."

"네가 어딜 가든 상관없어. 널 찾을 때까지 쫓아갈 거야. 영원히 날 피할 순 없어."

"필요하다면, 그렇게 할 거야."

빅토리아는 벌떡 일어나 검을 칼집에서 꺼냈다. 크리스티안은 기나긴 시선을 던지더니 고개를 흔들며 몇 발 뒤로 물러섰다.

그리고 어둠 속으로 사라졌다.

그때서야 야렌은 움직일 엄두가 났다.

“저놈은 누구죠?”

질문을 하는 그의 목이 바짝 말라 있었다.

야렌은 빅토리아가 이름을 알려줄 거라 기대했다. 하지만 빅토리아는 그저 이렇게 말할 뿐이었다.

“내가 죽여야 할 사람.”

더 물어보고 싶었지만, 빅토리아의 눈빛에 오싹한 한기가 든 그는 그대로 잠자코 있었다. 그렇지만 불안한 마음은 어쩔 수 없었다. 두 사람이 기이한 침묵의 의사소통을 나누면서 서로 안고 있는 모습을 보았을 때는, 두 사람 사이에 증오나 원한보다는 다정함이 더 큰 것 같았다고 느껴졌는데.

“검을 사용할 줄 알아요?”

다음날 야렌이 물었다.

“아뇨. 검으로 싸우는 법은 한 번도 배운 적이 없어요.”

“그럴 줄 알았어요.”

야렌이 고개를 끄덕였다.

“지팡이와 검을 동시에 갖고 싸울 수는 없으니까. 우리와 맞섰을 때 지팡이를 사용했잖아요. 그렇다면 분명 이 검은 당신 게 아니군요.”

“지금은 내 거예요.”

빅토리아가 조용히 반박했다.

"내가 검 다루는 법을 가르쳐줄 수 있어요. 대단한 전문가는 아니지만 산적들과 지내는 동안 좀 배운 게 있죠."

빅토리아는 아무 말이 없었다.

"대신, 나를 완전한 마법사로 만들어주면 고마울 텐데."

세상 일이 다 그런 식이라는 말투로 그가 덧붙였다.

빅토리아는 여전히 대답 없이 그를 쳐다보았다. 야렌은 불편하여 몸을 뒤척였다.

"됐어요, 없었던 일로 해요." 그는 두 손을 들었다. "그래도 어쨌든 가르쳐줄게요. 검은 옷을 입은 그 작자가 누군지는 모르겠지만, 암살자라는 건 알겠어요. 놈은 아마 어떤 무기에도 능할 걸요. 다시 그자와 대결하게 되면 검을 다룰 줄 아는 편이 낫겠죠."

빅토리아는 야렌이 그 사실을 어떻게 알 수 있었는지 묻지 않았다. 난델트 사람들 중 검은 옷을 입는 것은 오로지 암살자들뿐이었기 때문이다.

난갈로 가는 여정은 더뎠고 불편했다. 아침과 저녁에는 땅이 거의 안개로 뒤덮이다시피 했고, 세 태양이 안개를 밀어내는 것은 오로지 한낮의 가장 더운 시간뿐이었다. 빅토리아는 안개가 끼든 말든 계속 길을 가려 했지만, 야렌은 날씨가 맑을 때만 나서자고 설득하여, 아침, 저녁은 검을 연습하는 시간으로 이용했다.

야렌의 검은 낡아서 여기저기 녹이 슬었고, 멋진 도미바트에 비하면 보잘것없었지만, 지금으로서는 달리 방도가 없었다.

빅토리아는 야렌이 예상한 것만큼 서툴지는 않았다. 날쌔고 확실한 움직임을 보면 언제 어떻게 공격해야 할지 이미 잘 알고 있는 듯했다. 그래도 처음에는 검을 지팡이처럼 다루려 했기에, 야렌은 검을 잡는 자세를 교정하고 동작을 가르쳐야 했다.

산적의 방식은 누르곤 기사들의 고상하고 우아한 검법과는 거리가 멀었다. 눈속임도 없었고, 힘차고 직접적인 동작뿐이었다. 덫을 놓거나 상대방의 불리한 상황을 이용할 수 있으면 좋겠지만, 빅토리아는 그저 야렌이 가르쳐주는 모든 걸 차근히 알아듣고 익힐 뿐이었다.

길을 가는 동안 그들은 여러 마을을 거쳤다. 첫번째 마을에 작은 여관이 나타자나, 빅토리아는 망설이지 않고 발길을 그곳으로 돌렸다.

"우린 돈이 없어요."

야렌이 언짢은 표정으로 상기했지만 빅토리아는 그의 말을 듣지 않았다.

여관 식당은 그다지 붐비지 않았다. 한 무리의 마을 사람들이 불가에서 술을 마시고 있었고, 구석에는 노인이 꾸벅꾸벅 졸고 있었으며, 한 젊은이가 여종업원의 주의를 끌려고 집적대고 있었다. 모두 난갈 지역의 풍습대로 회색 옷을 입고 있었다.

야렌은 절반쯤 그늘져 어두컴컴한 구석 테이블을 보았다. 이제 막 저녁식사를 마친 시슈 세 놈이 앉아 있었다.

야렌이 빅토리아의 팔을 잡았다.

"당장 여기서 나가야 해요."

빅토리아가 힐끗 쳐다보자 야렌은 황급히 팔을 놓았다.

시슈 셋이 동시에 돌아보았다.

야렌은 긴장하여 뒷걸음쳤다. 빅토리아는 그대로 선 채 침착하게 그들을 보았다.

뱀 인간 셋이 천천히 일어나더니 가까이 다가왔다. 야렌은 검 손잡이로 손을 가져갔다. 심장이 거세게 뛰었고, 도망쳐야 할지, 싸워야 할지, 아니면 기다려야 할지 알 수가 없었다. 하지만 빅토리아는 움직이지 않았다.

그때 놀라운 일이 벌어졌다. 시슈들이 빅토리아에게 존중의 표시로 고개를 숙였고, 대장으로 보이는 자가 말했다.

"이 집에 오신 걸 환영합니다. 루나리스 아가씨."

빅토리아는 아무 말도 하지 않았다. 여전히 침착하게 그들을 바라볼 뿐이었다.

여관집 주인이 서둘러 빅토리아에게 달려왔다. 시슈가 경멸을 담은 표정으로 그에게 명령했다.

"키르타슈 왕자님이 이분을 이둔의 미래의 황후로 접대하라고 명령하셨다. 이분께 어울리는 최고로 좋은 방과 저녁을 준비하도록 하라."

여관집 주인은 부들부들 떨면서 고개를 숙였다.

야렌은 깜짝 놀랐으나, 빅토리아는 아무 말도 하지 않았다. 그녀가 친절하게 고개를 숙이자 세 시슈들도 똑같이 절을 했다. 빅토리아는 불가의 테이블에 자리를 잡았다.

잠시 망설인 후, 야렌은 빅토리아를 따라 앉았다.

뱀 인간들은 저녁식사를 마치고, 계산을 하더니 저희들 방으로 올라갔다. 그들이 시야에서 사라지자, 야렌은 몸을 숙이며 나지막이 물었다.

"이둔의 미래의 황후라고요? 키르타슈와는 무슨 관계죠?"

빅토리아는 잠시 뜸을 들이더니 대답했다.

"내 운명은 그런 것과는 아무 상관 없는 것이었죠. 하지만 이제 그 운명은 실현되지 않을 거예요. 그 사람 말에 따르면, 그렇기 때문에 내가 이 세상 최후의 유니콘으로서 그에 걸맞은 자리를 차지하기를 바란다는 거예요."

야렌은 무슨 소린지 알아들고는 흠칫 놀랐다.

"당신은 우리 모두를 위한 존재인데, 네크로맨서의 아들이 어찌 감히!"

그가 화를 내며 주먹을 불끈 쥐었다.

"그놈 하는 짓 좀 보라고요! 유니콘을 전멸시킨 놈의 아들이 최후의 유니콘을 자기 짝으로 삼으려 하다니."

빅토리아는 대답할 필요를 느끼지 않았다.

"기분 나쁘지 않아요?"

야렌이 의외라는 듯 물었다.

"당신한테 억지로 자기 뜻을 이루게 할지도 모르는데 무섭지 않아요?"

"아뇨. 기분 나쁘지 않아요."

빅토리아가 놀라운 대답을 했다.

"다른 때였다면, 기꺼이 받아들였을지도 모르죠. 하지만 이제 그건 끝난 일이에요. 어쨌든 그를 다시 만나도 상관없어요. 결국, 내가 죽여야 할 사람이 바로 키르타슈니까요."

야렌은 어이가 없어 뒤로 털썩 나앉았다. 며칠 전날 밤에 빅토리아에게 찾아온 검은 옷의 젊은이가 떠올랐다. 모든 이둔인들처럼 야렌도 네크로맨서의 아들, 키르타슈에 대한 이야기를 들은 적이 있지만, 실제로 본 적은 한 번도 없었다.

그 신비한 젊은이가 다름 아닌 바로 키르타슈였다는 사실을 깨닫자, 숨이 멎을 것 같았다. 새삼 그날 밤 자신이 지켜봤던 이상한 장면이 떠올랐다.

"이해가 안 돼요." 야렌이 중얼거렸다. "그는 당신이 자신을 죽이려한다는 걸 알잖아요. 그렇죠? 그런데 왜 사람들에게 당신을 받들고 존중하라는 지시를 내린 거죠?"

빅토리아는 잠시 그를 쳐다보고는 쓰디쓴 미소를 지었다. 야렌은 소름이 끼쳤다. 빅토리아가 웃는 모습을 한 번도 본 적이 없었지만, 미소를 지어도 그녀가 평상시 보여주던 심각한 표정보다 별반 나을 것도 없었다.

앞뒤 상황을 끼워맞추자 많은 일이 이해되었다. 하지만 드러난 사실들은 사실이라고 믿기 어려웠다.

'키르타슈가 빅토리아를 사랑하는 거야.'

그가 생각했다.

'오, 세상의 모든 신들이시여, 그 지독한 작자가 그녀와 사랑에 빠진 거야.'

빅토리아의 감정은 어떤지 물어보려 했지만, 그녀의 표정을 보자 차라리 입을 다물고 있는 게 낫겠다는 생각이 들었다.

알리스 리스반으로 가는 길에는 다른 마을들도 있었다. 그들은 가는 곳마다 비슷한 대접을 받았다. 루나리스, 유니콘 아가씨가 이 지역을 지나고 있다는 말이 퍼져나갔다. 대부분 사람들은 그녀가 정말로 유니콘인지 의아해했지만, 그래도 잘 대접하라는 명령을 받은 터라 가는 곳마다 잘 곳과 먹을 것을 구할 수 있었다.

두 사람을 맞이한 어느 집에서 빅토리아는 마침내 다 헤어진 옷을 갈아입을 수 있었다. 바지는 아직 쓸 만했지만 셔츠는 너무 많이 빨아서 실이 다 풀리고 소매도 다 닳은 터였다. 안주인이 장화와 회색의 짧은 튜닉을 내주자, 빅토리아는 바지 위에 걸쳐 입고 허리끈을 잡아맸다.

야렌 역시 용모가 바뀌었다. 공들여 몸을 씻고, 머리칼을 자르고, 면도도 하고, 내어준 옷으로 갈아입었다. 이틀 전, 다른 마을에서 사람들이 그를 루나리스 아가씨에게서 떼어놓고 법정에 세우려고 했다. 그가 빅토리아의 동행자라는 사실을 믿지 못했기 때문이었다. 빅토리아가 침착하면서도 단호하게 끼어들었을 때에야 사람들은 그를 풀어주었다. 야렌은 빅토리아와 계속 함께 가려면, 지금보다는 깔끔하게 보여야 한다는 사실을 깨달았다.

실망스럽게도, 빅토리아는 그의 새로운 차림을 보고도 한마디도 하지 않았다. 어쨌든 야렌은 그 공허한 시선과 커다란 검은 눈에 익숙해지기 시작했다. 지난날에는 따뜻함과 생기 넘치는 표정이었을지 모르나, 이제 그 눈은 아무것도 바라보지 않는, 깊이를 짐작할 수 없는 두 개의 우물과도 같았다.

그랬다. 눈썹 하나 깜짝하지 않고 산적 두목을 죽인 바로 그날부터 빅토리아의 두 눈은 오싹한 한기를 불러일으켰다. 야렌은 그 눈길에 깃든 것들을 모두 다 이해할 수는 없었지만, 어딘가 비인간적인 데가 있는 그녀의 무관심한 상태를 눈여겨보았다. 빅토리아는 주위에서 일어나는 그 어떤 것에도 관심을 두지 않았다.

빅토리아에겐 오로지 두 가지만 존재했다. 즉 키르타슈를 죽이려는 자신의 의지와, 그것이 일어나길 바라는 마음뿐이었다. 야렌은 빅토리아가 자신을 만나기 전에 도대체 무슨 일을 겪었는지 알지 못했지만, 그녀의 내부에 누구와도 나눌 수 없는 극심한 고통이 있음을 알 수 있었다. 그리고 그것이 무엇이든 간에, 그녀와 세상 사람들 사이에 벽을 세워 놓았다는 정도는 알 수 있었다.

며칠이 더 지난 뒤, 그는 그 고통이 어떤 것인지 조금 알게 되었다. 두 사람이 회색 땅을 뒤로하고, 지평선에 피어오르는 안개를 뚫고 지날 때였다. 평원 여기저기에 진귀하고 섬세한 나무들이 자라난 작은 숲들이 보였다. 나뭇가지와 줄기, 뿌리가 마치 세련된 취향을 지닌 예술가가 빚어놓은 듯 묘한 모양을 하고 있었다.

"알리스 리스반이 가까워요."

빅토리아가 나무 앞에서 발걸음을 멈추자 야렌이 말했다.

"숲 전체가 신들의 변덕을 보여주는 것 같다고들 하죠. 그곳은 나무 한 그루 한 그루가 위나 여신이 손수 새겨놓은 것 같대요."

두 사람은 근처에서 나무꾼의 오두막을 발견하고도 그다지 놀라지 않았다. 난갈 남부에 사는 사람들이 목재를 얻을 수 있는 유일한 장소가 그곳이기 때문이었다.

나무꾼은 퉁명스럽고 불쾌한 사람이었지만, 그날 밤 두 사람을 자기 집에 맞아주었다. 그들이 수프를 먹는 동안, 나무꾼은 최근에 사람들을 괴롭힌 악천후에 대해 투덜댔고, 일곱 살도 넘지 않았을 그의 어린 아들은 음식 접시를 내오느라 부엌과 식당을 들락거렸다. 야렌은 아이가 고개를 숙인 채, 제 아버지를 쳐다볼 엄두조차 내지 못하고 있는 것을 주시했다.

그때 일이 벌어졌다. 뭔가에 부딪힌 꼬마가 빅토리아에게 줄 음식이 담긴 접시를 든 채 넘어졌다. 그릇이 바닥에 탁 하고 부딪치더니 깨져버렸다.

아버지는 욕설을 내뱉었다.

"이런 굼벵이 같은 녀석! 아무짝에도 쓸모없는 멍청한 놈!"

솥뚜껑 같은 큰 손이 아이의 얼굴에 날아들었고, 아이가 뒤로 나가떨어졌다. 아이는 겁에 질려 숨을 할딱이면서 물러나려 했고, 그 순간 나무꾼이 또다시 아이를 때렸다.

하지만 세번째 구타는 없었다.

빅토리아가 두 사람 사이에 끼어들었다. 사내는 노발대발하며 밀어내려 했으나, 그녀의 눈빛이 반박을 허용하지 않았다.

"이제 됐어요."

빅토리아는 다만 그렇게 말할 뿐이었다.

목소리를 높이지도 않았고, 명령은 더더구나 아니었다. 하지만 거구의 나무꾼은 빅토리아 앞에서 덜덜 떨면서 뒷걸음쳤다.

빅토리아는 아이 곁에서 몸을 숙였다. 뺨이 부어오르고, 입술이 찢어졌지만 아이는 울지 않으려 애쓰고 있었다. 빅토리아가 손가락을 들어올려 맞은 부위에 대자 꼬마는 흠칫 움츠러들었다.

"무서워하지 마."

빅토리아가 말했다.

아이는 부들부들 떨면서 침을 삼키고는 그대로 있었다. 빅토리아는 손가락 끝을 꼬마의 얼굴에 대고 마법을 흘려보냈다.

그녀는 지금까지 이보다 더한 상처를 수십 번도 더 치료했다. 빅토리아에게서 흘러나온 에너지는 조직을 재생하고, 상처를 아물게 하며, 독성을 제거하고, 감염부위를 치료했다.

하지만 이번에는 뭔가 이상했다.

겉으로 봐서는 모든 게 순조로웠다. 하지만 아이가 긴장하며 부들부들 떨었다. 숨소리가 거칠어지더니, 어느 순간 아이는 더이상 참지 못해 비명을 지르고 눈물을 뚝뚝 흘리며 뒤로 물러섰다.

"이러지 마세요."

아이가 애원했다.

"제발, 그만하세요."

빅토리아는 잠시 아이를 쳐다보며 당황해했다. 아이의 눈이 두려움으로 가득했다. 마치 괴물을, 제 아버지보다 더 무시무시한 괴물을 보는 듯한 눈빛이었다.

숨이 넘어갈 듯한 비명이 들려오자, 아이의 엄마가 달려와 아이를 품에 안았다. 아이 엄마가 어디 있는지 내내 궁금해했던 야렌은 그녀가 남편에게 맞서지 못했던 것이리라 생각했다.

아이 엄마는 아들을 품에 안은 채, 두 사람을 돌아보았다.

“제발, 떠나주세요.”

그녀가 간청했다.

야렌이 화를 내며 대꾸하려 했지만, 빅토리아는 한마디 말도 없이 고개를 끄덕이고는 짐을 챙겼다. 야렌도 따라서 하는 수밖에 다른 도리가 없었다.

그들은 작별인사도 하지 않았다.

그날 밤 두 사람은 노숙을 해야 했으나, 빅토리아는 전혀 개의치 않는 듯 보였다. 침묵 속에서 한동안 모닥불만 쳐다보고 있던 야렌은 용기를 내어 물어보기로 했다.

“아이한테 어떻게 한 거죠?”

“치료를 해줬어요.”

빅토리아는 아무 감정이 실리지 않은 목소리로 대답했다.

“치료라고요?”

야렌이 되풀이했다.

“글쎄요, 그 짐승 같은 제 아버지 곁에 있을 때보다 더 무서워하는 것 같던데요. 대체 어떤 종류의 마법이었나요?”

“그애가 두려워한 건 마법이 아니에요.”

빅토리아가 대꾸했다.

“바로 나예요.”

그녀는 더이상 말이 없었고, 야렌도 질문하지 않았다.

하지만 빅토리아는 그날 밤 잠을 이루지 못했다. 잭의 죽음 이후 처음으로 잭과도, 크리스티안과도 상관없는 일이 걱정되었기 때문이었다.

그날 밤의 일이 무엇 때문인지는 정확히 알고 있었다. 빅토리아가 대기에서 모은 마법은 그 자체로는 순수하지만, 그녀를 통과해야 다른 사람에게 전달될 수 있다. 그러면서 빅토리아 내면의 일부가 그 속에 휩쓸려들어간다. 얼마 전까지만 해도, 빅토리아의 마법은 달콤함, 애정, 사랑으로 가득했다. 하지만……

'지금은 오로지 고통뿐이야.'

빅토리아는 생각했다.

'텅 비어 있지. 그리고 어둠뿐.'

그것이 나무꾼의 아들을 치료할 때 그 아이에게 전달된 것이다. 그것이 바로 아이가 견딜 수 없어했던 것이었다.

'마법을 전해줄 수 없다면, 오직 고통만 줄 뿐이라면……내게 남은 건 뭐지?'

빅토리아는 생각했다.

'내 인생은 무슨 의미가 있는 거야?'

크리스티안이 며칠 전 밤에 했던 말이 떠올랐다.

'만일 나를 죽인다 해도, 그 다음엔 어쩌려고?'

'그 다음은 아무것도 없어.'

빅토리아는 대답했었다.

'그래서 난 널 죽여야만 하는 거야.'

그녀는 첫번째 태양이 떠오를 때까지 거의 잠을 이루지 못했다.

4

신과 예언

조금 더 너머에서 터널이 끝났다.

잭의 심장 박동이 빨라졌다. 밖으로 나가기를 갈망한 지가 한참 되었다. 우마둔의 지하 미로에서 질식할 것만 같았던 그는 순수한 공기를 마시고 싶었다. 막 출구로 달려나가던 차에 셰시스가 막강한 꼬리를 움직여 잭을 붙잡았다.

'너무 서두르지 마라, 얘야. 터널 입구 근처에서 잠시 기다려. 미리 잘 살펴보기 전에는 절대로 밖으로 나가지 마라.'

잭은 어쩔 수 없이 셰크 뒤를 따랐다.

그렇지만 터널 너머에도 기대했던 것만큼 빛이 많지는 않았다. 아마 밤인 모양이다. 그는 잔뜩 궁금해하며 가벼운 발걸음으로 출구에 다가가고 있었다.

'조심해.'

셰시스가 다시 경고하고는 그가 지나가도록 조금 물러났다.

잭이 주위를 살피며 삐죽 몸을 내밀었다.

'여기가 우마둔의 바깥이야.'

셰시스의 목소리가 머릿속에 희미하게 들려왔다. 충격이 너무나 커서 그 말이 거의 들리지 않았다.

잭의 시야에 아무것도 자라지 않은 황폐한 땅이 펼쳐졌다. 검은 구름이 두껍게 하늘을 가리며 우마둔의 돌투성이 피부 위로 어둠을 던지고 있었다. 찌릿찌릿한 전기가 실린 구름들이 땅이 이곳저곳 파이도록 광선을 쏘아대고 있었다. 오싹한 풍경이었다.

흠칫 놀란 잭은 하늘을 쪼갤 듯한 번개에 드러난, 돌투성이의 음산한 세상을 응시했다.

'늘 이렇지.' 셰시스가 말했다. '구름, 광선, 번개. 하지만 비는 한 방울도 오지 않아. 절대로.'

잭이 고개를 들어 구름을 보았다.

"그럼 해도 절대로 뜨지 않아?"

'우리는 태양이 하난지 여러 개인지조차 알지 못해.'

셰시스가 대답했다.

'우리 기억 속 하늘은 언제나 구름으로 뒤덮여 있거든. 그 속에 축적된 전기 때문에 구름을 뚫고 날아가 알아볼 수도 없고.'

잭은 오싹 소름이 끼쳤다.

"끔찍해."

'완전히 죽은 세상이지. 그래서 우리는 바깥으로는 절대 나가지 않아. 유일한 생존방법은 터널 안에 머물러 있는 거지.'

"하지만……"

잭이 머뭇거렸다.

"이곳은 정확히 뭐지?"

'네 생각엔 뭔 것 같아?'

잭은 곰곰이 생각했다. 셰시스는 잭이 직접 해답을 추리해내도록, 잭의 질문에 질문으로 답하기를 좋아했다. 잭은 처음에는 그것에 짜증을 냈고, 참을성 없이 굴기도 했지만, 점점 익숙해지기 시작했고 가끔씩은 좋아하기도 했다. 그 덕분에 미스터리로만 보이는 많은 일들도 찬찬히 생각해보면 실제로는 이해할 수 있는 일이라는 걸 깨달을 수 있었다.

잭의 문제는 대개 깊이 생각하지 않는 데 있었다. 셰시스는 잭의 이런 단점을 고쳐주기 위해 애쓰고 있었다. 셰시스의 말에 따르면, 잭이 계속 이렇게 충동적으로 굴다가는 어린 나이에 죽을 확률이 아주 높다는 것이었다.

"우마둔이 날개 달린 뱀들의 왕국이라고 말했었지."

잭이 상기했다.

"사람들 말이, 오래전, 용들이 셰크들로 하여금 영원히 세상의 경계를 헤매는 운명에 처하게 했다고 했어."

잭은 시선을 들어 친구의 무지갯빛으로 번득이는 눈을 보았다.

"우리가 이둔의 경계에 있는 거야?"

'이둔에 경계가 있다고 생각하니?'

"지구와 비슷한 행성이라면, 둥근 공 모양을 하고 있을 테니 경계가 없겠지. 아니면 혹시 그 경계가 바로 대기권일 수도 있고."

'네가 보기엔 이곳이 이둔의 경계 같니?'

잭이 주위를 새삼 둘러보았다.

"아니." 잭이 시인했다. "또다른 세상처럼 보여. 새롭고 낯설고 잔혹한 세상."

'낯설고 잔혹한, 다른 세상이지.'

셰시스가 일부 수긍했다.

'하지만 새로운 세상은 아니야. 우마둔이라는 말이 무슨 뜻인지 아니?'

잭이 인상을 썼다. 이둔어로 우마둔은 '첫번째 세상' 이라는 뜻이다.

"그러면, 그 이름 안에 실마리가 있는 거야?"

셰시스가 고개를 끄덕였다.

'온혈생물들은 역사를 시대별로 나눠 이야기하길 좋아하지. 첫번째 시대는 이둔이 젊었을 때로 온혈생물들이 대지에 살기 시작하고, 종족들이 다른 종족과 관계를 맺기 시작한 때이지.

첫번째 시대의 끝 무렵, 최초의 천체 결합이 일어난 날에 최초의 유니콘이 이둔 땅을 밟으며 새 시대의 시작을 알렸는데, 이 두번째 시대를 바로 마법의 시대, 즉 어둠의 시대라고 불렀지. 이 시대는 탈만논 황제의 패배와 함께 종지부를 찍었어. 명상의 시대라고 불린 세번째 시대에는 여섯 신의 힘이 다시 회복되었고, 마법사들 역시 셰크들과 마찬가지로 추방당하고 말았지.

지금 우리는 네번째 시대의 끝을 보고 있는 거란다, 잭. 대마법사들의 시대, 즉 용들이 그들과 동등하게 여기던 막강한 마법사들의 시대지. 이 다음엔 무슨 시대가 올까? 온혈생물들은 궁금해하지. 아, 그들은 자기들이 이둔의 역사를 잘 알고 있다고 생각해. 하지만 모든 역사가 첫번째 시대와 함께 시작된 게 아니라는 것, 그들이 살고 있는 세상이 창조되면서 시작된 게 아니라는 사실은 모르고 있지.

그 역사는 이곳, 우마둔에서 시작되었단다.'

잭은 숨이 멎을 것만 같아 바위에 등을 기댔다.

"우마둔이 이둔보다 먼저라는 말이야?"

셰시스가 고개를 끄덕였다.

'온혈생물들의 전설들은 모두 다 여섯 신들이 어떻게 이둔을 창조했는지를 말하고 있어. 그 전설들은 잘못된 거야. 신들은 첫번째 시대 이전, 즉 이둔이 생기기 전에 우마둔을 먼저 창조했으니까. 그리고 파괴해버렸지.'

"파괴해버렸다고? 왜?"

셰시스의 몸통이 낮은 웃음으로 떨렸다.

'전설에선 여섯 신들이 서로 조화롭게 지내며 셉티모 신에 대항하여 끊임없는 투쟁을 벌이는 데 힘을 합쳤다고 했지. 하지만 더 오래된 이야기를 보면, 사소한 실랑이나 말다툼을 했다는 사실도 엿볼 수 있어……'

잭은 키마라가 그와 빅토리아에게 들려준 전설이 떠올랐다. 위나 여신이 카슈타르 사막을 태워버린 알둔 신에게 어떻게 화를 냈는지를 들려주는 전설이었다.

'아득한 옛날, 우마둔은 아름답고 생명이 넘치는 세계였어. 신들은 우마둔에 정성스럽게 공을 들였지. 그들이 창조한 최초의

세상이었으니까. 하지만 그 무렵 신들은 자주 싸웠단다. 꽤나 과격한 다툼이었지.'

세시스는 잠시 아무 말도 없었다. 잭은 뭔가 물으려다가 세시스가 말을 잇기를 기다렸다.

'인간들끼리 싸울 때, 십중팔구 그들도 알지 못하는 사이에 별 관심을 기울이지 않는 많은 작은 생물들을 파괴할지도 모르지. 식물, 곤충 같은 것들이 인간의 발 아래 깔려죽는 거야. 셰크들과 용들이 싸울 때, 가까이 있던 불행한 온혈생물들과 냉혈생물들이 별 도리 없이 납작하게 짓밟혀버리는 것처럼 말이야.

하지만 애야, 신들이 싸울 땐 세계 하나가 통째로 파괴될 수도 있단다, 무슨 말인지 알겠니?'

잭은 온몸에 전율이 일었다. 그는 번개가 번쩍이는 우마둔의 황량한 표면을 새삼 응시했다.

"한 세상을 창조하고 그 다음에는 파괴해버렸다고? 이해할 수가 없네."

잭이 털어놓았다.

'신들은 막강하지. 위험하기도 하고. 온혈생물들은 정말로 신들이 자기들 말을 들어주기라도 할 듯 신전에서 간절하게 기도를 드리지. 아, 물론 신들은 위대한 존재들이야. 그들에겐 우리들 역시 그저 작은 곤충에 지나지 않을 거야. 알아차리지도 못하는 사이에 우리를 납작하게 눌러버릴 수도 있으니까. 가끔 우리의 존재를 알고 있다는 듯한 희미한 인상을 남기기도 하지만, 사실 우리가 보이지도 않는 거야. 우린 지극히 작고, 중요하지도 않은 존

재들이니까.'

잭은 몸이 떨렸다. 여섯, 아니 일곱 신이 정말로 존재할지도 모른다는 생각은 충격이었다. 그리고 그 신들이 알아차리지 못하는 사이에 하나의 세계를 파괴할 수 있다는 사실은 최악이었다.

'아무튼, 신들은 우마둔을 잃고 안타까워했지.'

셰시스가 말을 이었다.

'그러고는 더 크고 더 완벽한 세계인 이둔을 창조하여 생물들이 살게 했어. 처음에는 모든 게 좋았지만, 다시 싸움이 일어났고, 셉티모 신이 나타나 모든 신들에게 대들었지. 신들이 새로 전쟁을 시작했더라면 그걸로 이둔 역시 최후를 맞았을지 몰라.'

"하지만 그러지 않았군."

'오, 아니, 그랬단다. 영원한 전쟁이 시작되었지. 셉티모에 맞서는 여섯 신들이 지금까지도 계속되고 있는 전쟁을 벌였어. 하지만 이번에는 자신들이 직접 싸우지 않기로 결정한 거야. 그들은 자기들을 대신해 전쟁을 벌일 자들을 이곳에 남겨둔 채 떠났단다. 온혈생물이나 냉혈생물보다 훨씬 더 막강한 생물들, 투쟁에서 신들을 대표할 자격이 있는 생물들, 하지만 그래도 역시 신들과 비교하면 지극히 작기 때문에 운명의 전쟁에서 그 전쟁터까지 파괴할 수는 없는 생물들을 말이야.'

잭은 셰시스가 무슨 이야기를 하고 있는지 이해하고 오싹한 한기를 느꼈다.

"셰크와 용이군요."

그가 목소리를 낮춰 말했다.

'우마둔은 우리의 근원이란다. 얘야, 신들이 우마둔을 파괴하지 않았다면, 그후에 신들을 대신해 싸우라고 우리를 창조하지도 않았겠지. 그래서 우리는 서로 증오하는 거란다, 잭. 신들이 우리로 하여금 서로 증오하도록 창조했기 때문이지. 우리들의 일생의 목적은 신들의 전쟁에서 싸우는 것이고, 신들은 우리에게 그렇게 하도록 시켰어. 우리가 창조된 본연의 목적에서 벗어날 수 없도록 말이야.'

잭은 문득 이둔이라는 세상이 거대한 장기판처럼 느껴졌다. 그곳에서 두 대결 상대가 말을 조종하고, 그 말들은 서로 다른 색깔의 말과 대결을 벌이는 것이다. 셰크와 용은 이들의 장기말인 셈이다. 누가 이기든 그들이 이기는 게 아니라, 그들을 조종하며 게임을 벌이는 자들이 이기는 셈이었다.

"당신 말은 믿을 수 없어."

잭이 항변했다.

"그래, 못 믿겠어. 신들은 존재하지 않아. 우리의 운명을 조종하지 않는다고."

'그렇다면, 넌 왜 셰크를 미워하는 걸 멈출 수 없지?'

셰시스가 비웃었다.

잭이 황급히 고개를 돌렸다. 몸이 격렬하게 떨려오자 그는 기억 속에서 셰시스의 말을 지워버리려고 애썼다. 하지만 셰시스의 목소리는 텔레파시를 통해 계속 머릿속에서 울려댔다.

'우리가 왜 아슈란과 동맹을 맺었는지 이제 이해가 되니? 왜 용의 전멸을 그 조건으로 내걸었는지도? 그자는 모든 용의 죽음을 약속했고, 그 약속을 아주 충실하게 지켰지. 일단 우리 적이 사라지고 나면 우리는 자유로워질 거고, 더이상 억지로 싸울 필요가 없으니까……'

"입 다물어!"

잭이 고함을 질렀지만, 그 목소리는 천둥 소리에 묻혀버리고 말았다. 하지만 셰시스의 목소리는 머릿속으로 들려오기 때문에, 세상의 그 어떤 소리로도 그 소리를 없앨 수 없었다.

'너희 용도 똑같은 일을 하려고 했었어. 두번째 시대가 끝나갈 무렵, 용들은 우리를 전부 없애려 했고, 우리의 상당수가 제거되었지. 하지만 살아남은 자들은 우마둔으로 돌아왔지. 우린 용과 셰크들의 전쟁이 끝나지 않았다는 걸, 최후의 적을 없앨 때까지 끝나지 않으리라는 걸 알았어. 그런 이유로, 잭, 셰크들은 네가 죽어야만 한다고 믿는 거야. 예언 따윈 오로지 그 수천 번을 찢어 죽여도 시원찮을 아슈란에게나 중요한 사실이었지만 말이다. 우리가 바란 것은 오로지 우리가 자유로워질 수 있도록 용을 없애는 것뿐이었어……

네 생명의 숨길이 이어지는 한, 넌 셰크들을 상대로 계속 투쟁을 해야겠지. 너와 상관없는 전쟁에서 싸우면서. 널 지금의 이 모양으로 만든 신들을 위해 죽을 운명을 떠안은 채로 말이야. 신들은 네 얼굴조차 본 적이 없고 오래전에, 아주 오래전에 우릴 떠나버렸는데도 말이지. 그래도 우리는 이곳에서 신들의 명분을 위해 계속 서로 죽고 죽이고, 그렇게 영원히 계속하겠지……두 종족 중 하나가 완전히 멸종할 때까지.'

"그만해!"

잭이 소리쳤다. 세시스의 말이 머릿속에서 떠올랐다. 돌이킬 수 없는 오래된 전쟁의 단상들과 셰크와 용들이 이유도 모른 채 세대를 거듭하며 서로 미워하고, 죽이는 모습들이. 치명적인 독니, 불을 뿜어내는 입, 앞발과 날개, 비늘…… 모든 것이 머릿속에서 온통 뒤섞였다, 얼음, 불, 피, 증오, 죽음……

그는 더이상 견딜 수가 없었다. 비명을 지르자 용의 포효가 터져나왔고, 잭은 황금 용, 얀드라크로 변신했다. 화염에 휩싸인 그는 세시스를 돌아보았다. 순간 그녀의 눈에 떠오른 공포를 읽은 그는 셰크들이 통제할 수 없는 요소인 불에 대해 얼마나 큰 공포를 품고 있는지 실감했다.

그는 우마둔의 지표면 위로 인정사정없이 쏘아대는 구름 속의 전자 광선에 맞서 날개를 펼치며 강력한 추진력으로 공중으로 솟아올랐다. 그러고는 세시스로부터, 그리고 오랫동안 어둠 속에 머물던 눈동자에 갑자기 내리쬔 태양빛처럼 그에게 큰 상처를 준 그녀의 말들로부터 멀어져갔다.

잭은 본능적으로 광선 사이를 이리저리 피하면서 방황하듯 한동안 날아다녔다. 세시스와 그녀가 밝힌 진실로부터 도망칠 궁리만 하면서.

계속 날아가던 그의 바로 앞에 광선이 떨어졌다. 급작스럽게 멈추려던 그는 공기의 흐름에 떠밀려 통제력을 잃고 말았다.

잠시 후, 용은 쿵 하는 소리와 함께 움푹 파인 땅 위로 떨어졌다. 넋이 나간 그는 고개를 흔들고 숨을 헐떡이며 본능이 이끄는 대로 커다란 바위 아래까지 기어가, 그곳을 피난처로 삼았다. 날개를 몸통 위로 접고, 꼼짝할 힘도, 없이 그저 떨고만 있었다. 눈을 감아도 여전히 충격이 가시지 않았다.

오랫동안 그는 평범한 소년이었고, 자신이 누군지 알고 있었다. 그러나 그후, 모든 게 산산조각 났고, 자기 안에 뭔가 커다란 것이 있음을 느끼기 시작했다. 자신의 진정한 모습인 용의 본질을 깨달았을 때, 그리고 자신이 세상을 구할 예언의 일부라는 걸 알았을 때는, 스스로를 매우 중요한 존재라고 여겨졌다.

하지만 셰시스가 한 모든 말이 맞다면, 사실 그는 아무것도 아니며, 언제라도 거대한 거인의 발아래 납작하게 눌려죽을 수도 있는 한 마리 벌레에 지나지 않는 것이다. 그는 지금까지 여러 마리의 셰크를 죽였고, 그 일로 커다란 기쁨을, 사악할 정도의 만족을 느꼈다. 그리고 그 만족감에 그대로 도취되었다.

그 느낌의 근원이 무엇인지 알게 된 지금, 그는 그 사실에 반항하고 싶었지만 그럴 수 없었다. 그럴 능력이 없는 것이었다.

그리고 분명 수천이 넘는 셰크와 용들이 수세기를 거치면서 이와 똑같은 딜레마를 경험했을 것이다. 그리고 그들 중 많은 이들이 이 끝없는 전쟁에서 벗어날 수 없다는 생각을 했을 것이다. 그게 셰시스가 하려던 말일까?

'비극이군.'

그는 심호흡을 했다. 셰시스가 그에게 보여주려고 애쓴 것이 무엇인지 그때서야 비로소 이해되었다. 그들은 혈관을 타고 피처럼 흐르는 증오심에서 벗어날 수는 없지만, 노력하고 훈련한다면 그 증오의 대상을 선택할 수는 있다는 것이었다.

'사실이 아니야.'

그의 마음 한켠에서 반항심이 일었다.

'셰시스도 뱀이야, 거짓말쟁이에 배신을 밥 먹듯 하지. 그저 날 혼란하게 하려는 것뿐이야. 우리 용들이 못돼먹은 셰크들을 미워하니까. 우리는 우리 의지로 전쟁을 하는 거야. 스스로 원해서 하는 싸움이니까 언제든 그만둘 수도 있을 거야. 셰시스가 하는 말은 사실이 아니야. 사실일 리가 없어……'

반은 졸고 반은 망을 보는 상태로 얼마나 더 이곳에 숨어 있어야 할지 알 수가 없었다. 조금 멀찍이 떨어진 곳에서 뭔가가 움직이는 게 느껴지자 잭은 정신이 번쩍 들었다. 그는 고개를 들었다. 몸이 다시 인간으로 돌아와 있었다.

그는 바위에 바짝 붙어 경계를 취한 채 움직이지 않았다.

저쪽 바위 사이로 뭔가 어두운 형상이 움직이고 있었다. 그는 미간을 찌푸렸다. 셰크라고 하기에는 너무 작았고, 바닥을 기는 게 아니라 걷고 있었다.

심장이 거세게 두근거렸다. 잭은 방어자세를 취하며, 무의식적으로 검을 찾아 손을 등 쪽으로 더듬었다. 그때서야 그는 용암의 심연으로 떨어질 때 검을 잃어버렸다는 사실이 떠올랐다. 무방비한 기분이 들어 잠시 주춤했다. 용으로 변신할 수도 있지만 좋은 생각인지 자신이 없었다. 이미 주의를 끌 만큼 끌지 않았는가.

형상이 다시 살짝 움직였다. 잭의 심장박동이 빨라졌다.

사람 같아 보였다.

의심의 여지가 없었다. 굳이 저게 누군지, 여기서 뭘 하고 있는지 알아낼 때까지 숨어 있는 건 별 소용이 없는 짓이었다. 그는 들고 있던 패를 테이블 위에 내려놓기로 마음 먹었다.

"이봐!"

잭이 소리쳤다.

"난 적이 아니야. 넌 누구지?"

그는 바위들 사이를 훑어보았다. 번개가 또다시 내려치며 우마둔의 황량한 풍경이 비추었으나, 당황스럽게도 사람의 모습은 사라지고 없었다.

잭은 더 자세히 보기 위해 목을 쭉 뺐었다.

그때 뭔가가 그의 등을 내리쳤고, 잭은 바닥에 뻗어버렸다.

그는 비명을 내질렀다. 공격자가 뒤에서 급습한 것이다. 그가 팔과 다리로 잭을 붙잡자, 잭은 위에 올라탄 놈을 떨어뜨리려고 애썼다. 두 사람은 함께 돌투성이 바닥을 굴렀다.

잭은 간신히 공격자 위로 타고 올라가 놈을 바닥에 깔고 누를 수 있었다. 다시 번개가 쳤고, 잭은 불빛에 드러난 얼굴을 보고는 그대로 숨이 멎었다.

여자였다. 아니, 여자 비슷했다는 편이 맞을 것이다……

그러나 너무나 이상한 얼굴이었다. 투박한 생김새, 너무 넓은 이마, 작고 납작한 코에 눈은 푹 꺼졌으며 거대한 턱이 앞으로 툭 튀어나왔다. 굵고 짙은 색의 머리카락이 얼굴에 지저분하게 엉켜 붙은 모습은 짐승 같았다.

"당신 누구……"

혼란스러워하며 질문을 던진 잭은 미처 말을 끝맺지 못했다. 뒤에서 뭔가가 그를 내리쳤기 때문이었다. 바닥에 쓰러지기 전, 멍한 시야에 그 여자와 닮은 존재들이 어둠 속에서 접근해오는 모습이 보였다. 조잡한 옷을 걸치고, 길고 북슬북슬한 털이 난 팔을 어기적어기적 내저으며 몸을 숙인 채 다가오고 있었다. 그들의 얼굴은 수염이 잔뜩 나 있기는 해도, 잭을 공격했던 여자와 비슷했다. 거칠고 원시적인 용모와 푹 꺼진 눈. 잭이 알지 못하는 종족이었다.

일종의 언어 같지만, 정확치 않은 소리로 질러대는 환호성이 들렸다. 놈들이 에워싸는 느낌이 들자 잭은 의식을 잃지 않기 위해 애를 썼다.

그들은 잘 갈아낸 돌을 무기 삼아 들고 있었다. 굉장히 원시적인 물건이긴 해도, 잭은 자신이 용으로 변신하지 않는 한, 놈들과 맞설 수 없다는 사실을 깨달았다.

그는 몸을 일으키려고 애썼다.

"기다려……"

말을 걸자, 처음에 잭을 공격했던 여자가 다시 발길질을 하며 그를 바닥으로 밀어버렸다.

그러자 생존본능이 발동했다. 잭은 포효와 함께 용으로 변신하여 검은 바위 위로 무시무시한 앞발을 들어올렸다. 공격자들이 놀라 비명을 지르며 뒤로 물러섰다. 일부는 돌을 던져댔다. 잭이 으르렁거렸다. 좀 전까지만 해도 위협적으로 보였지만, 용으로서 당당한 위치를 회복한 뒤에 보니 하잘것없는 무리였다. 쉽게 눌러버릴 수 있을 듯했지만, 굳이 그러고 싶지는 않았다.

그때 뭔가가 살금살금 재빨리 다리 사이로 다가오는 게 보였다. 고개를 돌리자 아이 넷이 밧줄 끝을 잡고 잭의 주위로 달려오는 게 시야에 잡혔다. 잭은 무슨 일인지 알아채고 바로 날아오르려 했지만, 너무 늦었다. 밧줄 때문에 날개와 발을 움직일 수가 없었다. 성이 난 용이 불을 내뿜었다.

그러자 부족 전체가 깜짝 놀랐다. 몇몇은 겁에 질려 비명을 지르며 도망쳤고, 그중 두 사람이 용의 불길을 정면으로 맞았다. 잭은 분노와 혼란 속에서 불길에 타오르는 사람들을 보았고, 그들이 내지르는 공포에 찬 비명을 들었다.

그때 셰시스가 도착했다.

은빛 번개처럼 굽이치는 그녀의 우아한 몸이 곧장 하늘에서 하강했고, 입을 쫙 벌린 셰시스는 인간처럼 보이지만 온전한 인간은 아닌 그들 위를 덮쳤다. 셰크가 가장 가까이 있던 공격자의 몸에 독니를 박아넣자, 그는 잠시 셰크의 주둥이 사이에서 몸부림을 치다가 치명적인 독에 쓰러졌다. 그 모습을 잭은 착잡한 심정으로 바라보았다. 셰시스는 마치 귀찮은 벌레라도 되는 양 무시무시한 꼬리로 탁 쳐서 다른 세 사람을 쓸어버렸다. 붙잡고 있던 희생자를 놓아준 그녀는 다시 번개처럼 새로운 희생자를 찾았다.

공격자들의 무리는 금세 뿔뿔이 흩어지고 말았다. 빨리 피하지 못한 놈들은 셰시스의 주위에 죽어 널브러졌다.

잭은 두근거리는 심장을 안고 물었다.

"저들은 누구지?"

'온혈생물들.'

셰시스는 별 관심 없다는 듯 대답했다.

'여길 뜨자. 번개에 맞기 전에. 틀림없이 들키고 말 거야.'

"아니, 잠깐만. 알아야겠어. 그들은 인간이야?"

'아니면 뭐겠어?'

"정말 인간이라고?"

뱀은 대답이 없었다. 셰시스는 천천히, 계산된 움직임으로 커다란 바위 아래로 스르르 내려와 잭 옆에 자리를 잡았다. 용은 셰시스가 가까이 다가오자 내면의 증오를 억누르려 애썼다.

셰시스는 기다란 몸통을 똬리 틀었다. 둥글게 말린 몸 위에 고개를 얹은 그녀는 눈을 가늘게 떴다.

'원한다면, 그들을 인간이라고 부를 수도 있겠지. 하지만, 내가 인간이었다면, 나를 그들과 비교하는 건 모욕으로 여겼을 거야.'

"왜? 그들이 누군데?"

'아득한 옛날, 우마둔에 살았던 종족들 가운데 살아남은 자들이야. 인간의 초기 모델이라고나 할까. 네가 그렇게 부르고 싶다면 말이야. 신들이 이둔에 살게 하기 위해 창조한 생물들 중 온혈생물들에게 더 공을 들인 건 분명하지. 뭐든 맨 처음 만드는 건 잘 나오기 힘든 법이니까. 아무리 신이라 해도 말이야.'

잭은 고개를 흔들었다. 갑자기 용의 몸을 지탱할 수 없을 정도로 나약하게 느껴졌다. 그는 눈을 감고 다시 열다섯 살 소년의 몸으로 변신했다.

"하지만……" 잭은 혼란스러워하며 물었다. "그들도 지능이 있지?"

'지능이라고?'

셰시스는 경멸스럽다는 듯 말했다. 잭은 셰크의 지능이 인간의 지능보다 훨씬 더 우월하다는 사실을 떠올렸다.

"인간과 같은 지능이 있냐는 거지, 내 말은."

'아니, 그보다 훨씬 떨어지지. 모든 면에서 그저 짐승보다 조금 더 영리할 뿐이야. 언어도 어찌나 조악한지 원시 언어라고 부를 수도 없어.'

"그들이 왜 날 공격한 거지?"

'사냥중이었던 거야.'

잭은 그대로 얼어붙고 말았다.

"사냥이라고? 그러니까 그 말은 나를?"

'……잡아먹으려 했겠지. 아, 물론 그것도 산 채로. 이둔의 온혈생물들은 적어도 먹이를 요리하기 위해 불을 사용할 줄은 알아. 하지만 이들은 아직 그 정도까지도 다다르지 못했어.'

"하지만……하지만……"

어쩔 줄 몰라 잭이 간신히 말했다.

"그들은 용의 모습을 한 나를 잡을 뻔했어. 나를 묶고……"

'그들은 셰크를 사냥하려고 시도하면서 수세기를 보냈어. 그러니 보다시피 몇 가지 기술 정도는 발전시킬 수 있었던 거야. 대단히 서툴고 별로 효과도 없지만.'

"변신한 나를 셰크랑 혼돈한 거야?"

'그들이 보기엔 너나 우리나 별반 다르지 않겠지. 네가 놈들을

불로 그슬리기 전까지는 말이야. 놈들이 별로 영리하지 않다고 말했잖아.'

잭은 생각에 잠긴 채 널브러진 공격자들의 시체를 응시했다.

"여긴 아주 이상한 세상이야. 위험하고, 불편하기 그지없고. 셰크들이 이둔으로 돌아가고 싶어한 것도 이해가 가."

셰시스가 하품하듯 입을 쫙 벌리자 길게 갈라진 혀가 보였다.

'이상하고, 위험하고, 불편하다.'

셰시스가 되뇌었다.

'그런 건 근심거리도 아니야. 그런 정도라면 이 세상에서도 살 수 있지. 그게 우마둔에서의 최악은 아니란다, 꼬마야.'

"아니라고? 그럼 뭐가 더 최악인 거지?"

셰시스는 하늘을 가리고 있는 끝없는 구름 망토를 응시했다. 번개가 뱀의 얼굴을 비추었다.

'추하다는 거지. 끔찍할 정도로 추해. 그리고 지루해. 끔찍할 정도로 지루해.'

둘은 서둘러 터널로 돌아왔다. 번쩍하며 내리치는 광선을 몇 번이나 맞을 뻔했지만 그래도 무사히, 아무 탈 없이 산에 도착할 수 있었다. 휴식을 취하기 위해 둘은 터널 입구에 잠시 멈췄다.

잭은 번개로 가득한 하늘을 한동안 길게 응시했다.

"난 신들의 전쟁에서 중요한 장기 말이군."

그는 낮은 목소리로 중얼거렸다.

"아주 중요한 말. 하지만 그래봤자 말에 불과하지. 나와 상관없는 전쟁에서 싸우는 게 무슨 의미가 있지? 예언은 빅토리아와 내가 아슈란을 죽일 거라고 예고했어. 우린 늘 예언이 신들의 목소리이며, 앞으로 일어날 일에 대한 경고라고 생각했지. 하지만 이젠 그게 아니란 걸 알아.

신탁은 무슨 일이 벌어질까를 말하는 게 아니라, 우리가 뭘 해야 하는지만 이야기하고 있어. 우리에게 신들의 조언이 아니라 신들의 명령을 전달한 거야. 그렇다면, 그 명령을 따르는 걸 거부하면 어떻게 되는 거지? 신탁의 소리에 불복하면?"

'그럴 거니?'

잭이 어깨를 으쓱했다.

"왜 안 돼? 그 예언 때문에, 신들이 우리에게 떠맡긴 그 임무 때문에 용들과 유니콘들이 전부 죽었잖아. 우리 부모님도, 그리고 수많은 다른 사람들도…… 다들 아무 의미 없는 게임에 끼어들어 피의 대가를 치렀어. 너무 비싼 값이었지."

'아슈란이 개입한 거지. 그자는 신탁의 목소리를 듣고는 용과 유니콘이 자신을 끝장내리라는 사실을 알아낸 거야. 그래서 전부 다 죽인 거지.'

잭은 대답하지 않았다. 우마둔의 어두운 지평선을 초점 없는 시선으로 바라볼 뿐이었다.

그의 모습은 진지했다. 바로 그 순간, 그는 실제보다 한층 더 어른스러워 보였고, 소년이 아니라 한 사람의 남자 같았다.

'어쩌면 이제 예언을 위한, 신들을 위한 싸움을 그만둘 때가 되었는지도 모르지.'

셰시스가 암시하듯 말했다.

'어쩌면 너 자신을 위한 싸움을 시작할 때가 된 건지도.'

"나를 위한 싸움?"

잭이 아무 감정도 실리지 않은 목소리로 되뇌었다.

'아슈란이 네게서 앗아간 모든 것을 위해. 셰크와 용들은 본능적으로 싸우는 거야. 그렇다면 아슈란은 왜 싸우는 거지?'

"야심 때문이겠지, 아마도. 내가 그걸 어떻게 알아? 처음에는 모든 게 아주 분명했어. 누가 착한 사람이고 누가 나쁜 사람인지도 알았고, 왜 싸우는지도 알았지. 부모님의 죽음을 복수하기 위해, 진정한 나의 참모습을 발견하기 위해, 생명을 구해준 저항군을 돕기 위해, 그리고 빅토리아를 지키기 위해…… 아주 많은 이유들이 있었는데……"

'이제는 싸울 이유가 없다는 말이냐?'

"모르겠어. 혼란스러워. 복수에 대한 열망은 오래전에 꺼졌고, 이제야 내가 누군지 알았어. 그리고 예언은…… 제길, 신들이 내키는 대로 나를 조종하고 있다는 생각이 마음에 들지 않아. 난 그들의 게임을 계속하고 싶지 않아. 그리고 빅토리아의 일은……"

잭은 잠시 입을 다물었다. 빅토리아 때문에 심장에서 피가 흐르는 듯했다. 너무나 그리웠다. 문득 오래전에 크리스티안이 했던 말이 떠올랐다. '넌 죽어야만 해. 그게 빅토리아를 구할 수 있는 유일한 길이야.'

이제는 그게 무슨 뜻인지 안다. 그가 죽으면 예언은 이루어질 수 없을 것이다. 그렇다면 아슈란도 셰크들도 빅토리아를 죽일

이유가 없어지는 것이었다.

"빅토리아도 내가 없으면 더 안전해지겠지."

잭이 불현듯 말했다.

"모두들 내가 죽었다고 생각할 거야. 빅토리아는 더이상 아슈란에게 위협이 될 수 없을 테니 가만히 놔둘 거고. 크리스티안이 그애를 돌봐줄 거야. 내가 돌아가지 않으면, 빅토리아도 더이상 싸울 필요가 없을걸. 그러면 그애도 원치 않았던 운명에서 빠져나갈 수 있겠지."

셰시스가 흥미롭다는 것이 그를 주시했다.

'정말로 그게 방법이라고 생각하는 거니? 이곳에 영원히 숨어 있는 게?'

"아니."

잭이 항변했다.

"이곳은 너무나 싫어. 그리고……"

잭은 끝까지 말할 수 없었다. 빅토리아를 얼마나 그리워하는지, 그녀가 없으면 얼마나 외롭고 상실감이 얼마나 큰지를 말로는 설명할 수가 없었다. 그녀가 없는 남은 인생이 어떨지 궁금했지만, 그 생각을 하는 것만으로도 겁이 났다.

"하지만, 내가 이둔으로 돌아가지 않으면," 잭은 감정을 억누르고 말을 이었다. "신들이 내게 강요했던 운명에서 벗어날 수 있을 거야. 빅토리아도 무사할 거고. 그리고 셰크들도 더이상 싸울 필요가 없겠지."

'아슈란을 증오하지 않니? 네 종족을 전멸한 그자 말이야.'

잭의 머릿속에 이제는 으스스한 묘지가 되어버린 용들의 땅, 아위노르의 기억이 강렬하게 스쳐지났다. 태어나자마자 죽은 형제들의 자그마한 해골들. 어머니의 유골, 지구에 있는 덴마크의 집에서 엘리온의 손에 돌아가신 어머니의 시신.

부글부글 분노가 들끓었다.

'너와 상관없는 전쟁에서 싸우고 싶지 않다면……,' 셰시스가 제안했다. '……그럼 너의 전쟁을 하렴. 신들을 위해, 예언을 위해, 이둔을 구하기 위해 싸우지 마. 어쨌든 이둔은 네 세상이었던 적도 없잖아. 더이상 용이 남아 있는 것도 아니고, 또 앞으로도 다른 용이 있을 수도 없는 마당에 말이야.

오직 너 자신을 위해 싸워. 네가 느끼고 있는 그 어쩔 수 없는 증오심을 위해. 어차피 네가 증오에 굴복해야만 한다면, 정말로 미워할 만한 근거가 있는 사람을 증오하는 게 나을 테니까. 그리고 그에 따라 행동하는 거야.'

"이건 나의 전쟁이 아니다."

잭은 그 말을 되풀이하며 생각에 잠겼다.

"하지만 나의 전쟁이 될 수도 있다."

그는 불신이 담긴 눈으로 셰시스를 돌아보았다.

"무슨 말을 해서라도 날 당신의 목적에 써먹으려는 거지?"

셰크의 눈이 재미있다는 듯이 반짝였다.

'내가 널 조종한다고 생각하니? 아니란다, 용. 그건 내게도 결코 유리한 일이 아니지. 동맹을 맺으려고 누군가를 속이는 일은 의미가 없어. 그런 동맹은 언제라도 깨어질 수 있기 때문이지.

네가 아슈란과 싸울 진짜 동기를 발견하라는 거야. 그런 게 있다면 넌 완벽한 동맹이 되겠지. 설사 너는 내가 지독히도 싫어하는 하이브리드에다가 용이라는 이유만으로도 질색이지만 말이다. 넌 나를 위해서가 아니라 너 자신을 위해 싸울 거니까. 진심을 다해 싸우겠지. 있는 힘껏 말이야.'

"당신의 텔레파시 능력으로 나한테 강요할 수도 있잖아?"

'물론 그럴 수 있지. 하지만 그런 관계는 언제라도 깨질 수 있고, 그럼 난 또 혼자가 되는 거야. 내가 바라는 대로 하라고 설득하는 것보다는 나와 같은 목적을 가진 자를 찾는 게 훨씬 낫지.'

잭은 휴, 하고 길게 한숨을 내쉬었다.

"내가 뭘 해야 하는 건지 모르겠어."

그는 솔직하게 마음을 털어놓았다.

'일단 좀 자라.' 셰시스가 권했다. '쉬고 나면, 모든 일이 좀더 명확하게 보일 테니까.'

그때서야 잭은 자신이 몹시 지쳐 있다는 걸 깨달았다. 돌바닥에 털썩 주저앉아 터널 벽에 몸을 기댔다. 자고 싶지 않았지만, 그는 저도 모르게 깊고 무거운 잠 속으로 빠져들었다.

그리고 빅토리아의 꿈을 꾸었다. 빛으로 가득한 눈길을, 달콤한 그녀의 미소를 꿈꾸었다. 황홀한 한순간, 자신의 품에 안긴 빅토리아의 따뜻한 몸과 부드러운 머리카락, 향기가 느껴졌다. 하지만 바로 그 순간, 빅토리아는 한번도 존재한 적이 없다는 듯 홀연히 사라져버렸다. 그때 크리스티안의 얼굴과 가볍게 조롱하는 듯한 그 차가운 눈이 눈앞에 떠올랐다.

'난 빅토리아와 함께 있어. 넌 어디 있는 거지?'

'나도 그애와 같이 있었어.'

잭이 대답했다. 그러자 크리스티안이 말했다.

'넌 지금 빅토리아와 함께 있지 않아. 넌 그애를 혼자 내버려 뒀어. 절대로 그애를 떠나서는 안 되는 거였는데.'

크리스티안이 고개를 숙였다. 잭은 그때 그가 빅토리아를 안고 있다는 걸 알았다. 빅토리아는 창백한 얼굴로 셰크의 품에 죽은 듯이 누워 있었다. 잭이 그녀의 이름을 불렀지만 빅토리아는 아무런 반응도 하지 않았다.

'이앤 죽어가고 있어.'

크리스티안이 말했다. 푸른 눈에 눈물이 어려 있었다.

'나 혼자서는 이앨 살릴 수가 없어. 잭, 빅토리아는 네가 필요해. 널 필요로 한다고. 지금 이애한테 등을 돌리면 안 돼.'

잭은 길게 팔을 뻗어 빅토리아의 몸을 만지려 했지만, 그의 손은 마치 유령이라도 되는 듯 빅토리아를 그대로 통과해버렸다.

'너무 늦었어……'

크리스티안이 작은 소리로 말했다.

두 사람은 안개 속으로 그대로 사라져버리고 말았다.

잭은 숨을 몰아쉬며 잠을 깼다. 얼굴에 손을 대어보니 두 뺨이 눈물로 축축이 젖어 있었다. 그는 떨며 돌 벽에 몸을 웅크렸다.

"셰시스."

잭이 불렀다. 어두운 터널 속에서 움직임이 느껴진다.

'응?'

셰시스가 대답했다.

"우린 언제 이둔으로 돌아가지?"

'네가 준비가 되면.'

"그게 무슨 뜻이야?"

'네가 아직 배울 게 많다는 말이지.'

"내가 뭘 배워야만 하는데?"

'용이 된다는 게 어떤 의미인지 배워야만 해. 그리고 또한 셰크가 된다는 것이 어떤 의미인지도. 증오를 억누르지 않고 다스릴 줄 알게 될 때, 그 감정을 적당한 방식으로 풀어낼 수 있게 될 때……그때야 아슈란과 맞설 준비가 되는 거야.'

"내가 아슈란과 맞서려 한다는 걸 알고 있었어?"

'네가 이둔으로 돌아가고 싶어하니까. 네가 이둔으로 돌아간다면, 아슈란과 맞서는 것밖에는 다른 도리가 없으니까. 물론 신들에게 도전하는 의미로, 이곳에 남는 길을 선택할 수도 있지.'

잭이 심호흡을 하고는 다시 깊은 생각에 잠겼다. 그 이상한 꿈이 마음을 괴롭혔다. 어쩌면 그냥 어리석은 꿈일 수도 있지만, 이제는 빅토리아에 대한 그리움을 한시도 묻어둘 수 없었다. 빅토리아에게 돌아가야만 한다, 그러지 않으면……

오싹한 한기가 느껴졌다. 빅토리아에 대한 그리움을 이곳의 어둠 속에 묻어버리고 우마둔에서 남은 평생을 살 수 있을지도 모른다. 하지만 그녀가 없다는 건……

……그녀가 없으면, 아무 의미도 없다.

그는 눈을 감았다.

어쩌면 그저 어리석은 꿈일 수도 있다.

하지만 그게 아니라면, 어쩌면 아슈란의 힘을 너무 과소평가한 것일 수도 있다. 혹시 그자가 빅토리아를 위해 다른 계획을 세워두었을 수도 있다. 어쩌면 그녀가 위험한 상황에 처했거나, 그런 그녀를 크리스티안이 지켜줄 수 없는 상황인지도 모른다.

아니면 그저 잭이 그녀를 그리워하는 것만큼 빅토리아도 그를 보고 싶어하기 때문에 꾼 꿈일 수도 있다.

어떤 경우든 간에, 그녀를 이대로 저버릴 수는 없다. 그녀 곁으로 돌아가야만 했다. 그 말이 예언의 실현을 위해 아슈란과 맞서야만 한다는 뜻을 함축하고 있다면……그렇게 할 것이다.

"용이 되는 법을 배운다면," 잭이 나지막한 목소리로 물었다. "더 강하고 세지겠지, 그렇지?"

'그렇겠지.'

"그리고, 또한 셰크가 된다는 것이 어떤 의미인지 배우게 되면, 증오를 다스릴 줄도 알게 되겠지. 당신과 동맹을 맺을 수도 있을 거고, 나중에는 크리스티안과도 그럴 수 있겠지.

크리스티안, 빅토리아, 나, 이렇게 셋이 합치면 우리는 더 강해질 수 있을 거야. 아슈란을 물리칠 가능성도 훨씬 높아질 거고."

"내 생각이 바로 그거지."

잭이 침착하게 결의에 찬 표정으로 시선을 들었다.

"그렇다면 필요한 일을 할게. 이 전쟁을 나의 전쟁으로 만들어야만 한다면, 그렇게 할 거야."

셰시스는 눈을 가늘게 뜨고는 부드러운 소리를 냈다.

'좋아.'

셰시스가 등을 돌리고 터널 안쪽으로 향했다. 잭도 몸을 일으켜 따라갔다. 한동안 말없이 터널을 지나던 중, 잭이 입을 열었다.

"우리가 동맹을 맺는다면 알고 싶은 게 있어."

셰크는 소리 내어 대답하지 않았지만, 잭은 머릿속에서 말없는 동의를 감지했다.

"당신은 아슈란과 싸우고 있어. 그리고 당신의 동맹 역시 자신의 동기를 가지고 아슈란과 싸우겠다는 확신이 있어야 한다고 했었지. 그래야만 싸우는 도중에 그가 당신을 떠나지 않을 테니까.

당신은 이제 내가 왜 싸우려 하는지를 알아. 내가 누구인지, 왜 아슈란과 맞서고 싶어하는지도 알고. 하지만 난 당신에 대해 아는 게 아무것도 없어. 이건 공평하지 않은 것 같아. 나 역시 당신이 그를 증오할 만한 동기가 있는지 알 권리가 있어. 당신이 중간에 그만두지 않으리라는 것도."

'그래?'

셰시스는 겉으로는 아무 흥미가 없다는 듯 말했다. 하지만 잭은 머릿속으로 희미한 위협의 징조를 감지했다.

하지만 그는 물러서지 않았다.

"왜 아슈란을 미워하지? 그 인간이 셰크의 미움을 받을 만한 무슨 짓을 한 거야?"

셰시스는 바로 대답하지 않았다. 그를 쳐다보지도 않으면서 그저 터널을 기어가기만 했기에 잭은 셰시스가 그 질문에 대답하지 않을지도 모른다고 생각했다.

하지만 그 순간 머릿속 어느 구석에선가 셰시스의 목소리가 포착되었다. 속삭임처럼 아득하면서도, 오싹할 정도로 선명한 한마디 한마디가 마치 망치로 내려치듯 그의 의식을 두드려댔다.

'그자가 내 알을 모조리 훔쳐가서는……혐오스러운 강령술 실험에 사용했거든.'

5

알리스 리스반

게르데는 지겨웠다.

야만인을 유혹하는 일은 아이들 장난이나 다를 바 없었다. 처음에는 재미있었다. 누에베 클라네스의 대군주를 손아귀에 넣는 동시에 병영에 있는 다른 남자들에게도 자신의 매력을 발산하려면 많은 집중력과 섬세한 힘의 균형이 필요했다. 남자들을 아주 작은 관심 하나에도 고마워할 만큼 바보스러운 상태로 유지시켜야 했고, 한편으로는 질투심 때문에 서로 싸우는 일이 벌어지지 않도록 해야 했기 때문이었다. 그 중간을 유지하기가 좀 힘들었지만, 일단 성공하고 나자 더이상 할 일이 없었다. 물론 우크 르히스를 계속 감시하는 일은 빼고.

병영에 있는 다른 여자들은 전사든 아니든 그리 문제될 건 없었다. 여자들은 분명 잔뜩 불만에 차 있었고, 다툼이 생기는 건 당연했다. 게르데는 남모르게 그들 중 하나를 처리해야만 했는데, 그 나이든 여자의 말이 모든 일족 사이에 대단한 신뢰를 얻고 있었기 때문이었다. 게르데는 음식에 독을 넣어 손쉽게 노파를 처리했다. 이둔 숲에서 어떤 식물의 독이 가장 강한지, 그걸 어떻게 사용해야 유리한지를 게르데만큼 잘 아는 존재도 드물었다. 노파는 어느 날 밤, 끽소리도 못 내고 죽었고, 사람들은 모두 나이 탓이라고 생각했다. 르히스조차 요정을 의심하지 않았다.

결국, 여자들까지도 모두 군주의 뜻을 존중하기에 이르렀다. 슈르 이카일 인이라면 남녀노소를 가리지 않고 그래야 했다.

호르 둘카르의 뜻은 곧 게르데의 뜻이었다. 그리고 게르데의 뜻은 곧 아슈란의 뜻이었다.

남자들은 이 사실을 기꺼이 받아들였다. 여자들은 못마땅해하면서도 어쩔 수 없이 받아들였다.

하지만 우크 르히스는 달랐다. 그녀 역시 우크 일족의 전쟁 군주였지만, 호르 둘카르와 같은 범주에 속하는 건 아니었고, 슈르 이카일 일족의 계급체계에 따르면 그녀는 그의 바로 한 단계 아래였다. 지금까지는 그녀와 아무 문제도 없었다. 하지만 게르데는 르히스에게 뭔가 꿍꿍이가 있다는 낌새를 챘다.

게르데는 한숨을 쉬었다. 강가에서 야영을 한 지도 벌써 여러 날째였다. 처음에는 나름 재미도 있었지만 이제 슬슬 가죽 텐트가 지겨워졌고, 침대를 같이 쓰는 이 야만족 남자에 대한 흥미도 시들해지기 시작했다.

그녀는 그와 거리를 두기 위해 돌아누웠다. 호르 둘카르는 마음 편히 자고 있지만, 게르데는 며칠째 잠도 제대로 이루지 못한 채, 어떤 식으로든 일의 방향이 바뀌기만을 바라고 있었다. 아슈란이 카슬룬 탑으로 돌아갈 것을 허락하거나, 혹은 마침내 누르곤을 향해 진군하라는 명령이라도 내려주길 바랐다. 뭐든 상관없었다. 그저 이곳에서 이렇게 하루, 또 하루 죽치고 있는 것만 벗어날 수 있기를 그녀는 간절히 바랐다.

게르데는 계속 자신의 군주와 접촉하며 다른 지시가 있기를 기다렸다. 아슈란은 그녀의 조급함을 꾸짖었다. 두 진영 중 어느 쪽으로 붙든, 야만족이 전투에 개입하는 것은 그다지 유리할 게 없었기 때문이었다. 지금으로서는.

더이상의 설명이 없자, 게르데는 알아서 단념해야만 했다. 셰크의 군대가 이미 오래전부터 누르곤을 봉쇄하고 있다는 사실은 알고 있다. 하지만 그래 봤자 아무 의미 없다는 것도 알고 있었다. 반란군 기지는 이미 아와 숲의 일부가 되어 있었다. 몇 년을 포위한다 해도 놈들은 배곯아 죽지는 않을 것이다.

문득 아슈란이 숲을 에워싼 요정의 보호막을 깨뜨릴 방법을 찾고 있을 거라는 생각이 들었다. 그러려면 아마 시간이 좀더 걸릴 것이다. 그렇다면 야만족들을 요새 근처로 데려가서 좋을 건 없었다. 그곳 초원에 진을 치게 되면 슈르 이카일 인들은 전투를 벌이고 싶어 안달을 할 것이다. 포위에 지친 삼백 명의 야만인들이라면 골칫덩이 정도가 아니라, 시슈 군대의 규율에도 위협적인 요소가 될 것이다.

틀림없이 그럴 거야. 게르데는 곰곰이 생각했다. 어쨌거나 누르곤의 항거는 집단자살이나 마찬가지다. 용도 없고, 예언도 사라진 저항군이 이제 할 수 있는 일은 아무것도 없다. 키르타슈조차 그 대열에서 빠지지 않았는가.

키르타슈를 떠올리자 전율이 일었다. 머릿속에서 그 생각을 떨쳐버리려 했지만, 할 일도 없고 생각만 많은 요 며칠 동안은 그의 기억들이 좀처럼 지워지지 않았다. 특히 밤마다 호르 둘카르의 천막에 있을 때면, 오래전 드락웬 탑에서 키르타슈와 나눴던 그 친밀했던 순간들을 잊을 수가 없었다.

'이제 막 어린 티를 벗었을 뿐인데.'

그렇게 생각하자 성질이 났다.

'아무리 아슈란의 아들이라 해도, 셰크라 해도……그저 애송이일 뿐이잖아. 인간에게서 물려받은 거라곤 그저 나약함과 단점들뿐인데 말이야.'

하지만, 그래도 키르타슈 생각을 떨칠 수가 없었다.

잔뜩 약이 오른 그녀는 등을 돌리고 잠을 자려고 애썼다. 수면 주문을 걸까 하다가 생각을 접었다. 너무 깊이 잠들면 깨어나기도 힘들고, 무슨 일이 벌어졌을 경우 경계태세를 취할 수도 없기 때문이었다.

이런 생각을 하고 있었던 게 다행이었다. 그 덕분에 알레그라가 찾아왔을 때 온전히 깨어 있을 수 있었으니까.

소식을 전해준 사람은 바로 르히스였다. 그녀가 기척도 하지 않고 텐트도 들어오자 화들짝 놀란 게르데가 몸을 일으켰다.

"감히 어떻게……?"

"잠을 깨워 죄송합니다. 카슬룬 성주."

르히스가 침착하게 말했다. 말은 그렇게 했지만 횃불에 비친 두 눈은 조롱하는 것 같기도 하고 웃고 있는 것 같기도 했다.

"어떤 요정이 찾아 왔습니다. 급하다고 하는데요."

게르데는 인상을 찡그렸다. 그녀와 관계를 맺고 있는 요정은 거의 없다. 어쨌거나, 그녀는 배신자이자 변절자이니까.

"요정? 혼자 왔나?"

"당신 일을 정리하는데 다른 사람의 도움은 필요 없다더군요."

르히스가 대답했다. 이번에는 목소리에 묻어나는 비웃음의 기색을 감추지 않았다.

"아일레!"

게르데는 약이 잔뜩 올라 그 이름을 내뱉었다.

귀찮은 듯 몸을 일으킨 그녀는 머리칼을 뒤로 쓸어넘기고, 옷을 찾아 주위를 더듬었다.

"뭐야, 누가 감히 당신과 대결을 하겠다는 거야." 호르 둘카르가 말했다. "침대로 오라고, 예쁜이. 우리 전사들이 알아서 처리할 거야."

"아일레는 그들을 상대로는 싸우지 않아요. 날 찾아온 거예요."

옷을 다 입은 게르데는 자리에서 일어서며 심호흡을 했다.

그래, 야만인들에게 아일레를 떠맡길 수도 있다. 혼자 온 게 사실이라면, 아무리 요정의 마법이라 해도 슈르 이카일의 삼백 전사를 상대하는 데는 무용지물일 테니까.

하지만 아일레는 모든 사람들 앞에서 카슬룬 탑의 성주쯤은 혼자서 충분히 이길 수 있다고 떠들고 다닐 만한 인물이기도 했다. 만일 둘카르의 전사들을 보내 아일레와 싸우게 한다면, 게르데는 라이벌을 없애기 위해 야만족 군대를 동원해야 한다는 걸 증명하는 꼴이 될 것이다.

"이건 결투 신청이에요."

그녀는 누에베 클라네스 군주에게 설명했다.

"우리 둘 사이의 일이죠."

야만인은 무슨 말인지 알아듣고 고개를 끄덕였다. 슈르 이카일인들 사이에도 이런 일이 종종 벌어지곤 한다. 대장들끼리 일대일로. 누가 더 강한지 증명하기 위해서였다.

게르데는 자신을 보는 르히스의 시선에 처음으로 약간이나마 존경의 눈빛이 실려 있다는 걸 느꼈다. 야만족 여인들은 맹렬한 전사였지만, 일족의 남자들을 일대일로 상대하여 이기는 경우는 거의 없었고, 그래서 감히 결투를 제의하는 여자들도 거의 없기 때문이었다.

그럼에도 르히스는 오래전에 결투를 벌였고, 그래서 우크 일족의 군주가 되었다. 르히스는 결투가 어떤 건지 잘 알고 있었다. 그리고 그때까지만 해도 남자들과 싸우지 않고 마법을 사용하는 게르데가 과연 결투를 받아들이고 동등하게 싸울 용기가 있을지 반신반의했다.

이번에는 요정이 르히스에게 조롱하는 미소를 던졌다. 르히스는 미간을 찌푸렸지만, 아무 말 없이 게르데를 따라나갔다.

그들은 호르 둘카르를 기다리지 않고 조용히, 캠프를 지나갔다. 두 사람을 주시하는 전사들의 시선이 느껴졌다. 모두들 두 사람을 보려고 텐트 밖으로 나와 있었다. 카슬룬 탑의 성주가 결투 신청을 받았다는 이야기가 이미 퍼졌고, 그 상대가 또다른 요정 마법사로, 역시 오래전에 어느 마법 탑의 성주였다는 것도 알려졌다. 나이도 많고 경험도 많은 마법사라고 했다. 마침내 게르데는 제대로 된 상대를 만난 것이다.

알레그라는 캠프 끝에서 기다리고 있었다. 그곳에 진을 치고 있던 우크 일족의 전사들은 마법사가 꼼짝 않고 있는데도 눈을 떼지 않고 긴밀하게 감시하고 있었다. 마법사는 그저 그곳에서 가만히 기다리고 있을 뿐이었다.

게르데는 알레그라와 몇 발 떨어진 곳에 멈춰 섰다. 그녀가 누르곤의 포위를 뚫고 이곳까지 온 사실이 놀랍지도 않았다. 알레그라에게 그 정도는 아무것도 아니다.

"아일레."

게르데는 짧게 이름을 부르는 것으로 인사를 대신했다.

"게르데."

알레그라도 대답했다.

"초원 생활이 체질인가보군."

게르데는 인상을 썼다. 야만족들과 함께 산 이후, 그녀의 옷은 늘 구겨져 있었고, 흐트러진 머리칼에 눈 밑에는 시커먼 그늘이 져 있었다. 이곳은 그녀에게 정말 끔찍한 곳이었고, 알레그라 역시 이 사실을 알아 챈 모양이다.

"원하는 게 뭐야?"

"알잖아. 슈르 이카일 식 결투를 원하는 거지. 승자가 모든 걸 가지는 거다. 이기는 쪽이 카슬룬 탑의 새 성주가 되는 거야."

"그 조건은 받아들일 수가 없겠는데. 카슬룬 탑은 내 것이 아니라 나의 주인이신 아슈란님께 속한 것이거든. 틀림없이 내가 승리할 테지만 오늘밤 너를 끝장내는 것과 상관없이, 주인님께서는 탑을 걸고 결투하는 걸 좋게 보지 않으실 테니까."

알레그라가 웃었다.

"시간이 지나니 너도 꽤나 신중해진 것 같군. 아니면 아슈란이 네 머릿속에 분별력을 넣어준 건가. 어쨌든 네 거절은 이해한다. 그럼 슈르 이카일 사람들의 자유를 위해 싸우도록 하지."

여러 사람들이 환호성을 올렸다. 모두 여자들이었다.

"우리는 이미 자유인이야, 마녀. 그 따위 말은 감히 꺼내지도 말라고."

이제 막 결투 현장에 도착한 호르 둘카르가 으르렁거렸다.

여자들이 나지막이 투덜댔다. 게르데는 그제야 상황이 불리하다는 것을 깨달았다. 남자들이 전부 게르데를 지지하는 건 분명했다. 하지만 여자들은 모조리 알레그라 편이었다. 그것도 전부 자기들 의지로. 만일 주문이 실패하면 게르데는 남자들의 지지마저 잃게 될 것이다. 하지만 여자들은 무슨 일이 있어도 계속 알레그라 편일 것이다.

그래서는 안 된다. 이 일은 오직 단 둘이서 해결해야만 했다.

게르데가 당당하게 말했다.

"도전을 받아들이지. 너와 나, 둘이서만 말이야, 아일레. 더이상 아무도 끼어들어서는 안 돼."

"그렇게 하지."

알레그라가 고개를 끄덕였다.

둘은 다른 사람들이 다치지 않도록 병영에서 떨어진 곳으로 향했다. 야만족들도 궁금해하며 두 사람을 따라갔지만 신중하게 거리를 유지했다. 두 요정은 서로 마주 서서 똑바로 쳐다보았다.

게르데는 알레그라 주위로 뭔가 변화가 이는 걸 감지했다. 산들바람이 불기 시작했고, 에너지가 알레그라의 내면로 흘러들어가 새롭게 기운을 불어넣었다. 알레그라가 싸움을 준비하는 방식이었다. 게르데도 준비에 나섰다.

마법이 내면에서부터 흘러나와 그녀의 주위를 둘러쌌다. 오래전 유니콘이 건네준 마법이었다.

게르데는 머릿속에서 그 생각을 털어냈다. 미간을 찌푸리며 하던 일에만 정신을 집중하려 했다.

알레그라가 미소를 지었다. 좋은 징조가 아니다. 언짢아진 게르데는 마치 알레그라를 땅위에서 영원히 지워버리려는 듯한 태세로 두 손을 들어올렸다. 그녀의 목 안에서 이둔의 고대 비밀언어가 흘러나왔다. 마법의 주문이 금지되었던 신비한 노래처럼 울려 퍼졌고, 그녀의 내면에 깃든 마법이 형체를 갖추었다. 게르데가 손바닥을 벌리자 그 안에 쌓인 에너지가 드러났다. 그녀는 자신이 이제 뭘 해야 할지 잘 알고 있었다.

불.

게르데는 머리 위로 손을 추켜들었다. 두 손이 불길에 휩싸여 있었다. 몇몇 야만족들이 놀라 비명을 지르기도 했지만, 대부분은 아랑곳하지 않았다.

요정들도 셰크들만큼이나 불을 싫어하고 두려워한다. 불은 나무와 숲을, 생명을 파괴하기 때문이었다. 요정들은 살생보다 나무를 태우는 것을 더 심각한 범죄로 여겼다. 방화범은 요정들의 손에 잡히면 자비를 기대할 수 없다. 요정들은 그들을 숲 한가운데 묻어 나무로 변신을 시켰고, 그러면 어떤 것도 그들을 원래 모습으로 되돌릴 수 없었다. 결코 다시는.

요정들 중 유일하게 불을 사용하는 이들이 바로 마법사들이다. 하지만 그들조차도 불을 다룰 때는 극도로 조심하며, 정말로 필요하다고 여길 때만 그것을 사용한다.

하지만, 이미 자기편을 배신했고, 아슈란과 동맹을 맺었으며, 유니콘을 죽이려 했던 게르데에게는 이제 어떤 한계도 없었다. 게르데가 저지른 모든 행동으로 볼 때, 이제 그녀는 요정들의 어머니이자 모든 신록의 여신인 위나 여신보다는 셉티모 신 쪽에 더 가까워진 셈이다. 그러니, 불을 사용하는 것 정도는 이제 아무것도 아니었다.

게르데는 거친 고함소리와 함께 불덩어리를 있는 힘껏 알레그라를 향해 던졌다. 한순간 알레그라의 검은 눈동자에 번쩍이는 불길이 비추었고, 그녀가 공포의 표정을 짓는가 싶었지만……

아니, 어쩌면 그것은 상상일 뿐인지도 모른다. 불길은 아무 해도 끼치지 않고 그대로 마법사 주위에서 사그라들었기 때문이다.

알레그라가 미소를 지었다.

"이런 평범하기 짝이 없는 공격이라니. 네가 누굴 상대하고 있는지 이리도 모르는 거냐?"

"하지만……"

말을 더듬던 게르데는 자기 꼴이 우습다는 걸 알고는 즉각 입을 다물었다.

"난 용을 보호하고 있었지, 게르데. 용이 우리집 나무들을 불태우는 것도 보았고. 난 그 일을 받아들이면서 불과 동맹을 맺어야 한다는 걸 알았다. 어디 보자, 네 마법이 아직도 남아 있나?"

게르데는 알레그라가 손을 들어올리기 직전에야 위험을 포착했고, 서둘러 마법 보호막을 세웠다. 알레그라의 공격은 장벽에 부딪혀 그대로 무위로 돌아갔다.

게르데가 반격했다. 그녀는 알레그라를 향해 불꽃처럼 가볍게 달리기 시작했다. 맨발이 거의 땅에 닿지도 않는 것 같았다. 알레그라가 주위에 보호막을 세웠다.

갑자기, 게르데의 모습이 흔들리는가 싶더니, 하나, 또 하나, 그리고 또다시 여러 개로 분리되었다. 여덟 명의 게르데가 알레그라의 주위를 둘러싸고 있었다. 분노로 번득이는 여덟 쌍의 눈. 공기를 가르는 여덟 개의 올리브 색 머리채. 마법 에너지가 실린 여덟 쌍의 손.

알레그라는 사방을 마법의 방패로 가렸지만, 분신이 아닌 진짜 게르데가 뒤에서 그녀를 내려쳤다. 알레그라는 숨이 막혔다. 마법이 결정적인 부상은 막아주었지만 충격은 매우 컸다. 그녀는 무릎을 꿇고 바닥에 그대로 넘어졌다. 여덟 명의 게르데는 조롱하는 듯한 소리로 비웃었다.

알레그라는 일어나려 애썼다. 고개를 들자 바로 머리 위에 검은 뭉게구름이 뭉실뭉실 피어오르는 게 보였다. 알레그라는 소리를 지르고 옆으로 몸을 굴리며 내려치는 광선을 피했다. 그리고 두 손을 들어올려 두번째 불꽃이 떨어지기 전에 보호막을 펼쳤다.

광선이 알레그라의 방패에서 튕겨나갔고, 부채를 펼친 것처럼 마법이 사방으로 흩어졌다. 알레그라는 여덟 명의 게르데가 비명을 지르는 소리를 들었다. 반사된 광선을 막으려던 그녀들 중 일곱이 사라졌다. 마지막 하나가 무릎을 털썩 꿇으며 기진맥진하여 숨을 할딱였다.

알레그라 역시 몹시 지쳤다. 두 사람은 풀밭 위에 무릎을 꿇고 앉아, 힘겹게 숨을 몰아쉬며 시선을 주고받았다.

"항복해, 게르데. 힘이 남아 있을 때 카슬룬으로 돌아가라."

요정은 이를 악물었다.

"절대 항복하지 않아."

그녀는 사슴처럼 가볍게 몸을 일으키더니 다시 알레그라를 공격했다.

첫 태양의 햇살이 지평선을 어렴풋이 비추기 시작할 때까지도 둘은 계속 싸웠다. 두 사람 다 녹초가 되었고, 둘 중 누구도 뚜렷한 우위를 점하지 못했다. 알레그라는 더 연로했고, 지구에서 보낸 세월 때문에 힘이 약해져 있었다. 하지만 게르데도 슈르 이카일 남자들, 특히 누에베 클라네스의 군주에게 건 주문이 계속 효과를 발휘하도록 해야 했다. 그들은 마치 그처럼 아름다운 생물은 본 적이 없다는 듯 황홀한 눈빛으로 그녀를 지켜보고 있었다.

알레그라는 문득 마법이 말을 듣지 않기 시작했음을 깨달았다. 주문 하나가 기대한 것보다 힘을 발휘하지 못한 것이다. 그녀는 일 초 정도 머뭇거렸다. 조만간 이렇게 될 줄 알았다. 마법사들이 사용하는 마법은 무한한 것이 아니었다. 알레그라는 이미 꽤 오랫동안 최대한의 힘을 쓰고 있었다.

하지만 게르데는 아직 지친 기색이 없었고, 알레그라는 조금 더 버텨야만 한다는 걸 깨달았다. 게르데가 지금 그녀에게 무슨 일이 벌어지고 있는지 눈치 채지 못하기를 바랄 뿐이었다.

그때부터 알레그라는 좀더 신중을 가했다. 공격을 피하고 방어만 하면서 힘을 비축하여 그 힘을 쓸 적당한 때를 노리고 있었다.

게르데가 이를 알아챘다.

"벌써 힘이 바닥 났군, 아일레! 패배를 인정하라고!"

게르데가 승리에 차 목소리를 높였다.

그녀가 손을 들어올리자, 두 개의 초록색 에너지 소용돌이가 생겨났다. 알레그라는 옆으로 몸을 던지며 그것을 피하려 했다. 게르데의 마법이 바닥에 내려 꽂혔고, 가시투성이 덤불 두 갈래가 알레그라의 발목을 찾아 뻗어오기 시작했다. 요정은 서둘러 벗어나려 했다. 익히 잘 알고 있는 그 식물에는 독이 있었다. 게르데는 끈덕지게 같은 작업을 반복했다. 초원 전체에 독 덤불의 씨를 잔뜩 뿌리기로 작정한 듯했다.

"땅에서 좀더 좋은 걸 나오게 할 수도 있잖아, 게르데!"

알레그라가 쏘아붙였다. 그녀는 준비하고 있던 주문을 걸기 위해 돌아보았다. 게르데를 돌조각으로 변신시키는 주문이었다. 알레그라는 중얼중얼 주문을 외었으나, 아무 일도 일어나지 않았다. 알레그라는 자신의 손을 쳐다보고는 당황해했다.

게르데가 소리쳤다.

"이 늙은이, 이제 죽었어! 더이상 빠져나갈 데도 없다고!"

알레그라는 심호흡을 하고 정신을 모았다. 적은 마지막 공격을 가할 태세였다. 알레그라는 침착하게 기다렸다.

게르데가 최후의 마법을 실행했다. 결투를 시작할 때 썼던 것과 흡사한 주문이었다. 다시 불을 일으킨 게르데는 눈을 감고 꼼짝도 않는 알레그라를 향해 자신이 지닌 모든 힘을 던졌다. 야만족들은 게르데의 마법이 알레그라를 향해 가로질러 날아가는 걸 보고는 비명을 질렀다.

……그때 알레그라가 눈을 뜨고, 손을 들어올리더니 분노가 가득한 무시무시한 표정을 지었다. 그녀를 지켜보던 모든 이들의 숨이 멎었다. 알레그라가 소리를 지르며 모든 힘을 쏟아냈다.

데르바드 탑의 성주였던 아일레 알레나이의 힘이 유성처럼 거세게 뿜어져나왔다. 그녀는 불과 일 미터 앞에서 상대의 공격을 되받아쳤는데, 그 힘이 어찌나 거센지 게르데를 뒤로 밀어붙여 가까이 있는 나무로 던져버렸고, 나무에 불길이 일었다.

그러고는, 침묵뿐이었다.

알레그라는 기진맥진하여 바닥에 털썩 주저앉았다. 게르데는 몸을 일으켜 불타는 나무를 보고는 비명을 질렀다. 불을 끄려 했지만, 마법은 반응이 없었다. 그녀 역시 힘이 다한 것이다.

그녀는 바들바들 떨며 몸을 피했다. 그녀가 알레그라와 그 장면을 지켜보던 야만족들을 향해 돌아섰다. 남자들이 마치 긴 잠에서 깨어난 듯 고개를 흔들고 있었다. 그들에게 걸었던 주문이 깨어진 것이다.

알레그라가 힘겹게 일어서며 말했다.

"네가 진 것 같은데, 게르데."

게르데는 아무 말도 하지 않았다. 게르데가 패했다는 사실을 견딜 수 없어 알레그라를 없애려고 작정한 한 남자가 알레그라 뒤로 망치를 치켜들고 다가오고 있었기 때문이었다.

요정은 일족의 군주인 호르 둘카르의 이런 행동이 주문의 효력 때문인지, 아니면 본인의 의지인지 결코 알 수 없게 되었다. 누군가가 딱딱한 몽둥이로 그를 뒤에서 내려치는 바람에 그는 알레그라의 머리카락 한 올도 건드릴 수 없었다.

전쟁 군주는 넋이 나갔고, 상대는 숨 돌릴 틈도 없이 몽둥이를 다시 내려쳤다. 호르 둘카르는 눈을 허옇게 뜨고는 우크 르히스의 발아래 쓰러졌다.

짧은 침묵이 감돌았다.

르히스가 냉정하게 말했다.

"여러분, 모두 보셨죠. 호르 둘카르가 결투에 끼어든 겁니다. 누에베 클라네스의 군주다운 행동이 아닙니다."

무리 사이에서 술렁술렁 동요가 일었다. 남자들은 여전히 무슨 일이 있었는지 이해하지 못했고, 여자들은 르히스를 전폭적으로 지지했다.

알레그라가 심호흡을 하고 게르데를 돌아보았다. 게르데가 이미 자리를 뜨고 없다는 사실이 그다지 놀랍지도 않았다.

요정이 속삭였다.

"네 탑으로 달려가거라. 아슈란에게 달려가 슈르 이카일 사람들이 자유롭다고 말해라. 설사 아슈란의 아들이 우리 최후의 희망을 앗아갔어도 저항군은 계속 싸울 거라고 전해라. 우리의 심장이 아직도 뛰고 있는 한, 이 세상에 유니콘이 살아 있는 한 계속 싸울 거라고."

야만족들이 말다툼을 벌였다. 여자들이 모두 동시에 떠들기 시작했고, 남자들은 여자들의 말에는 귀 기울이지 않고 무작정 설명을 요구했다.

알레그라는 그들에게 주의를 기울이지 않았다. 나무에게 다가간 그녀는 마법으로 불을 끄고는, 바닥에 무릎을 꿇고 앉아 비통하게 울면서 나무에게 그렇게 몹쓸 짓을 한 데 대해 위나 여신과 나무에게 용서를 구했다.

알리스 리스반을 지나는 일은 빅토리아에게 상당히 힘든 일이었다. 루나리스는 그곳에서 태어났었다. 유니콘은 십오 년 전에 그 숲에서 살았다.

루나리스 하나만 빼고 모든 유니콘이 모조리 이둔에서 사라져버린 그날까지.

그 이후 숲은 많이 변했다. 섬세한 나무들, 요정의 세공품 같았던 가지들은 이미 오래전에 말라비틀어졌다. 풀은 잿빛이 되었고, 꽃은 시들어 땅위에 깔린 잿빛 망토가 되어버렸다. 공기마저 시들시들한 것 같았다.

빅토리아는 십오 년 전의 알리스 리스반이 어떤 모습인지 기억나지 않았다. 그럼에도 어쩔 수 없이 묵직한 그리움에 사로잡히는 느낌이었다. 그녀를 둘러싼 모든 것이 이제 유니콘이 존재하지 않으며 앞으로도 없을 거라는 사실을, 그녀가 마지막 유니콘이고, 그 생명마저 이제 아무 의미도 없다는 사실을 떠올려주었다.

그렇지만 그 덕분에 계속 앞으로 나아갈 수 있었다. 드락웬 탑이 점점 가까워졌다. 그리고 크리스티안도.

곧, 모든 일이 끝날 것이다.

그런 빅토리아를 무심히 바라보던 야렌은 그녀가 자신을 주시한다는 사실을 깨닫고서 다시 현실로 돌아왔다.

준마법사가 말했다.

"미안해요. 당신이 알리스 리스반에 돌아오면, 당신 발아래서 풀이 다시 푸르러지고, 꽃이 자랄 거라고 믿고 있었거든요……"

야렌이 고개를 흔들었다.

"그래요, 분명 어리석은 생각이었어요. 당신들 유니콘들이 전설에서 말하는 것과 완전히 똑같지 않다는 건 알아요."

빅토리아는 그를 물끄러미 쳐다보기만 할 뿐 아무 말도 하지 않았다. 그러고는 메말라 꽃잎이 서로 덩어리진 거대한 꽃 옆에 털썩 주저앉았다. 비록 말라 있기는 해도, 예전에는 정교한 아름다움을 지녔으리라는 생각이 들게 하는 꽃을 조심스럽게 두 손으로 쥐고 빅토리아는 에너지를 전달하기 시작했다.

꽃이 즉시 생기를 되찾았다. 꼿꼿이 줄기를 세우더니 꽃잎도 다시 부드러운 보랏빛으로 되살아났다.

그런데 그때, 갑자기 꽃이 부르르 떨리더니 필 때보다 더 빨리 시들어버렸다. 빅토리아가 무슨 일인지 깨달았을 때 그녀의 두 손에는 슬프게도 말라버린 나뭇잎만 남아 있을 뿐이었다.

그 과정을 지켜보던 야렌은 침을 삼켰다. 무슨 일인지 도통 알 수가 없었지만 감히 물어보고 싶지 않았다.

빅토리아도 아무런 말이 없었다. 그녀는 속을 알 수 없는 표정으로 일어나 숲의 심장부를 향해 가던 길을 계속 갔다.

"전 떠납니다, 아버지."

크리스티안이 알렸다.

아슈란이 돌아보았다. 아위노르에서 막 돌아온 시슈 무리의 보고를 받고 있던 그는 아들의 말을 듣기 위해 그들에게 물러가라는 손짓을 했다.

"유니콘이 가까이 있다. 너를 찾아왔구나."

"절 죽이러 온 겁니다."

"그래서 떠나는 거냐? 그애와 맞서기가 두려워서?"

"맞서고 싶지 않습니다. 그뿐입니다."

"하지만 난 네가 다시 사라지길 원치 않는다, 키르타슈. 북쪽에서의 반란이 아주 성가시게 돌아가고 있지."

크리스티안이 공손하게 대답했다.

"그곳이 바로 정확히 제가 가려는 곳입니다. 카슬룬 탑이요."

아슈란이 은빛 눈을 반짝이며 흥미롭다는 듯 아들을 보았다.

"게르데와 같이?"

크리스티안이 고개를 끄덕였다. 네크로맨서는 앉아 있던 커다란 의자에서 일어나 아들을 향해 다가갔다.

"무슨 생각이냐, 키르타슈?"

"폐하의 군대에서 제게 맞는 자리를 차지하려는 겁니다."

크리스티안이 아무런 감정도 실리지 않은 목소리로 대답했다.

아슈란은 잠시 아무 말 없이 그를 쳐다보았다.

"게르데가 또다시 나를 실망시켰다. 알고 있었느냐?"

아슈란이 물었다.

"네, 압니다."

"야만족들에겐 더이상 관심 없다. 이 전쟁을 이길 다른 결정적인 방법이 있지. 더 빠르고 확실한 방법. 하지만 게르데가 카슬룬 탑에서 뭘 하고 있는지를 네가 지켜보는 것도 나쁘지는 않겠지. 정확히 아일레와 무슨 일이 있었는지 알아보아라, 키르타슈. 게르데를 가까이서 감시해라."

크리스티안은 고개를 끄덕이고는 자리를 뜨려고 돌아섰다. 하지만 벌써 문가에 이르렀을 때 아슈란이 다시 그를 불러세웠다.

"그 여자애는 내일 탑에 도착할 거다. 두번째 해가 진 후에."

크리스티안은 잠시 생각에 잠겼다. 그러고는 고개를 들어 아슈란을 싸늘한 시선으로 응시했다.

"그애를 카슬룬 탑에서 기다리겠습니다."

"그렇게 전해주마."

네크로맨서가 미소를 지었다.

대화가 끝났다고 생각한 아슈란이 등을 돌렸지만, 크리스티안은 그 자리에서 꼼짝도 하지 않았다.

"아무도 그앨 해치지 않기를 바랍니다."

크리스티안이 주장했다. 아슈란이 순순히 대답했다.

"알고 있다. 아무 탈 없이 너한테 보내겠다고 약속하마."

크리스티안은 다시 고개를 끄덕이고는 홀을 떠났다.

그날 밤 야렌이 말했다.

"이곳에 유니콘들이 살았어요. 수십 마리, 아니 어쩌면 수백 마리가. 그러고는 모두 죽었죠……단번에. 어째서 한 마리도 남지 않은 걸까요? 어떻게 자취도 없이 사라진 거죠?"

빅토리아는 조금 뜸을 들인 후 대답했다. 대답하는 그녀의 목소리는 싸늘했고 아무 감정도 실리지 않았다.

"유니콘의 본질은 순수한 빛으로 이루어져 있어요. 유니콘은 죽으면 바로 빛의 광선으로 변하고, 그 빛의 일부가 세상을 비추게 돼요. 아무것도 남지 않아요. 다른 생명들이 훔쳐갈 수도, 불경스런 모독을 저지를 수도 없죠. 뿔조차도요……혹시 그걸 생각한 거라면."

야렌은 얼굴이 새빨개져 어색한 듯 눈길을 피했다. 잠시 망설이던 그는 고개를 들어 도전하듯 빅토리아를 보았다.

"당신을 알게 된 후 수도 없이 부탁했어요. 간청도 하고, 발아래 무릎 꿇고 마법사가 되게 해달라고 수천 가지 방법으로 애걸

복걸했어요. 처음에는 거절하는 게 당연하다고 생각했죠. 어쨌든 당신은 저를 모르니까. 하지만 모든 신의 이름을 걸고 말하지만, 전 망설이지 않고 당신을 따랐고, 도왔고, 이곳까지 데려왔잖아요……이제는 당신도 제가 어떤 사람인지 알 텐데……제가 보상을 받을 만하지 않나요?"

빅토리아는 대답하지 않았다.

야렌이 말을 이었다.

"지금 우리는 유니콘의 땅이었던 알리스 리스반 한가운데 있어요. 여긴 이미 아무것도 남아 있지 않다고 당신이 확인해주었으니 마법사를 임명할 수 있는 건 오로지 당신뿐이잖아요. 당신의 임무는 살아 있는 동안 다른 생명에게 마법을 건네주는 거고요. 이런 제길, 그런데 왜 내게 마법을 건네줄 수 없다는 거죠?"

빅토리아가 야렌을 돌아보았다. 그녀의 두 눈은 짙은 어둠으로 가득한 두 개의 우물 같았다. 야렌의 심장이 거세게 고동쳤고, 그는 저도 모르게 뒷걸음쳤다.

"당신은 당신이 무슨 부탁을 하는지도 모르고 있군요."

빅토리아가 부드럽게 말했다.

야렌은 잔뜩 화를 내며 주먹을 불끈 쥐었지만 한마디도 대답하지 못했다.

다음 날부터 주위의 풍경이 변하기 시작했다.

풀은 조금 더 초록빛을 띠었고, 나무들도 심하게 메마르지 않은 듯, 가지 군데군데에서 여린 싹이 나오기도 했다. 마치 알리스리스반에 수줍게 봄이 찾아온 듯했다.

두 사람이 앞으로 나아감에 따라 생명의 기운은 점점 더 강하게 나타났다.

야렌이 감탄하며 말했다.

"기적이에요. 위나 여신이 이곳을 소생시켰군요."

빅토리아가 대답했다.

"신들의 작품이 아니에요. 우리가 드락웬 탑에 가까워지고 있기 때문이에요."

야렌은 말도 안 된다는 듯 너털웃음을 터뜨리며 대꾸했다.

"탑 때문일 리가 없어요. 드락웬 탑은 아슈란의 사악한 기운이 가득한 곳이라고요. 그런 곳에서 좋은 기운이 나올 수는 없죠."

빅토리아는 반박하지 않았다. 하지만 마른 나뭇가지 사이로 수줍게 모습을 드러내는 초록색 새싹에서, 풀 한 포기에서 그녀는 자신의 본질을 느꼈다. 지난날 순수하고 별처럼 선명하게 빛나던 그것을. 다름 아닌 바로 그녀의 힘이 오래전 드락웬 탑의 생기를 되찾아준 것이다. 설사 강제로 빼앗아 간 힘이라 해도 고스란히 그녀의 것이었다.

빅토리아는 분명히 알 수 있었다. 탑에 세상의 마법을 연결하자, 축적된 에너지가 여기저기 뿌려지며 숲을 소생시킨 것이다. 탑 주변의 녹음이 짙어졌다. 빅토리아 덕분에, 아슈란이 그때 저지른 일 덕분에.

그녀는 잠시 눈을 감았다. 그때만 해도 그녀가 세상에 전달한 건 빛과 같은 순수한 마법이었다. 하지만 이제는 자신의 심장을 뒤덮은 고통의 베일처럼 캄캄한 어둠만 솟아날 뿐이다.

두번째 해가 저물기 시작할 무렵, 숲이 활짝 열리며 드락웬 탑이 위풍당당한 모습을 드러냈다.

수세기 전, 마법사들은 이 탑을 세우면서 창공 높이 치솟은 거대한 나무 모양을 본뜨려 했었다. 나무뿌리처럼 땅속 깊숙이 뿌리를 박은 탑의 기반은 알리스 리스반으로부터 마법을 흡수했다.

어쩌면 세월이 흘러서일 수도 있고, 혹은 현재 이곳이 상징하는 바 때문일 수도 있지만, 확실한 건 탑의 모습이 나무라기보다는 손가락으로 달을 움켜잡기 위해 경련하는 시커먼 짐승의 앞발을 연상하게 한다는 것이었다.

빅토리아는 잠시 걸음을 멈추고 탑을 응시했다. 몹쓸 기억들이 떠올랐지만, 그래도 돌아가겠다는 생각은 한순간도 들지 않았다.

탑 주위로 성벽이 둘러싸고 있었고, 네 명의 시슈가 문을 지키고 있었다. 빅토리아는 두려워하는 기색 없이 그들에게 다가갔다. 야렌이 우려하는 심정으로 뒤따랐다.

"키르타슈를 만나러 왔어요."

빅토리아는 이렇게 말할 뿐이었다.

뱀 인간들이 빅토리아 앞에 고개를 숙였다. 천천히 문이 열리며 가꾸지 않아 거칠어진 정원 사이로 구불구불 돌아가는 길이 드러났다. 시슈들은 빅토리아가 지나가도록 물러섰고, 한 놈이 그녀를 탑 안으로 안내를 했다.

하지만 야렌이 빅토리아를 따라 나서려하자, 시슈들의 창이 길을 막았다.

"넌 들어갈 수 없다, 인간."

한 놈이 쉭쉭거렸다.

"루나리스……"

야렌이 말을 꺼냈지만 빅토리아는 부드럽게 손가락을 입술에 대며 조용히 하라는 시늉을 했다.

"여기서 기다려요. 돌아올게요."

야렌은 불안한 듯 몸을 들썩였다. 빅토리아가 이곳에 싸우러 왔다는 사실이 돌연 떠오른 것이다. 그가 이의를 제기했다.

"안 돼요, 잠깐만요. 만일 당신이 돌아오지 않으면요?"

빅토리아가 비통한 미소를 지었다. 야렌은 침을 꿀꺽 삼켰다.

"이 사람을 해치지 마요."

빅토리아가 시슈들에게 말했다.

"분부대로 하겠습니다."

시슈들이 대답했다.

빅토리아는 등을 돌리고는 망설임 없이 문턱을 넘었다.

야렌은 빅토리아의 등 뒤로 문이 닫히는 모습을 무기력하게 그저 지켜볼 따름이었다.

빅토리아는 야생 정원의 아름다움에는 관심도 두지 않고 그대로 지나쳤다. 그곳에서도 자신의 힘이 느껴졌다. 탑을 소생시킨 마법은 세상 이곳저곳에서 온 것인 동시에, 빅토리아를 통과하여 전달된 것이기도 했기 때문이다.

식물들이 즉각 빅토리아를 알아보았다.

빅토리아는 잠시 걸음을 멈추고 거대한 꽃을 떠받치고 있는, 오렌지빛 반점이 난 붉은색 꽃받침들이 세심하게 고개를 숙이는 모습을 응시했다. 빅토리아가 손을 들어올리자 꽃들이 다가오려는 듯 살짝 움직였다. 그중 하나가 빅토리아 손가락에 닿는가 싶더니 즉각 뒤로 물러났다. 다른 꽃들 역시 빅토리아에게 거리를 두었다. 마치 두려워 벌벌 떠는 것 같았다.

빅토리아는 아무 말도 하지 않았다. 그 얼굴에는 감정이라고는 눈곱만치도 드러나지 않았다.

시슈들이 탑 안으로 따라 들어왔다. 빅토리아는 네크로맨서 아슈란의 방들이 이어지는 거대한 달팽이꼴 계단을 한 계단 한 계단씩 올라갔다.

그녀는 탑 안을 지나면서도 주변을 거의 의식하지 못했다. 지난날에는 활기 넘쳤지만 지금은 대부분 버려진 상태인 여러 개의 방에 눈길조차 주지 않았다. 그녀의 머릿속에는 오직 복수뿐이었다. 탑 안에 들어서기 훨씬 전에 이미 크리스티안이 이곳에 없다는 걸 알았지만.

아슈란은 알현을 허락하는 홀이 아니라 총안 앞에서 그녀를 맞이했다. 그는 그곳에서 세번째 해가 저무는 모습을 바라보고 있었다.

그가 뒤를 돌아 빅토리아를 보았다. 빅토리아가 무심히 그 눈길을 마주보았다.

두 사람이 지난번에 만난 것도 역시 이 탑에서였다. 그때 네크로맨서는 빅토리아를 잔인하게 고문했고, 강제로 마법을 빼앗아

억지로 드락웬 탑을 소생시키게 했다. 빅토리아는 너무나 괴로워했고, 그에게 학대와 굴욕을 당해 죽기 일보 직전까지 갔었다.

하지만 지금은 그런 건 조금도 중요하지 않다는 듯 그녀는 무덤덤하게 그를 보았다.

아슈란이 싸늘하게 미소를 지으며 정중히 고개를 숙여 빅토리아에게 인사했다.

"루나리스. 사람들이 널 그렇게 부르더구나."

빅토리아가 말했다.

"크리스티안을 찾아왔어요."

"떠났다. 카슬룬 탑에서 널 기다리겠다고 했다."

"알았어요."

빅토리아가 고개를 끄덕였다.

그녀가 돌아서려 하자, 아슈란이 잡아세우며 말했다.

"네게 호의를 베풀 기회 정도는 다오. 설사 오늘밤뿐이라도 말이다. 마지막 해가 지고 있구나. 내일 떠나는 게 어떻겠느냐."

빅토리아는 아무 말도 하지 않았다. 아슈란이 말을 이었다.

"우리의 첫 만남이 유쾌하지 않았다는 건 알고 있다. 하지만 과거만 생각하는 건 부질없는 짓이지. 네 미래에 대해 말해보자꾸나, 빅토리아. 빅토리아라고 불러도 되겠지?"

빅토리아는 대답하지 않았다.

아슈란이 대답을 기다리지 않고 계속 말했다.

"넌 이 세상에 남은 마지막 유니콘이다. 넌 용을 잃었지. 이젠 너의 존재이유인 그 임무를 실행할 수 없게 되었다. 하지만 내 아들은 널 사랑하고 있다."

빅토리아는 계속 아무 말도 없었다. 아슈란이 미소를 지었다.

"네 뜻이 뭔지 안다. 죽고 싶어한다는 것도, 이 세상을 떠나 용의 뒤를 따르고 싶어한다는 것도 안다. 그 없이 세상을 살 가치가 없다고 느끼겠지. 죽으려고 했지만 그럴 수가 없었겠지. 아직도 너를 이 세상과 이어주는 게 있으니까…… 바로 키르타슈지.

넌 아직도 그애를 사랑하고 있다. 그 때문에 너 자신을 미워하지. 용의 목숨을 앗아간 그를, 죽음의 상처를 남긴 그를 사랑하니까. 그래서 죽고 싶겠지만, 그럴 수 없는 거다. 그애가 계속 살아 있고 네가 그앨 사랑하는 한은. 때문에 그의 손에 죽거나, 아니면 네 손으로 직접 그를 죽여 이 세상에 그 어떤 인연도 남기지 않으려는 거겠지.

키르타슈는 내가 널 모른다고 생각하지. 하지만 나는 너를 잘 안다. 오, 그렇고말고. 난 널 이해한다, 너희 두 사람이 생각하는 것보다 훨씬 더 많이. 오갈 데 없는 불쌍한 것…… 넌 이제 이 세상에 속하지 않아, 빅토리아. 네 종족 가운데 혼자 남았고, 네 용은 널 떠나버렸지. 넌 앞으로 어떻게 될까?"

빅토리아는 등을 돌리고, 아무 말 없이 다시 탑으로 들어가려 했다. 하지만 보이지 않는 뭔가가 그녀의 앞을 가로막았다. 그녀는 다시 아슈란을 돌아보았다.

그가 부드럽게 말했다.

"내 말은 끝나지 않았다. 네게 다른 선택권을 주겠다, 빅토리아. 바로 미래지. 내 말을 들을 준비가 되었다면 말이다."

총안 사이로 몸을 내민 그가 손을 들어올렸다. 손가락 사이의 뭔가가 공기를 진동시켰고, 빅토리아는 커다란 거품 같은 것이 생겨나는 걸 보았다. 아슈란이 손을 내리자, 그것은 공중에 둥둥 뜬 채 이슬방울처럼 떨고 있었다.

"이걸 통해 보아라."

그는 손짓하여 빅토리아를 가까이 오게 했다.

빅토리아는 다가가 그것을 보았다.

숲의 한 부분에 초점이 맞춰진 마법의 거품은 일종의 망원경 역할을 하고 있었다.

그 속에 저물어가는 마지막 햇살과 이제 막 피어오르는 밤안개 사이로 숲을 오가는 요정들의 무리가 보였다. 그들은 손끝을 나무에 갖다대고, 꽃들에게 노래를 불러주고, 식물의 잎을 어루만지며 요정의 마법으로 알리스 리스반을 치유하고 있었다. 그 근처, 나무들 사이로 구불구불한 셰크의 몸통이 지나가고 있었다.

아슈란이 말했다.

"저 요정들은 숲을 소생시켜달라는 제안을 받았지. 뭐, 우리와 한편이 되기 위해 투항한 요정들은 거의 없었지만 말이다. 요정들이 숲을 소생시키고 있는 건 우리가 그들에게 알리스 리스반을 돌볼 기회를 주었기 때문이지. 그들은 나를 위해서가 아니라 숲을 위해 일하는 거다. 사실 그건 세스하크의 아이디어였지."

아슈란이 어깨를 으쓱했다.

"그에게 왜 숲을 치유하는 데 그렇게 관심을 가지냐고 물으니, 이렇게 말하더구나. '그래도 한때는 아름다웠으니까.'

그게 셰크란다, 빅토리아. 인간들은 그들을 괴물 보듯 하지만, 셰크들은 이둔의 그 어떤 생물보다도 아름다움을 높이 평가하지. 어디에 깃들어 있든 그것에 사로잡히고 말지. 설령 유니콘의 눈빛 깊숙한 곳이더라도."

아슈란이 은빛 눈으로 빅토리아를 뚫어지게 쳐다봤다. 빅토리아의 표정에는 아무런 변화도 없었지만 뭔가가 그녀의 가슴속을 휘젓고 있었다.

아슈란이 숲을 가리키며 덧붙였다.

"요정들만으로는 다 할 수 없을 게다. 아마 네가 도와준다면 가능할지도 모르지."

빅토리아는 대답하지 않고, 놀라운 광경을 보여주는 마법 렌즈로부터 시선을 돌렸다.

"신들은 네게 고통과 증오, 죽음으로 가득한 운명을 정해놓았다. 죽이고 파괴하기 위해 널 만든 거지. 그들은 '넌 네크로맨서 아슈란을 죽여야 한다'라는 등의 말을 귓가에 소곤대며 여섯 천체의 결합에서 널 구해냈다.

난 네게 전혀 다른 미래를 제안하는 바다, 빅토리아. 원한다면 평화, 생명 그리고 사랑으로 가득한 미래지. 이미 너희는 이 전쟁에서 패한 거나 다름없다. 그리고 난 네가 잃은 걸 되돌려줄 수는 없다. 하지만 네가 우리 편이 된다면, 지난날 알리스 리스반이 소유했던 아름다움과 생명을 되살리는 일에 네 삶을 바칠 수 있을 게다.

그리고 또한 사랑도 주겠다. 너 때문에 자기 생명을 바쳤고, 네가 존재하는 한 몇 번이고 또다시 그렇게 할 내 아들 키르타슈를 주마. 그애는 다른 여자를 사랑할 수도 없다. 셰크도 아니고 인간도 아니기 때문이야. 너처럼 하이브리드지. 그리고 더이상 용이 존재하지 않는 지금, 네가 사랑할 수 있는 유일한 사람이고.

우리 편이 되어 제국을 물려받고, 키르타슈와 함께 다스려라."

빅토리아는 잠시 그를 바라보다가 나지막이 말했다.

"당신은 스스로 무슨 말을 하는지 모르는군요."

아슈란이 미소를 지었다.

"그럴 리가. 오래전에는 널 죽이려 했지. 여섯 신들이 날 파괴하려는 예언을 실현하기 위해 널 만들었기 때문에. 하지만 그 예언은 이제 존재하지 않아. 넌 더이상 위협적인 존재가 아니다. 넌 네 종족 중 유일한 생물이고, 세상에서 사라진다면 꽤나 유감일 게다. 그리고 특히 그 누구보다도 키르타슈가 안타까워할 거라고 내 장담하지."

빅토리아가 나지막이 대답했다.

"그렇다면 이제부턴 유감스러워해야 할 걸요. 잭을 죽이면서 내 생명을 함께 끝장 낸 게 바로 키르타슈니까."

"그리고 네게 생명을 돌려줄 유일한 사람도 그애지."

빅토리아가 고개를 가로저었다.

"너무 늦었어요."

"그렇지 않아. 그 검으로 뭘 할 테냐, 빅토리아? 내 아들의 심장을 찌를 건가? 널 사랑하는 남자의 심장을 찌르겠다고? 아무리 너라고 해도 복수 때문에 그렇게까지 할 수는 없을 텐데."

"하지만 난, 할 거예요."

"그러나 복수 때문은 아니지. 네가 키르타슈를 죽이는 순간 너 자신도 함께 죽이는 셈이 될 테니. 너도 그 사실을 아주 잘 알고 있지. 네가 하고 싶은 건 살인이 아니다. 그건 자살이지."

빅토리아는 시선을 피했지만 아슈란이 그녀의 턱을 잡아 자신의 눈을 쳐다보게 했다.

"이제 알겠구나. 네 눈의 빛이 꺼져버렸다는 걸. 지금은 그저 어둠만 깃들어 있군. 하지만 네 눈의 빛을 꺼뜨린 그가 다시 빛을 되살릴 수도 있지. 키르타슈가 바로 네가 찾고 있는 빛이다. 네가 그 빛을 꺼뜨리면, 모두 끝장나고 만다. 단지 너희 둘만이 아니라 이둔도 전부."

빅토리아는 결국 반응을 보였다. 그녀는 갑작스레 몸을 움직여 그에게서 떨어졌다.

"당신은 내 눈에서 그걸 볼 수 없어요."

빅토리아가 몸을 떨며 말했다.

인간들은 유니콘의 빛을 볼 수 없다. 아무리 아슈란처럼 막강한 마법사라 해도.

그건 오직 용, 셰크, 요정들만이 지닌 특권이었다.

빅토리아는 아슈란의 은빛 눈동자를 똑바로 쳐다보며 그가 지닌 이상한 힘의 해답을 찾으려 했다.

불현듯 그녀는 그 눈의 비밀을 깨달았다.

그 은빛 홍채는 자연적인 것이 아니었다. 그건 그의 진짜 눈빛을 숨기는 일종의 금속 렌즈 같은 것으로, 아슈란의 영혼과 나머지 세상을 가르는 갑옷 혹은 가면 같은 것이었다. 그 은빛 눈동자 저 너머에서 빅토리아는 그의 힘을 감지했다. 살결 하나하나까지 떨릴 정도로 전율이 일었다. 그녀는 황급히 그에게서 몸을 뗐다.

"당신은……누구죠?"

빅토리아가 중얼거렸다.

아슈란이 미소지었다. 그가 한 걸음 뒤로 물러섰다. 그의 눈이 순간 번쩍 빛나더니 그 속에 깃든 환영이 사라졌고, 빅토리아는 그의 눈이 평소의 이상한 은빛 눈으로 다시 돌아가는 모습을 지켜보았다.

아슈란이 말했다.

"내 아들을 보러 가라. 내 눈을 보았듯 그 아이의 눈을 들여다보고 그 안에서 네가 잃어버린 빛을 찾아라."

빅토리아는 아무 말도 하지 않았다. 그녀는 등을 돌려 다시 탑 안으로 향했고, 이번에는 아슈란도 그녀를 붙잡지 않았다.

빅토리아는 그날 밤 드락웬 탑에 머물지 않았다. 그녀는 입구에서 자신을 기다리고 있는 준마법사를 만났고, 두 사람은 알리스 리스반 숲의 어둠 속으로 모습을 감추었다.

아슈란은 총안에 서서 두 사람이 떠나는 모습을 보았다.

그는 그곳에 한동안 머물러 있었다. 세 달은 이미 창공에서 빛나고 있었고, 구불구불 물결치는 형상 하나가 달빛을 가로막으며 탑으로 날아 돌아오고 있었다.

아슈란은 세스하크가 옆에 내려앉기를 기다렸다.

셰크가 말했다.

'이곳에 유니콘이 있었군.'

"그래, 그러곤 떠났지. 카슬룬 탑에서 키르타슈와 만나겠지."

'결국 두 사람이 맞서게 되는군.'

"그래. 키르타슈도 더이상 피하지 않을 테고. 빅토리아가 복수를…… 혹은 바라던 바대로 자살을 실행할 수 있을지는 이제 알게 되겠지."

'그 여자애에게 아무 해가 없었으면 좋겠군. 이제 우리에겐 위협이 되지 않고, 인간성에 상당히 물들어 있기는 해도 유니콘 종족에서 남아 있는 유일한 존재이니.'

"알고 있네, 세스하크. 나 역시 그애가 키르타슈와 합쳤으면 하는 기대를 품고 있지. 그렇게 되면 남아 있는 마법을 구하는 건 물론이고 이 전쟁에서 최종적으로 이길 수 있을 테니까. 여섯 신들은 이제 이둔에 아무런 힘도 쓰지 못할 게야. 반란군들도 그들이 숭배하는 유니콘이 우리 편인 걸 알면 바로 항복하겠지."

셰크가 눈을 가늘게 떴다.

'만일 그애가 키르타슈를 죽이면?'

아슈란이 세스하크를 향해 은빛 눈동자를 들어올렸다.

"그애도 같이 죽겠지. 그리고 키르타슈가 그앨 없앤다면, 유니콘은 완전히 사라져버릴 테지. 그러니 예정대로 되어야만 해. 키르타슈는 그 여자애의 곁에 있어야만 우리에게 쓸모가 있지. 그애가 없다면……골칫덩이에 위협거리가 될 수도 있으니까."

'키르타슈는 불안정하고 예측할 수가 없다. 지나치게 독립적이야.'

"그래. 하지만 그는 그 여자애를 위해서라면 뭐든 할 거다. 이미 여러 차례 증명했듯이 말이야. 우리가 그앨 얻는다면 둘 다 얻게 되는 셈이지. 만일 잃게 된다면……둘 다 잃을 테고."

세스하크가 동의의 뜻을 보이며 부드럽게 쉭쉭거리는 소리를 냈다.

삼 일 후, 크리스티안은 카슬룬 탑에 도착했다. 탑은 자체 방어가 되어 있기에 많은 감시가 필요하지 않았다. 게르데는 슈르 이카일 인들과 지내는 동안, 시슈 군인들로 구성된 파견부대와 소수의 마법사 무리만을 탑에 배치했는데, 이들만으로도 그곳을 지키기에는 충분했다.

이제 아슈란이 그녀에게 자신의 아들이 이곳을 향해 오고 있다고 알려주었고, 요정은 조바심을 내며 그를 기다리고 있었다. 야만족들과 지낸 경험과 알레그라에게 당한 패배 이후, 키르타슈를 다시 만난다는 기대감으로 그녀는 기분이 들떠 있었다.

아와 숲의 그날 밤 이후로 그를 만나지 못했다. 검을 건네주며 그와 키스했던 그때 이후로 많은 일들이 있었다.

언젠가 한번 게르데와 맞선 적이 있는 그 짜증나는 잭을 키르타슈가 죽였다. 그리고 그 때문에 빅토리아는 절망에 빠졌다.

혼자 남은 키르타슈를 그 애인이 죽이겠다고 찾아다니고 있다. 키르타슈를 그렇게나 사랑한다던 여자애가 그와 맞서게 된 것이다.

길고 고운 올리브빛 머리카락을 빗질하며 키르타슈를 맞이할 준비를 하는 동안, 게르데는 군주의 아들이 무슨 의도를 지니고 있을지 궁금해했다.

오래전 두 사람은 함께 밤을 보냈다. 게르데는 그 이전에나 이후에도 다른 남자들을 만났지만 그날 밤을 잊을 수 없었다. 드락웬 탑에서 빅토리아가 아슈란의 포로가 되어 고통받는 동안 키르타슈는 게르데의 온기를 찾았던 것이다.

그후 그는 결국 자기편을 배신하면서까지 빅토리아를 데리고 탑에서 빠져나갔다. 하지만 영광스러운 그날 밤, 키르타슈는 그녀의 것이었다.

그 일에 관해 그는 아주 분명히 해두었다. 자신에게는 그것이 별 의미 없는 단순한 즐거움일 뿐이라고. 그는 미리 경고했다. 그날 밤뿐이었고, 그 이상은 없었다.

게르데는 그게 무슨 말인지 곧바로 알아들었다. 키르타슈는 인간적인 욕망을 지니고 있고, 때로 그 욕망을 충족시키기도 하는 것이다. 하지만 결코 그녀를 사랑하지는 않으리라. 그의 내면의 셰크가 다른 누군가를 사랑하지 못하게 하기 때문이었다.

그 조건을 받아들인 건 게르데 자신이었다. 결정은 그녀의 몫이었다. 키르타슈는 한순간도 압력을 가하지 않았고, 온전히 그녀의 선택에 맡겼으며 그 결과에 따르겠다고 분명히 말했다.

눈을 지그시 감고, 두 사람이 함께 보낸 그날 밤을 떠올리자 온몸에 전율이 일었다. 심지어 키르타슈가 그녀에게 아무 감정도 없으며, 그 일을 두 번 다시 되풀이하지 않을 줄 알면서도 요정은 자신이 그 사실을 믿고 싶어하지 않는다는 걸 깨달았다.

그녀는 키르타슈가 누군지, 셰크가 어떤 존재인지도 알았고, 그가 자신을 절대로 동등하게 대하지 않으리라는 것도 알고 있었다. 그에 대한 이런 집착이 어디서 비롯된 것인지 새삼 의아했다. 처음에는 아슈란의 계승자이자 흥미롭고 매력적인 젊은이라는 인상에 끌렸다. 그후 거듭 만날수록 더욱 매혹되는 기분이었다. 키르타슈 옆에서 이둔의 황후 자리를 차지할 거라는 그녀의 소망을 망쳐버린 빅토리아와의 관계를 알고는 불같이 화를 냈었다. 키르타슈에게 끌리면 끌릴수록, 질투심은 더 강해졌고, 빅토리아도 점점 더 증오스러웠다.

그날 밤, 키르타슈가 그녀의 눈을 바라보며, 그녀가 원한다면 함께 잠자리에 들겠지만 절대로 사랑하지는 않을 거라고 싸늘하게 말했을 때, 게르데는 받아들였다. 사랑 따윈 필요하지 않아, 라고 생각했었다. 그저 그를 원할 뿐이고, 어쨌든 그에게 사랑할 능력이 없다면 그가 누굴 동반자로 선택하든 마찬가지일 테니까.

하지만 마음 속 깊은 곳에서, 그녀의 일부는 고통에 떨었다.

그 감정을 억누르려고 애썼다. 하지만, 얼마 전 아와 숲에서 키르타슈는 그녀의 마법에 넘어왔다. 게르데는 그 사실을 알았다. 그가 자신의 손에 들어왔고, 두 번이고, 세 번이고 그럴 수 있으리라고. 그가 자신의 것이 될 순간이었다. 만일 빅토리아가 두 사람을 방해하지만 않았더라면……

빗을 움켜쥔 게르데의 손가락이 부들부들 떨렸다. 차갑고, 무자비한 키르타슈가 좋았다. 키르타슈는 셰크다. 그처럼 막강해서, 길들여지지 않아서 그를 숭배했다. 하지만 빅토리아가 '크리스티안' 이라고 부르는 인간적인 약점을 지닌 그 존재는 게르데 앞에서 이미 한번 무너졌다.

그녀는 고개를 흔들며 생각에 잠겼다. 그 생각을 몇 주째 하고 있었다. 키르타슈가 하이아스를 복구했고, 나나이에서 내면의 셰크를 다시 일깨웠으며, 이 일로 용을 죽일 정도로 강해졌다는 사실 등 모든 일을 샅샅이 꿰고 있었다.

또한 키르타슈가 빅토리아와 떨어져 지낸다는 소식도 들었다. 빅토리아가 그를 용서하지 않은 것이다.

그날 밤, 그녀의 탑을 방문할 그가 내면의 어느 쪽에 더 가까울지는 알 수 없는 일이었다. 여전히 그녀보다 강한지도. 하지만, 빅토리아가 적으로 변한 지금이라면, 게르데는 그 자리를 차지할 수 있을지도 모른다.

요정은 오싹한 한기를 느꼈다. 빅토리아가 어떤 존재인지 그녀는 잘 알고 있다. 자신과 유니콘을 비교할 수 있다는 생각은 꿈조차 꾼 적이 없다. 오래전 자신에게 마법을 건네주었던 유니콘이 기억났다. 그런 생명을 없애는 건 불가능하리라고 생각했었다.

하지만 빅토리아는 너무나 인간적이었다. 그것이 참을 수 없을 지경이었기 때문에 게르데는 키르타슈가 왜 요정이 아닌 빅토리아를 사랑하는지 도무지 알 수가 없었다.

빅토리아에 대한 아슈란의 명령이 어떤 것이든 간에, 기회만 주어진다면 그 여자애를 죽여야 한다.

게르데는 몸단장을 끝내고 창가에 모습을 드러냈다.

남쪽 하늘에서 탑을 향해 날아오는 셰크의 우아한 형상을 보고, 그가 도착했다는 걸 알았다.

크리스티안이 탑에 들어서자, 게르데는 벌써 계단 아래서 그를 기다리고 있었다.

요정은 더할 나위 없이 아름다웠다. 검은 두 눈이 길고 비단결 같은 속눈썹 아래 반짝였다. 민들레 꽃잎처럼 부드럽고 가벼운 초록색 머리칼이 섬세한 맨 어깨 위에 펼쳐져 있었다. 하늘거리는 옷은 날씬한 몸에 딱 맞았고 천 아래의 몸매를 드러냈다.

그녀는 보석을 걸치지 않았다. 대부분의 요정족처럼, 게르데도 보석은 인간의 물건이며, 요정의 아름다움에 견주려는 인간 여자들의 쓸데없는 노력이 반영된 것이라는 데 뜻을 같이했다.

게르데가 고개를 들었다. 그 어떤 장신구도 그녀의 얼굴에 드러난 순수함을 넘어서지 못할 것이다.

그녀가 벨벳처럼 부드러운 목소리로 말했다.

"카슬룬 탑에 온 걸 환영해. 크나큰 영광이군."

"오히려 내가 영광이지, 카슬룬 탑의 성주."

키르타슈가 차가운 미소를 지으며 대답했다.

게르데도 미소를 지으며 암고양이처럼 우아하게 그에게 다가갔다. 크리스티안은 움직이지 않았다. 늘 그랬던 것처럼 그는 요정을 둘러싼 매혹의 마법을 감지했다.

여전히 미소를 띤 채 그녀는 키르타슈 앞에 멈춰 섰고, 그의 눈을 들여다보았다.

크리스티안은 눈길을 받아낼 뿐, 아무 말도 하지 않았다.

게르데가 까치발을 들고 키스를 했다. 야성적이고 혼을 빼놓을 듯한 키스였다. 크리스티안은 미소를 지으면서도 그녀를 거절하지는 않았다.

게르데가 몸을 떼고, 달콤한 미소로 그의 눈을 다시 바라보자, 셰크 역시 미소를 지었다. 하지만 그 미소는 반쯤 비웃는 싸늘한 미소였다. 파란 두 눈에는 죽음의 숨결이 반짝이고 있었다.

설명할 수 없는 공포가 게르데를 엄습했다.

'안 돼……'

말을 꺼내기도 전에 그녀는 그대로 마비되고 말았다. 돌아서서 도망치려 했지만, 셰크의 얼어붙을 듯한 차가운 눈길이 머릿속에 박혀 벗어날 수가 없었다.

그녀는 눈을 감고 얼음과 서릿발이 가득한 치명적인 어둠 속으로 잠겨들었다.

게르데가 쓰러지자, 크리스티안은 무심하게 두 팔로 그녀를 받쳤다. 그리고 잠시 동안 그녀를 응시했다.

크리스티안이 생명이 없는 몸에 대고 말했다.

"아름답군. 하지만 네가 빅토리아를 해치게 할 순 없지. 난 절대로 네 것인 적이 없었고, 앞으로도 그럴 일은 없어. 넌 그걸 이해하지 못하더군."

그는 몸을 숙여 손끝을 이마에 갖다 댔다. 잠깐 눈을 가늘게 뜨자, 요정의 몸은 마치 존재하지도 않았던 듯 그대로 사라졌다.

침착하게 자리에서 일어난 크리스티안은 밖으로 나가 탑을 살폈다. 마법사들이 게르데에 대해 물어볼라치면, 그저 떠났다고만 대답했다. 그는 자기 방식으로 수비를 재배치하고, 간소하지만 전략적인 위치에 있는 방을 자기 방으로 골랐다.

탑의 복도를 지나려는데, 예상했던 대로 아버지가 그를 부르고 있었다. 그는 대답하기 위해 드락웬 탑에서 전송된 아슈란의 이미지 앞에 섰다.

"설명을 요구하는 바다."

아슈란이 말했다.

크리스티안이 당당하게 고개를 들었다. 선명하고 확신에 찬 목소리로 그가 말했다.

"최후의 용을 죽이고 예언의 위협을 없앤 데 대한 보상으로 이곳을 요구합니다. 지금부터 제가 카슬룬 탑의 성주가 될 겁니다."

6

마법의 마지막 보루

잭은 바위 사이로 그림자처럼 숨어들어 하늘에서 번개가 내려칠 때 몸을 숨길 만한 틈바구니를 찾았다.

짐승은 주둥이를 치켜들고 킁킁 냄새를 맡았지만, 산들바람이 잭에게 유리한 방향으로 불고 있어 그를 감지하지 못했다. 잭은 조심스럽게 자세를 취했다. 셰시스에게 배운 대로 조용하고 섬세한 동작으로 발을 움직였다. 창을 높이 든 채 바위처럼 꼼짝도 않고 먹잇감이 완전히 방심할 때까지 기다렸다.

인내심은 셰시스가 가르쳐준 또다른 덕목이었다.

짐승이 소리를 지르며 등을 돌렸다. 잭의 손에서 창이 힘차고 정확하게 날아갔다. 창이 등에 박혀 부르르 떨리자 짐승은 울부짖으며 분노와 고통이 번쩍이는 시뻘건 눈으로 잭을 돌아보았다.

잭은 거친 고함을 내지르며 숨어 있던 곳에서 뛰쳐나와 비수를 꺼내들었다. 짐승이 치명적인 세 뿔로 덤벼들자 재빨리 몸을 피했다. 그대로 몸을 숙이고 달려간 그는 짐승의 몇 미터 앞에서 몸을 굴렀다. 짐승의 앞발이 사타구니에 닿았지만 잭은 움츠러들지 않았다. 그는 짐승의 가슴에 비수를 꽂으며 힘껏 밀쳤다. 짐승이 겁에 질려 있던 덕분에 간신히 목적을 이룰 수 있었다. 상대는 곰만큼이나 덩치가 큰 놈이었다.

잭은 짐승의 몸 위로 쓰러졌다. 그는 단검을 쥔 손을 검고 붉은 줄무늬가 난 놈의 북슬북슬한 털 속으로 푹 찔러넣었다. 또다시 짐승이 앞발을 휘둘렀다. 짐승은 치명상을 입고도 있는 힘을 다해 맹목적으로 싸우고 있었다. 비수를 잡아빼 또다시 가슴을 찔렀다. 이번에는 심장에 제대로 맞았다.

짐승의 입에서 희미한 신음이 새어나왔고 부르르 떨더니 더이상 움직이지 않았다.

잭은 숨을 몰아쉬며 일어났다. 단검을 바지에 문질러 닦고는 다시 허리춤에 찼다. 그런 뒤, 창을 힘껏 당겨 먹잇감의 등에서 잡아뺐다.

앞머리가 눈을 가리지 않도록 이마에 동여맨 가죽 끈을 바로잡느라 잠시 동안 창을 입에 물고 있는데, 얼핏 움직임이 느껴졌다.

그는 다시 창을 잡고 번개처럼 돌아서서 힘껏 던졌다.

신음소리가 들렸고, 번개가 내려치며 바위 꼭대기에서 떨어진 몸통을 비추었다. 그 휴머노이드 중 한 놈이었다. 잭은 그의 죽음을 애통해하지 않았다. 조금이라도 지체했다면, 그가 돌로 자신의 머리를 후려쳤을 게 뻔했다. 아마도 의식을 잃거나 넋이 나간 상태가 되어 무슨 일인지 미처 깨닫기도 전에 원시부족의 먹잇감이 되었을 것이다.

원시인들. 더 나은 이름을 찾지 못한 잭은 그들을 그냥 그렇게 불렀다.

창을 되찾으려고 시체 쪽으로 다가간 그는 시체에는 눈길도 주지 않았다. 처음 이들을 죽였을 때는 기분이 안 좋았다. 하지만 우마둔에서 많은 시간을 보내면서, 용의 천성이 두드러지기 시작했고, 그는 점차 이들을 그다지 중요하게 여기지 않게 되었다.

목덜미의 털이 곤두서자, 그는 조심스레 몸을 일으켰다. 근처에서 번개가 치기 직전이라는 경고였다. 소름이 돋는 긴장 속에서 그는 정전기를 감지했다. 바위 아래 숨을 곳을 찾자마자 바로 몇 미터 앞에 번개가 내려쳤다. 눈을 감고 몸을 웅크리자 사방이 진동했다.

낙뢰가 멎자, 잭은 조심스럽게 고개를 들었다. 번개가 먹잇감 위에 내리친 것을 본 그는 나지막이 욕설을 내뱉은 뒤, 어쨌든 상관없다는 듯 어깨를 으쓱했다. 셰시스는 저녁거리를 날것으로 통째로 삼키곤 했지만 그는 고기를 익혀 먹는 쪽을 더 좋아하기 때문이다.

우마둔에서 얼마나 많은 시간을 보냈는지 알 수가 없었다. 셰시스의 가르침 아래, 그는 사냥하는 법, 싸우는 법, 인간과 용의 몸을 모두 사용하는 방법을 익히고 있었다. 검이 없어서 창과 단검으로 수련하고 있었는데, 이들은 모두 오래전에 어느 시슈가 쓰던 물건으로, 지금 입고 있는 옷과 마찬가지로 셰시스가 마련해준 것이었다.

처음에는 이 옷가지가 시슈의 것이었다는 사실만으로도 몹시 혐오스러웠다. 용들이 천성적으로 시슈를 미워하는 건 아니지만, 점차 뱀과 관련된 거라면 뭐든 원한을 품게 된 것이다. 그러니 뱀의 모양을 한 휴머노이드, 시슈들이 그의 내면에 잠들어 있던 반감을 불러일으킨 것은 당연했다.

하지만 그는 스스로를 통제하는 방법을 배우는 중이었다. 우마둔에 있는 작은 동물들을 사냥하면서 잭은 분노와 투쟁 의욕을 떨쳐나갔다. 드물게 터널 밖으로 나오는 모험을 감행하는 작은 동물들이 일단 눈에 보였다 하면, 잭이 작은 협곡과 바위 사이로 놈들을 추적했다. 번개의 위험까지 더해 사냥은 더욱 짜릿했다.

용으로 변신하여 사냥하는 일은 거의 드물었다. 재미가 지금의 절반도 되지 않았기 때문이다.

그는 잡아놓은 짐승의 연기가 모락모락 나는 몸통을 좀더 쉽게 지고 가기 위해 용으로 변신을 했다. 짐승의 몸이 내뿜는 열도 용의 비늘에는 아무 해가 없었다.

이번에는 이만하면 충분하다고 판단한 그는 터널로 돌아가기로 했다.

그는 용으로서의 자신이 점점 더 좋아졌다. 우마둔은 거의 사막이나 다름없었고, 바깥 표면에는 셰크들이 없었다. 우마둔에 남아 있는 몇 안 되는 놈들은 차원의 문 근처에서 어슬렁거렸는데, 잭이 아는 바로 그곳은 그들이 있는 장소로부터 걸어서 여러 날이 걸리는 곳에 있었다.

잭은 거의 처음으로 위험하지 않은 상태에서 변신을 할 수 있었고, 그 기회를 맘껏 이용했다. 그즈음, 그는 용으로서 자신을 알고, 몸의 각 부분을 느끼고, 불을 다스리고, 최대한 안전하게 나는 법을 배웠다. 앞발과 뿔을 사용하여 싸우고, 비늘을 깨끗하게 유지하고, 용으로서 먹고 자는 법을 배웠다.

이런 경험이 마음에 들었다.

때로는 본능을 다스릴 수 없을 것 같은 때도 있었다. 그럴 때면 셰시스에게 달려들었고, 둘은 맹렬히 싸웠다. 하지만 언제나 셰시스가 이겼다.

그렇지만 그녀는 절대로 잭을 다치게 하지는 않았다. 한번은 어쩔 수 없이 잭을 물어 그녀의 독이 스며들었고, 이 때문에 잭이 순식간에 힘을 잃어 싸움을 끝내야만 했다. 하지만 셰시스는 잭을 치료하기 위해 직접 상처의 독을 빨아내고는, 자신의 침이 용의 핏속으로 들어가도록 갈라진 혓바닥으로 핥아주었다.

잭은 극도로 불쾌했다. 하지만 그날 셰크의 입에는 치명적인 독만 있는 것이 아니라 또한 독을 견디게 할 수 있는 해독제가 있다는 사실을 배웠다.

셰시스가 말했다.

'이건 지금까지는……용들이 몰랐던 엄청난 비밀이지. 우리의 독은 전쟁에서 가장 근본적인 무기야. 용들은 이 독을 중화하는 방법을 절대로 알 수 없거든.'

그리고 또한 말하길, 셰크와 대항하여 수세기 동안 전쟁을 벌인 후, 용의 몸이 다른 어떤 생물보다 뱀의 독을 더 잘 견딜 수 있도록 특별한 생명력을 발전시켜왔다는 사실도 알려주었다.

'하지만 그래도 여전히 너희 용들에겐 치명적이지……효과가 있으려면 좀 걸릴 거다.'

"용들에 대해 어떻게 그렇게 많이 아는 거지?"

잭이 호기심에 물어보았다.

'우리 셰크들은 모두 용에 대해 많이 알고 있단다. 아주 사소한 거라도. 우리에게는 별 의미가 없는 듯 보이지만 그런 것들 또한 지식의 일부가 되고, 세대에서 세대를 거듭하여 전달되고 있지. 용들 역시 우리에 대해 비슷한 방식으로 새끼들에게 전수해준단다. 네가 다른 용들과 같이 아위노르에서 자랐더라면 이런 모든 걸 셰크가 가르쳐줄 필요는 없었겠지만.'

"하지만 이제 용은 더이상 없어."

잭이 인상을 쓰며 대꾸했다.

용의 본질을 발달시킬수록 그들이 사라져버렸다는 사실이 가슴 아팠다. 그의 둥지. 햇빛도 보기 전에 죽어버린 형제들. 아위노르의 먼지투성이 바닥 위를 뒹굴던 엄마 용의 유골이 떠올랐다. 그리고 증오심이 그 기억에서 자양분을 얻어 점점 더 거세게 불타오르고 있었다.

그는 셰시스가 가르쳐준 대로 그 증오를 고스란히 아슈란에게 돌렸다. 그를 한번도 본 적은 없지만, 셰시스가 의식을 통해 마법사의 이미지를 전달해주었다. 은빛 눈동자의 위풍당당한 남자, 천체 결합을 일으킨 자, 빅토리아를 괴롭히고 자칫 잘못하면 죽일 뻔했던 악당.

그리고 크리스티안의 아버지.

몹시 이상했다……모든 게 얽히고설켜 하나의 그물망을 이루고 있었다. 그 인식이 어찌나 선명한지, 잭은 왜 이전에는 그걸 알지 못했는지 의아할 정도였다. 하지만 한편으로 자신이 아무 상관도 없는 일에 관여하고 있는 듯한 이상한 기분이 들기도 했다.

'내 알을 모조리 다 훔쳐갔어.'

셰시스가 했던 말이다.

잭은 더이상 물어볼 수 없었다. 하지만 빅토리아가 들려주었던 크리스티안, 아니 키르타슈의 이야기를 분명하게 기억하고 있다.

아슈란은 인간과 셰크의 하이브리드를 만들기 위해 아들을 데려왔다. 셰크들은 알에서 갓 나온 새끼를 제공했다.

잭은 아슈란이 인간 어머니의 품에서 아들을 강제로 빼앗아왔다는 건 아주 잘 알고 있다. 하지만 셰크들도 자기편 중 하나를 건네주는 데 모두 동의를 했는지, 그 새끼의 어미가 자신의 아들을 기꺼이 내주었는지는 한 번도 물어보지 않았었다.

그렇지 않았을 거라는 사실을 잭은 이제야 명백히 알 수 있었다. 아슈란에게는 자긍심의 동기가 되었던 그 일이 날개 달린 뱀들에게는 더할 수 없는 치욕이었으리라. 아슈란의 아들은 셰크의 영혼과 결합한 후 더 막강해졌다. 아슈란에게 키르타슈는 초인적인 생물이자 셰크의 힘을 가진 인간으로, 셰크들 밑에서, 하지만 다른 모든 생물들 위에서 통치할 운명을 지닌 존재였다. 반대로 셰시스의 아들은 그녀의 시각에서 보자면, 괴물로, 인간의 피로 오염된 끔찍한 괴물로 변한 것이다.

마치 잭처럼.

차이가 있다면 잭은 셰시스의 아들이 아니라는 점이었다. 아무리 질색하기는 해도 셰시스는 그를 참아낼 수 있었다. 하지만 괴물을 참아내는 것과 다른 사람이 자기 아들을 괴물로 만든 사실을 받아들이는 건 다른 문제였다.

잭은 아슈란과 셰시스, 크리스티안에 대해 많은 생각을 했다. 잭 자신은 엘리온이 살해한 인간 부모님을 잘 알고 있었다. 잭의 어머니는 임신하고 있는 동안, 얀드라크의 영혼이 아직 태어나지도 않은 아기의 몸에 들어와 인간의 영혼과 융합되었을 거라는 사실을 꿈에도 몰랐다. 부모님은 이둔과는 아무런 관계도 없었고, 아들이 몸 안에 용의 정신을 품고 있을 거라고는 짐작조차 못했다. 그런데도, 두 분은 돌아가셨다.

잭의 용 부모님들 역시 돌아가셨다. 잭은 만일 그들이 살아 있었더라면 자신을 받아들였을지…… 아니면 인간이라고 하기엔 넘치고, 용이라고 하기에는 많이 모자라는 괴물로 여겼을지, 궁금한 마음이 드는 걸 피할 수는 없었다.

잭은 키르타슈를 언급할 때마다 셰시스에게서 싸늘한 분노를 감지했다. 그를 아들로 언급하는 걸 한 번도 들은 적이 없다. 아들이라고 하기엔 너무나 괴물 같은 존재이기 때문이었다.

셰크들은 오랜 시간을 우마둔에서 머물렀다. 아슈란은 그들이 간절히 바라는 두 가지를 제안했다. 즉 이둔으로 돌아가는 것과 용들을 모조리 죽이는 것.

그리고 그 약속을 지켰다.

잭은 아슈란이 왜 키르타슈를 만들었는지 누구보다 잘 알고 있다. 얀드라크와 루나리스의 영혼이 지구로 보내졌다. 그는 이 둘을 찾으러 누군가를 보내야 했지만, 어떤 셰크도 차원의 문을 통과할 수 없었다. 만일 셰크의 영혼을 보낸다면, 그 영혼은 인간 아기의 몸으로 태어나, 잭과 빅토리아처럼 자신의 정체도 모른 채 자라야 했을 것이다. 그래서 우선 하이브리드로 만들고 훈련을 시키고, 그런 다음 그 문을 통해 보낼 필요가 있었던 것이다.

셰크들은 거절할 수 없었다. 아슈란에게 크나큰 빚을 지고 있기 때문이었다. 게다가 용과 유니콘이 도망치면 자신들이 지금껏 싸워온 모든 것을 망칠 수도 있었다. 그 둘을 찾을 방법은 오직 한 가지뿐이었고, 아무리 참을 수 없는 일이라 해도 그 일을 실행해야만 했다.

잭은 주술에 필요한 셰크의 어미로 왜 셰시스가 선택되었는지 그 이유를 알 수가 없었다. 다른 알들은 어찌 되었는지도 알 수 없었다. 하지만 셰시스가 겪은 상실감의 고통이 얼마나 심했으면 자신이 가장 중요하다고 여기는 일, 즉 아슈란에 대한 복수를 이루기 위해 자기편을 배신하고 용에게 느끼는 증오심마저 극복하게 되었는지는 분명히 알 수 있었다.

생각하면 할수록 더욱더 이상했다. 키르타슈는 그와 여러 차례에 걸쳐 사투를 벌였던 셰크다. 크리스티안은 빅토리아와 그렇게나 가까운 동맹이다. 키르타슈와 크리스티안, 이 둘은 똑같은 한 사람이고, 잭은 그의 아버지(두 아버지 중 하나)를 죽이기 위해 그의 어머니(두 어머니 중 하나)에게 구출된 것이다. 그리고 잭은 크리스티안이 인간 아버지가 누구인지는 그렇게 잘 알고 있으면서도, 셰크 어머니의 정체는 모른다는 사실이 이상했다.

잭이 가끔씩 생각했다.

'난 네 어머니와 같이 있어, 크리스티안. 네 어머니는 아슈란을 무찌르기 위해 너처럼, 빅토리아처럼 강해지라고 나를 가르치고 있어. 하지만 그녀는 너에 대한 생각은 전혀 하지 않지. 어머니를 만난다면 너는 뭐라고 할까? 그녀는 자신이 네 안에 깃든 셰크의 어머니라는 걸 알 수 있을까?'

드디어 동굴에 도착한 그는 짐승을 안쪽에 던졌다. 화를 내며 쉭쉭거리는 소리가 들렸다.

'이건 뭐냐?'

셰시스가 성질을 부리며 말했다.

잭은 다시 인간의 몸으로 돌아왔다. 인간의 몸을 하고 있으면 셰크가 곁에 있는 걸 견디기가 한결 쉬웠기 때문이다.

"저녁거리야. 약간 태워먹었어. 하지만 그건 내 탓이 아니야. 내가 불을 뿜어 그런 게 아니라, 그건……"

'……위에서 번개가 내리쳤군. 그래, 알겠다.'

셰시스가 말을 마무리했다.

하지만 그녀는 그 사실에는 별 관심이 없어 보였다. 잭은 셰시스가 불안해하는 걸 즉각 알아챘다.

"셰시스? 무슨 일이야?"

셰시스는 특유의 물결 같은 움직임으로 어둠 속에서 나왔다.

'우리한테 문제가 생겼다.'

그녀는 단지 이렇게 말할 뿐이었다. 잭이 몸을 곧추 세우며 긴장했다.

"문제? 어떤 문제?"

'셰크들의 텔레파시 망에서 정보를 포착했어. 놈들 말이, 그들이 곧 만날 거라는구나.'

"누가?"

셰시스는 멍청하다는 듯한 시선으로 그를 보았다.

'물론 다른 두 하이브리드 말이다.'

"크리스티안과 빅토리아가? 둘이 같이 있지 않았나?"

잭은 빅토리아가 크리스티안 곁에 남았을 거라고 짐작했다. 그가 그애를 혼자 내버려뒀다면…… 잭은 갑자기 화가 치밀어올랐다. 불현듯 빅토리아의 곁에 크리스티안이 남아 있었을 거라는 사실보다, 그가 그애를 버리고 떠났다는 사실이 더 괴로웠다.

셰시스가 잭을 쳐다보며 속으로 웃었다.

'같이? 유니콘은 네 존재를 더이상 감지할 수 없었잖니. 그러니 키르타슈가 널 죽였다고 믿고 있는 거지. 그래서 복수하러 그를 쫓아간 게다.'

잭은 그대로 얼어붙어버렸다.

오래전 림바드에서 빅토리아가 했던 말이 되살아났다.

'감히 그런다면, 잭, 내가 그를 죽일 거야.'

잭이 맥없이 바위 위에 털썩 주저앉으며 중얼거렸다.

"진심으로 하는 말인 줄 몰랐어. 하지만……안 돼, 빅토리아는 그애를 죽일 수 없어. 빅토리아는……"

'……키르타슈를 사랑하지. 알고 있다. 하지만 또한 네게도 아

주 깊은 감정을 느끼고 있고.'

"가끔은 그 사실을 믿기가 어려웠어."

셰시스가 지겹다는 듯 중얼거렸다.

'멍청이. 너희 셋은 세상에 존재하는 유일한 하이브리드야. 너희 중 하나가 쓰러지면 셋 다 쓰러지는 거지. 아직도 그 사실을 모르겠니?'

잭은 고개를 흔들었다.

"내가 사라지면 크리스티안과 빅토리아가 함께하게 될 거라고는 생각했었어. 이유는 모르겠지만, 내겐 둘의 관계가 대단히 견고해 보였거든."

'그건 그렇지. 만일 네가 키르타슈를 죽였다면, 그애는 너 역시 용서하지 않았을 게다.'

"날 죽이려고 했을까?"

'틀림없이. 유니콘이 사랑하는 존재를 데리고 장난친다는 건 어림도 없지. 아, 유니콘이 얼마나 위험해질 수 있는지 넌 짐작도 못 할걸.'

잭은 눈을 감았다. 그리고 잠시 동안 크리스티안과 빅토리아가 목숨을 건 싸움을 벌이는 모습을 상상했다.

잭이 말했다.

"그는 절대로 빅토리아를 해치지 않을 거야. 그게 아니라면…… 어쨌든 셰크 부분을 되찾은 건 사실이니까. 하지만, 아니야, 그럴 리가 없어. 설사 셰크가 되었다 해도 그는 그애에게 해를 끼치지는 않을 거야, 다시는."

'그렇다면, 빅토리아가 그를 죽일 게다.'

"그럴 리가. 아냐, 그럴 수 없어."

그 생각만으로도 소름이 끼쳤다.

'널 위해 할 거다. 잭. 너도 알잖아.'

잭이 주먹을 불끈 쥐고는 중얼거렸다.

"내가 직접 그놈을 죽이고 싶었어. 지금도 그렇고. 하지만 빅토리아의 손에 죽기를 바라지는 않아. 그건……"

잭이 입을 다물고 적당한 말을 찾았다.

'……자연스럽지 않다고?'

셰시스가 거들었다.

'넌 내가 널 미워하는 만큼 그를 미워하지. 셰크를 상대로 싸우고 죽이는 일이 네겐 자연스러운 거야. 하지만 유니콘은 키르타슈를 미워하지 않아. 사랑하지. 그러니 그애가 자기 목숨을 끝장내려는 게 아닌가 싶은 게지.'

잭이 두 손에 얼굴을 묻었다.

"아니야, 제길. 크리스티안은 빅토리아를 다치게 하기보다는 그애의 손에 죽는 편을 택할 거야. 하지만 난 빅토리아가 복수를 하게 내버려둘 수 없어."

그가 결심한 듯 고개를 들었다.

"그 녀석이 죽게 놔두지 않을 거야. 그런 말은 하지도 마."

셰시스가 흥미롭다는 듯이 쳐다봤다.

'왜지?'

잭이 일어섰다.

"왜냐하면, 키르타슈가 아무리 미워도, 빅토리아에 대한 사랑이 더 강하기 때문이야. 감정이 가는 대로 맡겨야 한다면, 미움보다는 사랑이 우선이니까."

셰시스의 번득이는 두 눈이 알겠다는 듯 반짝였다. 그러면서도 그녀의 입에서는 이런 말이 흘러나왔다.

'그 사랑 역시 네가 선택한 감정은 아니지. 네가 셰크에 대해 느끼는 증오와 마찬가지로 비이성적인 감정이야. 네겐 굳이 사랑을 해야 할 이유도 없잖아.'

잭이 한발 물러났다.

"그렇지. 하지만, 만일 내게서 모든 감정을 없애고, 사랑과 미움 둘 중 하나만 선택할 수 있다면, 내가 뭘 선택할지는 분명해."

셰시스가 알 듯 모를 듯한 미소를 지으며 말했다.

'좋아. 네가 배울 건 아직 많지만, 이제는 시간이 없구나. 우리는 두 아이가 서로 맞서지 못하게 해야 해. 그 여자애는 최후의 유니콘이고, 이둔에 남은 마지막 마법의 보루니까. 어떤 대가를 치르더라도 그애가 살아 있도록 해야만 하지.'

셰시스는 아무 말 없이 뒤돌아 터널 안으로 들어갔다. 잭은 따라가며 조금 불안한 마음이 들었다. 지금 산 한가운데 나 있는 차원의 문으로 돌아가고 있는 게 분명했다. 잭은 뒤에 남겨둔 짐승의 시체를 힐끗 보았다. 이렇게 조급한 방식으로 행동하는 건 셰시스답지 않았다.

그는 셰시스에게 물었다.

"당신에게 빅토리아가 정말로 중요해? 내 말은 예언에서 함축하고 있는 의미 이상으로 말이야. 셰크와 용들에게 마법은 별 의미가 없다던데. 유니콘에게 능력을 전수받은 마법사의 힘보다 우리의 힘이 더 우월하기 때문에 말이야."

셰시스가 대답했다.

'맞는 말이야. 세상은 최후의 유니콘을 잃어도 살아남을 테고, 에너지도 계속 흐르겠지. 하지만 이전과 똑같지는 않아.'

잭은 그 대답을 잘 이해하지 못했지만, 빅토리아가 죽을 수도 있다는 생각만으로도 고통스러워 대화의 주제를 바꾸었다.

잭이 조용히 물었다.

"그럼 만일 싸움에서 이기는 쪽이 빅토리아라면 어떻게 되는 거지? 당신은 아들의 죽음을 애통해할 거야?"

셰시스의 비늘 덮인 몸통이 갑자기 긴장했다.

'그건 내 아들이 아니야.'

셰시스가 말했다.

"하지만 한때는 그랬잖아."

셰시스는 대답하지 않았다.

"다른 알들은 어떻게 됐어, 셰시스? 아슈란이 그 알들을 갖고 무슨 짓을 한 거야?"

셰크는 잠시 움직임을 멈추고, 그녀답지 않게 급작스러운 동작으로 잭을 돌아보았다. 잭은 한 걸음 뒤로 물러났다. 위험할지도 모른다는 경계심이 불쑥 솟구쳤고, 관자놀이에서 맥박 치는 증오를 느꼈다. 또한 셰시스의 눈에서도 그 증오가 보였다.

하지만 뱀은 한쪽 날개를 살짝 잭에게 내려놓을 뿐이었다.

그녀가 잭에게 명령했다.

'타라. 너는 너무 느리구나.'

잭이 머뭇거렸다.

'넌 유니콘을 만나고 싶어하잖아, 아니야?'

'빅토리아를 위해서야.'

잭은 생각했다. 그리고 셰시스의 날개에 기어올라가 차가운 등 위에 자리 잡았다. 둘 다 치가 떨릴 정도로 언짢은 각자의 감정을 억눌렀다.

셰시스의 구불거리는 몸집이 계속 통로를 기어갔다. 뱀이 움직이는 데 따라 몸이 흔들흔들 규칙적으로 흔들렸고, 잭이 막 잠에 빠져들려는 찰나, 의식의 어느 한 구석에서 셰시스가 부드럽게 말을 걸어왔다.

'나 때문이 아니었어. 내 아이들, 내 알들이라고 여기지도 않았지. 그의 아이들이었어. 때문에 그는 자기 알들을 바쳐야만 했지. 그래야 공평했거든.'

"그라니?"

잭이 되물었다.

'내 남편. 물론 그 알들은 우리 둘의 알이었지. 하지만 그는 다른 셰크에게 이런 희생을 강요할 수는 없었어. 아슈란과 조약을 맺은 건 그였으니까, 실험에 사용할 알들은 그의 알이어야만 했던 거지. 다른 셰크의 알을 선택한다면 공정하지 않았겠지. 어쨌거나 아슈란도 자신의 아들을 바쳤으니까.'

셰시스가 잠깐 입을 다물었다. 그런 후, 생각에 잠긴 듯 다시 말을 이었다.

'나는 남편에게 알은 그만의 것이 아니라고 말했지. 또한 내 알들이기도 하다고. 그리고 그 인간과 조약을 맺은 건 내가 아니라고. 생각해보면, 그건 내 평생 낳을 수 있는 유일한 알들이었으니까. 반면에 남편은 다른 암컷 셰크들에게서 다른 아이들을 가질 수도 있지만 말이야.'

"그런데, 그가 당신 말을 듣지 않았군."

'단지 하나만 필요할 거라고 장담했지. 나머지는 내게 돌려줄 거라고. 그럼 하나만 가져가라고 했어. 내 아이들을 전부 다 가져갈 순 없다고.'

잭은 침을 삼켰다. 셰시스에게 알이 하나도 남아 있지 않은 건 사실이다. 그러자 한순간, 크리스티안과 같은 하이브리드가 더 많이 존재하는 건 아닐까, 이둔 어디엔가 숨어 있는 게 아닐까 하는 생각이 들었다.

'여러 놈이 같이 왔지. 놈들이 둥지로 쳐들어와 알을 모조리 다 가져갔어. 전부 다. 난 놈들을 막을 수가 없었어.'

거기서부터, 마치 터져버린 봇물처럼 낱말과 개념들, 이미지가 잭의 의식 속으로 흘러들어왔다. 잭은 모든 정보를 정리하고 받아들이려고 애썼다.

하지만 셰시스의 의식은 계속해서 그녀와는 어울리지 않는 방식으로 혼란스럽게 이야기를 전달해왔다. 잭은 불현듯 이것이 셰크들이 우는 방식이라는 걸 이해했다.

'하지만 공평하지 않았지. 그냥 두 영혼을 합치는 게 아니라,

하나의 몸에 두 영혼을 합치는 거였으니까. 그렇게 하여 선택된 몸은 인간 아이, 아슈란의 아들의 몸이었어. 아이의 영혼은 나약한 인간의 겉포장을 포기할 필요가 없었고, 셰크의 영혼은 인간의 몸 안으로 들어가기 위해 자기 몸을 버려야 했어. 아슈란이 첫번째 셰크의 영혼을 끄집어냈어. 그앤 곧바로 죽어버렸지. 그리고 아슈란은 끝내 아이의 몸에 셰크의 본질을 집어넣을 수 없었지. 원래 두 영혼이 아직 그 생물이 태어나기 전에, 몸이 영혼을 전부 받아들이기 전에 융합해야만 했거든. 하지만 그애는 이미 나이가 있었고, 영혼이 몸속에 자리를 잡고 있어서 그런 침입을 참아내지 못했단다. 첫번째 새끼의 영혼이 사라지고…… 그러고는 사라진 그대로 다시는 회복시킬 수 없었어. 놈들은 두번째 새끼를 취해, 똑같이 반복했어. 그러나 인간 소년의 영혼은 셰크의 영혼을 또다시 내쳤지. 한번, 그리고 다시 한번…… 또 다시…… 난 둥지에서 아이들이 도와달라고 소리치는 걸 감지했지만 도와줄 수가 없었어. 아이들이 알에서 나오자마자 아슈란이 영혼을 빼내며 차례로 죽여버렸거든. 오직 마지막 아이만 살아남은 거야. 인간 소년의 영혼이 마지막 아이의 본질을 거절할 힘을 잃었거든. 그래서 내 아들의 영혼이 살아남았지……인간의 영혼과 융합된 채로. 차라리 죽는 게 나았을 게다.'

잭의 머릿속이 조용해졌다.

갑자기 맥이 빠진 잭은 떨어지지 않으려고 셰시스의 날개 끝을 꽉 잡아야만 했다.

'그애들에게 이름조차 지어주지 못했어.'

셰시스가 덧붙였다.

"끔찍하네."

잭이 중얼거렸다. 셰시스는 대답하지 않았다.

"아버지가 자발적으로 자기 새끼들을 희생시켰다는 사실이 믿기 힘들어."

'그의 의무였으니까, 아니면 적어도 그렇다고 믿었겠지.'

셰시스가 대꾸했다.

"왜?"

셰시스는 비통하게 웃는 듯했고, 이 질문에는 대답하지 않으려 했다. 앞뒤를 따져보던 잭은 그제야 모든 걸 이해할 수 있었다. 그가 놀라 목소리를 높였다.

"그자로군. 그렇지? 세스하크, 뱀들의 왕. 그자가 당신 남편이고, 당신 알들의 아버지였군. 그래서 그의 자식들이어야만 했던 거야. 다른 셰크의 자식들이 아니라. 왜냐하면 그가 아슈란과 조약을 맺었고, 동맹자인 아슈란도 본인의 아들을 데려왔기 때문이야. 그래서 당신이 그를 죽이고 싶어하는 거군. 그래서 용들을 미워하는 것보다 훨씬 더 아슈란과 세스하크를 미워하는 거군."

'이제 알았구나.'

셰시스가 간단히 말했다.

'그럼 왜 내가 너의 유니콘을 그렇게 잘 이해하는지도 알겠구나. 네가 사랑하는 누군가가 사랑하는 또다른 누군가를 해친다면……그건 단순히 그를 미워하는 게 아니야. 사랑하는 동시에 미워하는 거지. 세스하크는 예언에 종지부를 찍기 위해, 모든 셰크들의 미래를 안전하게 하기 위해 내 자식들을 빼앗아갔어. 그에게는 나름대로 이유가 있었지, 그건 이해해. 하지만 그렇다고 그에 대한 증오가 사라지진 않아. 그리고 그를 사랑하는 마음도 마찬가지고. 그는 내 아이들의 아버지야. 그래서 죽어야만 해. 내 아이들을 위해서뿐만이 아니라 나를 위해서도.'

"셰크들도 그렇게 강렬하게 사랑할 수 있다는 걸 몰랐어. 너무 차가워 보였거든."

잭이 깊은 인상을 받은 듯 말했다.

'우리는 너희와 같은 식으로 감정을 표현하지 않아. 하지만 우리도 감정이 있지, 그렇고말고. 당연히 우리도 감정을 느낀단다.'

잭은 그때 알렉산더가 오래전에 셰크들은 사랑할 수 없다고 했던 말을 떠올렸다. 이제 그가 잘못 알고 있다는 걸 알았다. 셰크들은 인간을 사랑할 수는 없지만, 자기들끼리는 사랑도 하고…… 미워할 수도 있었다.

잭이 차분하게 말했다.

"그런데 지금은 날 도와주고 있네. 당신의 아이들은 예언이 실현되는 걸 막으려고 죽었어. 우리가 결국 아슈란을 무찌른다면, 당신이 잃은 모든 것이 헛된 일이 되지 않을까?"

셰시스가 대꾸했다.

'아니. 왜냐하면 세스하크에게 그가 착각했다는 걸, 아주 단단히 착각했다는 걸 증명할 수 있을 테니까……'

셰시스의 목소리가 잦아들었다. 잭은 더이상 질문하지 않았다.

둘은 우울한 생각에 잠긴 채 우마둔의 심장부를 향해 터널을 계속 나아가고 있었다.

이동은 영원히 계속되는 듯했다.

셰시스는 지치지도 않았고, 잭이 보기에는 다 똑같아 보이는 어둡고 습한 갱도들을 계속 스르륵 스르륵 나아갔다.

잭이 시간개념을 잃어버린 지는 한참 되었다. 우마둔은 심지어 표면에서조차 낮과 밤이 구분되지 않았고, 하늘은 끊임없이 요동쳤고 번갯불이 내려쳐 시간의 경과를 알 수 없었다. 잭은 배고프면 먹고, 졸리면 자는 데 익숙해졌다.

하지만 터널 안은 마치 영원한 밤이 지배하는 것 같았다.

셰시스는 이동하는 대부분의 시간 동안 침묵을 지키고 있었다. 아마 너무 말을 많이 했다고 생각했을 수도 있고, 어쩌면 그 많은 사실을 털어놓은 일을 후회하고 있는지도 모른다. 아니면 그저 추억을 되새기며 우울함에 잠기고 싶은 건지도 모르겠다. 어떤 경우든 간에 별로 신나는 동행은 아니었다.

잭은 결국 자다 깨다 하면서 잠에 빠져들었고, 그렇게 시간이 지나가고 있었다.

한번은, 지하 급류가 흐르는 자리에서 쉬려고 걸음을 멈추었을 때 셰시스가 드디어 입을 열었다.

'문을 통과하는 일은 쉽지 않을 거다.'

잭이 몸을 똑바로 세웠다.

"왜? 내가 이둔에서 올 때는 무사히 통과했었잖아."

'그때는 네가 반쯤 죽어 있었지. 네 몸은 꽁꽁 얼어붙어 있었어. 네 불은 거의 꺼져 있었고. 그때는 우마둔의 셰크들도 네가 용이라는 걸 몰랐지. 단지 아무짝에도 쓸모없는 죽어가는 인간쯤으로 여겼으니까. 그저 새끼들만이 호기심을 갖고 다가왔지.'

잭은 자기 주위를 기어다니던 어린 셰크들과 그놈들을 쫓아버렸던 셰시스의 모습이 기억났다.

'어쨌거나 우마둔에는 오로지 새끼들과 너무 늙거나 지쳐서 이 둔으로 돌아가고 싶어하지 않는 셰크들뿐이지. 차라리 거의 없다는 편이 맞을 게다.'

"그럼 뭐가 문제지?"

'문제는 네가 불의 봉우리에서 죽었다는 소문이 벌써 퍼져버린 거란다, 애야. 셰크들은 네가 그 문을 지나 떨어진 걸 알고 있지. 놈들은 네가 죽었다고 믿고 있을 테고, 만일 그렇지 않다면 너를 없애려 했겠지. 널 보자마자 알아볼 게다.'

잭은 바위벽에 몸을 기대며 생각에 잠겼다.

"그럼 돌아가려면 어떻게 해야 하지?"

셰시스가 잠시 눈을 감았다가 말했다.

'하부 터널들이 있어. 거의 잘 다니지 않는 길이다. 좀 돌아가야 하지만, 놈들이 발견하기 전에 경계에 닿을 확률이 높아.'

"기습 작전을 쓰는 게 낫지 않을까? 할 수 있는 한 재빨리 차원의 문을 향해 달려가는 거야. 놈들이 우리를 기다리는 것도 아니고, 내가 살아 있는지조차 모르잖아."

셰시스가 비웃듯이 그를 쳐다봤다.

'꽤나 급하구나, 응?'

잭이 눈길을 피했다.

"이곳에서 시간을 너무 많이 보낸 것 같아서."

'하지만 우리는 지금 그곳에 아주 가까이 있단다. 그런 경솔한 행동으로 모든 걸 망치고 싶은 게냐? 지금까지 그 많은 걸 배워 놓고도, 이둔으로 돌아가는 문 앞에서 놈들이 널 죽일지도 모를 위험을 감수하겠다는 거냐고.'

잭이 한숨을 내쉬었다.

"좋아, 당신 뜻대로 할게."

하지만 얼마 안 가 잭은 그렇게 빨리 양보한 것을 후회했다.

셰시스는 넓은 터널을 포기하고 작고, 좁고, 불편한 통로를 골랐다. 때로 잭은 터널 천장에 닿지 않기 위해 셰크의 비늘 덮인 등에 바짝 엎드려야만 했다. 말할 수 없을 정도로 괴로웠다. 용으로 변신하면 그 안에서 숨이 막혀 죽을 것만 같았다. 날개와 앞발, 뿔이 터널에서 얽힌 채 앞으로 나가지 못할 것이다. 용으로 변신할 수 없다는 생각만으로도 질식할 것 같았고, 무기력한 기분이 들었다.

더이상 참을 수 없었던 잭이 말했다.

"여기서 나가야만 해. 숨이 막혀. 내겐 너무 좁아."

셰시스가 잭을 쳐다보았다. 잭은 터널에서 편하게 서서 걸어갈 수 있었다. 하지만 얼굴이 하얗게 질려 괴로워하고 있었다. 셰크는 무슨 상황인지 곧바로 이해했다.

'네 그 용의 본질 때문이야……'

셰시스가 언짢다는 듯 쉭쉭거렸다. 셰시스의 날렵하고 유연한 몸은 이런 통로를 지나가면서도 아무 문제가 없었다. 하지만 용은 달랐다.

결국 셰시스가 말했다.

'좋아. 더 큰 터널로 나가자. 우리 목적지가 멀지 않았어.'

잭의 심장이 순간 더 빨리 뛰었다. 빅토리아. 곧 빅토리아를 다시 만난다는 생각만으로도 기뻐서 가슴이 터질 것 같았다. 셰시스가 이를 눈치 챘다.

'냉철함을 유지하라고, 잭. 내가 가르쳐준 걸 전부 다 명심해.'

잭이 고개를 끄덕였다. 셰시스는 똬리를 틀고, 무지갯빛으로 번득이는 눈으로 고즈넉이 그를 바라보고 있었다. 그러자 잭의 영혼 한편에서 여전히 맥박 치는 증오를 넘어, 새로운 감정이 가득 채워졌다.

"여러 가지로 고마워, 셰시스"

잭이 진심으로 말했다.

뱀이 미소짓는 듯했다. 그녀가 아름답다는 생각마저 들었다.

셰시스가 말했다.

'바보 같은 짓을 하기엔 시간이 없다. 여기 너무 오래 머물러 있을 수는 없어.'

둘은 다시 길을 나섰다. 잭은 괴로움을 참기 위해 애썼고, 결국 조금 더 넓은 터널로 나왔다. 깊이 심호흡을 했다. 용의 영혼 역시 고마워했다. 이제 원한다면 변신할 수 있을 만큼의 충분한 공간이 있다.

셰시스는 잭에게 등에 타라고 가리켰다. 잭은 지시에 따랐고, 셰크의 날개가 등위로 차곡차곡 접혀 천막처럼 잭을 숨길 때도 본능을 잘 다독였다.

그렇게 둘은 한참 동안을 나아갔다. 잭은 근처에 다른 셰크들이 있다는 걸 감지하기 시작했다. 심장이 거세게 쿵쾅거렸지만, 자제하려고 있는 힘을 다 기울였다.

'그냥 셰크들일 뿐이야.'

그는 스스로 생각했다.

'그들에게 느끼는 미움 따위는 중요하지도 않고, 그럴 이유도 없어. 난 그 모든 것 위에 있는 거야.'

스스로 이 말을 수차례 반복했다.

모퉁이를 돌아서자 희미한 붉은 불빛이 터널을 비추었다. 잭은 숨을 참았다.

'이 빛은 차원의 문에서 나오는 거다.'

셰시스가 말했다.

'그럴 줄 알았어.'

잭은 감히 소리 내어 말하지 못했다. 하지만 셰시스가 그의 생각을 포착할 수 있을 정도로 머릿속에서 분명히 대답했다.

셰시스는 터널 벽에 바짝 붙었다. 잭이 용기를 내 뱀의 날개 사이로 힐끗 밖을 내다보았다.

차원의 틈이 그곳에 있었다.

바위투성이 벽에 가려진 그 너머는 거대한 붉은 막 같았다. 어찌나 긴지 끝이 보이지 않을 정도였다. 막의 조직이 어딘가 이상했다. 뭔가 부글부글 끓으며 거품을 내는 것 같았다. 분화구 한가운데처럼 뜨거웠다.

그리고 거기서 뿜어져나오는 타는 듯한 핏빛이 터널이 시작되는 거대한 동굴을 비추었다. 그리고 그 동굴에는 셰크들이 우글우글했다.

어떤 놈은 혼자 똬리 틀고 구석에서 꾸벅꾸벅 졸고 있었다. 또 몇 놈은 새끼들이 문에 너무 가까이 다가가지 않도록 지키고 있었다. 큼직한 종유석 사이를 부딪치지 않도록 기다란 몸을 만 채 날아다니는 놈도 있었다.

잭은 그곳의 모든 뱀들이, 새끼들을 빼고는 모두 꽤나 지루해한다는 걸 깨달았다. 그제야 우마둔이 셰크들에게 왜 그렇게 끔찍한지 이해가 갔다. 그들의 날카로운 지능은 배우고 관찰할 수 있는 새로운 것들을 필요로 했지만, 돌로 된 이 차가운 세상은 아주 오래전에 이런 흥밋거리들이 사라져버린 것이다.

잭은 의문이 들었다.

'왜 이들은 떠나지 않는 거지?'

셰시스가 대답했다.

'대부분 나이가 많기 때문이지. 다른 셰크들은 우마둔 이외에 아는 것이 없기에 감히 그 너머로 갈 엄두를 내지 못하는 거고. 암컷 셰크들은 알을 낳기 위해 이곳으로 돌아왔단다. 그들은 적어도 새끼들이 다 자랄 때까지는 이곳이 이둔보다 더 안전한 장소라고 생각하고 있지.'

잭은 셰시스가 새끼를 가진 어미들을 언급할 때 묻어나는 비통함을 감지했다. 잭은 아무 언급도 하지 않았다. 셰시스가 말을 이었다.

'어쨌든 나이든 셰크들 빼고는 모두 이둔으로 돌아가게 되겠지. 그래서 문 가까이서 기다리고 있는 거다. 종종 이둔에서 돌아온 셰크들이 소식을 전해주니까. 누군가 돌아와 세 개의 태양이 떠오르는 세상에 대한 일을 들려줄 때마다, 우마둔에 있는 여러 셰크들은 그들이 이둔으로 돌아갈 때 동행하기로 결심하게 된단다.'

잭이 더 주의 깊게 문을 들여다보았다. 그때 맞은편이 용암으로 이루어진 심연이라는 생각이 떠올랐다.

"어떻게……?"

소리 내어 말을 꺼냈던 그는 즉각 입을 다물었다. 그리고 머릿속으로 질문했다.

'어떻게 불타지 않고 그 심연을 통과할 수 있지? 그리고 난 어떻게 통과한 거야?'

'용들은 우리가 돌아갈 수 없도록 불과 용암으로 그 문을 봉인했었지. 몇 세기가 지나면서 우마둔과 셰크들의 차가움이 그 불길을 약하게 했단다. 용들이 죽자, 그 불은 거의 완전히 꺼져버렸지. 그래서 그 문을 통과할 수 있는 거란다. 용암은 보기만큼 뜨겁지 않거든. 불도 그냥 겉모습뿐이야. 하지만 그 열기는 셰크들에겐 여전히 불쾌하지. 그래서 많은 셰크들이 불의 문을 넘어서는 모험을 감행하지 않는 거고. 그리고 일단 넘어간 셰크들도 그다지 자주 오가려 하지 않는 거란다.'

'그럼 당신은? 이둔에 가본 적이 있어?'

잭이 물었다. 셰시스는 조금 뜸을 들인 후 대답했다.

'딱 한 번, 십오 년 전에. 내 아들을 보러 갔었지.'

잭의 머릿속에 방 한구석에서 땀에 흠뻑 젖은 채 바들바들 떨면서 몸을 웅크리고 있는 두세 살짜리 꼬맹이가 비명을 지르는 모습이 떠올랐다. 잭은 셰시스의 기억 속의 눈길을 통해 꼬마를 지켜보고 있었다.

아이는 경기를 일으켰고, 순간순간 피부가 변하더니 비늘조직이 드러났다. 잭은 아이가 신음하며 낮게 흐느끼는 소리를 들었다. 그 생물을 바라보자 셰시스의 고통과 괴로움이 느껴졌다.

그때, 꼬마가 급작스러운 동작으로 셰시스를 돌아보았다. 잭은 선명한 밤색머리에 파란 눈을 한 키르타슈, 아니 크리스티안의 얼굴을 알아보았다.

돌연, 아이가 색색거리는 소리와 함께 고개를 앞으로 내밀었다. 사람의 얼굴을 한 채, 날카로운 독니와 둘로 갈라진 혓바닥을 드러내 보이며. 조금 전까지만 해도 얼음 유리처럼 파랗던 눈은 둥근 뱀의 눈을 하고 무지갯빛으로 반짝이고 있었다.

잭은 숨을 헐떡이며 환영을 없애려고 고개를 흔들었다.

'오래 걸리지는 않았단다.'

그때 셰시스가 잭을 진정시키려는 것인지, 혹은 스스로 자제하기 위해서인지 덧붙였다.

'불과 며칠 만에 다시 완전한 인간의 모습으로 돌아오더군. 내 아들의 영혼과 그 아이의 영혼이 그 몸 안에서 합체가 된 거야.

그리고 더이상 내 아들이 아니었지. 그저 괴물에 지나지 않았어.'

"나처럼 말이지."

잭이 나지막이 말했다.

셰시스가 그를 보았다. 잭은 여러 색으로 번득이는 그녀의 눈에서 짧은 감정의 흔적을 느꼈다.

잭은 심호흡을 하고, 동굴 쪽으로 고개를 돌렸다.

'이제 아주 가까이 있네.'

셰시스가 말렸다.

'진정해, 잭. 진정하라고.'

하지만 진정할 겨를이 없었다.

느닷없이, 그림자 하나가 터널 입구에서 고개를 들었다. 셰시스가 쉭쉭거리며 뒤로 물러났다. 잭은 늙은 수컷 셰크를 알아보자, 본능적으로 모든 경계태세를 취했다.

그는 냉철하게 이성적으로 생각하려고 애썼다. 분명히 그와 셰시스라면 함께 그 늙은 셰크와 정면대결을 할 수 있다. 하지만 그게 다가 아니었다.

놈이 그를 봤다. 누군지 알아본 것이다.

그 말은 우마둔에 있는 모든 셰크들이 이제 두 사람이 이곳에 있다는 걸 알고 있다는 뜻이었다.

짧은 순간 공포를 느끼자, 잭이 소리쳤다.

"날아, 셰시스, 날아!"

셰크가 두 사람에게 돌진했다. 셰시스는 몸을 획 돌려 날렵한 동작으로 피하고 날개를 펼쳐, 동굴로 날아들어갔다.

잭은 순간 숨을 쉴 수 없었다. 한 번도 셰크의 등을 타고 난 적이 없었던 그에게는 아주 이상한 경험이었다. 하지만 그 기분을 만끽할 여유가 없었다. 금방 모든 셰크들이 돌진해왔기 때문이다.

용으로 변신하고 싶은 마음이 굴뚝같았다. 하지만 그는 본능을 통제했다. 변신하면 그곳에 남아 싸워야 한다. 바로 그 순간 가장 중요한 일은 그곳을 벗어나는 일이었다.

셰시스가 불의 문을 향해 필사적으로 날갯짓을 했다. 잭은 등 위에서 뒤돌아보며 불길이 셰크들을 위축시키지 않는지 보았다. 하지만 실망스러웠다. 날개 달린 뱀들의 눈에는 증오심이 활활 타오르고 있었고, 그들의 본능은 차원의 문을 넘어 그 너머까지 잭을 추적하라고, 죽이라고 그들을 떠밀고 있었다.

그때 셰시스가 말했다.

'꼭 붙잡아.'

그러고 나서 그녀는 앞으로 힘차게 솟구쳤다. 잭은 비늘을 꽉 잡고 뱀의 구불거리는 몸통을 발뒤꿈치를 꽉 조이며, 가능한 한 깊숙이 몸을 숙였다. 문이 아주 가까이 있는 게 느껴졌다……

셰크들의 분노에 가득 찬 소리도 아주 가까이서 들려왔다.

'셰시스……'

'침착해, 용. 이곳에서 나갈 거다.'

그녀는 몸을 휙 돌려 공중으로 날아올랐다. 나이 많은 셰크들은 셰시스가 움직이는 모습을 보고 따라갔지만, 젊은 셰크들은 뒤에 남았다. 바로 그때, 셰시스가 급강하로 문을 향해, 자유를 향해 내려갔다.

셰크 한 놈이 셰시스의 꼬리를 덥석 물었고, 셰시스는 고통에 찬 비명을 내질렀다. 잭은 몸을 일으켜 창을 던졌다. 하지만 무기는 셰크의 비늘을 맞히고도 상처 하나 내지 않고 튕겨나갔다. 잭은 이를 악물고 나직이 욕을 내뱉었다.

셰시스가 필사적으로 날개를 휘저었다. 다른 셰크들이 위에서 덮쳐왔다.

다른 선택의 여지가 없었다.

그는 변신했다. 분노에 찬 경련이 일었다. 공기를 한껏 들여마시고, 곧장 추적해오는 뱀들을 향해 불을 확 내뿜었다.

기습작전. 셰크들은 공포에 질려 외마디 비명을 지르며 쉭쉭거렸다. 가장 가까이 있던 놈들의 몸이 불길에 타올랐다. 셰시스의 꼬리를 물고 있던 놈이 그녀를 풀어주었다. 잭은 앞발을 뻗쳐 셰시스가 떨어지기 직전에 간신히 붙잡았다.

"조금만 더 힘을 내, 셰시스."

잭이 애원했다.

셰시스가 몸을 뒤척이자, 잭은 그녀가 혼자 몸을 일으키도록 놓아주었다. 둘은 공중에 정지한 채 서로의 눈을 쳐다보았다. 증오가 안에서 이글거렸다.

그때 셰시스가 말했다.

'빅토리아.'

"빅토리아."

잭은 따라하고는 너무나 가까이 있는, 너무나 생생한 차원의 문을 향해 고개를 돌렸다.

"빅토리아가 맞은편에 있다."

둘은 힘차게 날갯짓을 했다. 셰시스가 그를 따랐다.

문을 통과하자, 마치 뜨거운 거품이 부글거리는 샘물 속에 머리부터 뛰어든 듯했다. 수백만 갈래의 햇살이 두 사람을 적시는 것 같았다. 갑자기 기운이 빠졌다. 겁에 질려 숨을 헐떡이던 잭은 다시 인간의 모습으로 변해 날개가 사라진 채 떨어져갔다.

셰시스가 그를 붙잡았다.

그리고 순간 모든 게 빙빙 돌더니, 그들은 돌연 거대한 용암 구덩이에서 솟구쳐 올라왔다. 그들의 몸을 감싸는 세 태양의 햇살이 가득한 하늘 깊숙이까지.

심호흡을 한 잭은 잠시 눈을 감고는 이둔의 햇살에 얼굴을 내맡겼다. 그리고 세 태양을 향해 고개를 들고는 오래전에 카슈타르 사막에서 키마라와 있을 때처럼 똑바로 태양을 응시했다.

"칼리노르, 에바노르, 이메노르."

잭이 읊조렸다.

셰시스가 쉭쉭거렸다. 웃음 비슷한 소리였다.

"칼리노르, 에바노르, 이메노르. 칼리노르, 에바노르, 이메노르!"

그는 기도문처럼 되풀이했다.

잭은 셰시스의 등 위에서 일어나 승리에 찬 고함을 내질렀다. 그러고는 용의 본질에 몸을 맡긴 뒤, 힘차게 날갯짓을 하여 이둔의 하늘 가장 높은 곳으로 솟구쳐 올라갔다. 세상의 모든 셰크들, 시슈들, 네크로맨서들이 다 쳐다본다고 해도 상관없다. 그는 이제 집에 왔으니까. 전에는 한 번도 집이라고 생각하지 않았던 세상으로. 어쨌든 이제 이곳은 틀림없이 그의 집이었다.

그리고 영혼 속에서 그는 빅토리아가 존재하고 있다는 걸 여전히 느낄 수 있었다. 그애가 세상 어느 구석엔가 존재하고, 여전히 그와 관계를 맺고 있다는 걸 느끼자 안도감이 밀려왔다.

최후의 용이 돌아왔다고, 사랑하는 소녀를 찾아왔다고 이둔 전체에 알리기라도 하려는 듯 그는 포효했다.

7

구할 수 있는 건 아무것도 없어

"아직 돌아갈 시간은 있어요."

야렌이 말했다.

빅토리아는 대답하지 않았다. 야렌을 돌아보지도 않았다. 그녀는 여전히 카슬룬 탑의 그림자를 응시하며, 아마도 지난번 저 문 앞에 있었을 때를 생각하는 듯 보였다.

대낮의 환한 햇살 아래 탑은 여전히 장엄했다. 칭칭 감겨올라가며 뾰족하게 끝나는 달팽이 모양을 하고 있는 탑은 마치 이둔의 하늘을 향해 당당하게 솟아오른 거대한 유니콘의 뿔 같은 모양이었고, 활짝 갠 밤하늘에 떠오른 세 달의 곡선에 닿으려고 애쓰는 듯했다.

그때까지만 해도 빅토리아는 알지 못했다. 마법사들이 그들에게 능력을 부여해준 유니콘의 뿔 모양을 본떠 카슬룬 탑을 건설했다는 사실을.

이제 절벽 길에 가까워지자 그 모습이 더할 수 없이 선명하게 보였다. 탑이, 마법 종단 전체가 유니콘에게 경배를 바치고 있는 것이다. 유니콘들이 사라진 이후, 마법 공동체는 죽음만큼이나 깊은 상처를 입었다. 만일 빅토리아가 죽는다면, 마법도 함께 사라질 것이다.

'하지만 이미 죽어버렸는걸.'

빅토리아는 생각했다.

그녀는 금속에 새겨진 유니콘 형상을 손가락으로 더듬어보았다. 지금까지는 탑의 문을 장식한, 섬세하게 세공된 장식품에 주의를 기울이지 못했다. 그런 걸 눈여겨볼 여유가 없었던 탓이다. 바로 그 장소에서 셰크들이 저항군을 궁지로 몰았고, 거대한 문들이 굳건하게 꽁꽁 닫혀 있었기에 그들은 어쩔 수 없이 목숨을 건 싸움을 벌여야 했다. 지금은 빅토리아가 들어가도록 문이 활짝 열리겠지. 카슬룬 탑의 새 성주인 크리스티안이 그녀를 위해 열어줄 테니까.

그녀는 눈을 가늘게 떴다. 그때로부터 몇 세기나 지난 것 같았다. 파도는 여전히 방파제에 철썩철썩 부딪히고 있었고, 탑은 인상적인 자세로 우뚝 솟아 있었다.

하지만 잭은 죽었다. 크리스티안이 죽였기 때문이다. 예전에는 저항군이 힘을 합쳐 싸웠던 때가 있었다. 그날 밤, 잭은 도미바트를 휘둘렀다. 하지만 지금은 그 검 역시 생명을 잃고 빅토리아의 허리에 매여 있다. 크리스티안은 날개 달린 뱀으로 변해 동족과 맞섰고, 빅토리아는 그의 등에 타고 있었으며, 샤일에겐 두 다리가 있었다.

림바드가 그리웠다. 이제 다시는 돌아갈 수 없다는 것을 한참 전부터 알고 있었으면서도.

"이제 와서 물러날 순 없어요."

야렌이 자신이 한 말을 빅토리아가 못 들었나보다, 라고 생각할 때쯤 그녀가 말했다.

준마법사가 다가와 그녀의 어깨에 손을 올려놓았다.

"그렇다면 나를 마법사로 만들어줘요. 내게 빚졌잖아요."

빅토리아가 어둠이 가득한 눈으로 그를 돌아보았다.

"난 아무 빚도 없어요."

야렌의 얼굴이 분노로 경련을 일으켰다.

"믿을 수가 없군요. 날 이렇게 놔둘 셈이에요?"

빅토리아가 계속 어둠의 눈으로 쳐다보자 야렌은 긴장했다.

"당신도 봤잖아요. 내 마법으로 무슨 일이 생기는지 봤잖아요."

야렌은 오싹한 한기를 느꼈다.

그랬다. 뭔가 제대로 되지 않고 있다는 건 한참 전부터 알았다. 나무꾼 아들의 사건 이후, 야렌이 바라는 유니콘의 마법에 어울리지 않는 많은 일들이 일어났다. 빅토리아의 손가락 사이에서 시들어간 식물들, 룬 산에서 두 사람이 묵었던 은자의 동굴에서 겁에 질렸던 천상족의 얼굴……

야렌은 곰곰이 생각해봤다. 룬 산에서의 일은 이상하기 짝이 없었다. 룬 산은 카슬룬과 알리스 리스반의 중간에 자리 잡고 있지만, 탑에 도달하기 위해 굳이 산 정상까지 오를 필요는 없었다.

그런데도, 이동중에 처음으로 빅토리아는 그저 그곳까지 올라가기 위해 먼 길을 돌아갔다. 야렌은 빅토리아가 산 정상에서 무릎을 꿇는 모습을 보았다. 전설에 따르면, 그곳은 수세기 전, 생명이 있는 존재들에게 마법을 전해주기 위해 첫번째 유니콘이 마법을 건네받은 곳이라고 했다. 빅토리아는 공허하고, 생명이 없는 눈으로 하늘을 올려다보고 빛을 돌려달라고 신들에게 간청했다.

여전히 침묵뿐이었다.

야렌은 빅토리아의 기도를 가만히 지켜보았다. 빅토리아는 조용히 언제나와 마찬가지로 무덤덤한 얼굴로 일어났다. 그녀의 두 눈은 그 어느 때보다도 무서웠다.

야렌은 빅토리아가 혼자 되뇌는 소리를 들었다.

"'내 아들을 보러 가라. 나를 보듯 그애의 눈을 들여다보고 네가 잃어버린 빛을 찾아라.'"

"당신이 잃어버린 게 뭔가요?"

그날 밤 산 발치에 있는 은자의 동굴에서 야영을 할 때 야렌은 그녀에게 물었다.

하지만 빅토리아는 말이 없었고, 눈을 감은 채 무의식적으로 손을 검 손잡이로 가져갈 뿐이었다. 그 모습을 보자 야렌은 자신이 궁금해하던 것을 확인할 수 있었다.

빅토리아는 저 검의 주인을 잃은 것이다. 그녀가 굉장히 사랑하는 누군가를. 가족일 수도 있고, 친구일 수도 있고, 어쩌면 그 이상일 수도 있다. 그리고 야렌은 빅토리아의 검을 잡았던 그 사람이 키르타슈의 손에 죽었다는 사실을 거의 확신할 수 있었다.

그 일로 인해 유니콘의 능력을 상실할 정도로 그녀는 바뀌어버린 것이다.

야렌은 어렸을 때부터 유니콘이 수정처럼 반짝이는 마법 에너지를 콸콸 쏟아내며 건네준다는 이야기를 들어왔다. 하지만, 이 소녀의 내면에 있는 건 전혀 딴판이었다.

빅토리아가 물었다.

"정말로 당신에게 마법을 건네주길 바라나요? 내 마법을?"

야렌은 망설이며 침을 삼켰다. 빅토리아의 시선에 등골이 오싹했다.

하지만 꿈을 생각했다. 그녀가 최후의 유니콘이라는 생각을 지울 수가 없었다.

마침내 야렌이 말했다.

"네. 아무것도 없는 것보다는 당신의 마법이라도 갖고 싶습니다. 그것을 얻지 못한다면 아무것도 얻을 수 없을 테니까요."

빅토리아는 내면에 깃든 유니콘 특유의 고갯짓과 우아한 동작으로 탑의 가장 높은 곳을 향해 시선을 들어올렸다.

"나를 따라와요."

두 사람은 절벽가로 나 있는 길을 다시 돌아갔다. 야렌은 불안한 마음으로 그녀를 따라 내려왔다. 가장 가까이 있는 작은 숲에 이를 때까지, 둘 중 누구도 말이 없었다. 식물들이 다른 이들의 시선으로부터 두 사람을 숨기려 움직이자, 빅토리아가 돌아보았다. 빅토리아가 쳐다볼 때마다 매번 그랬듯, 준마법사는 본능적으로 한 걸음 뒷걸음쳤다.

"아직 돌아갈 시간은 있어요."

빅토리아가 쓰디쓴 미소를 지으며 말했다.

야렌은 침을 삼키고 결심한 듯 시선을 들었다.

"계속해요."

빅토리아가 속삭였다.

"당신은 무슨 짓을 하는지 모르고 있어요……모른다고요."

빅토리아가 등을 돌렸다. 야렌은 빅토리아가 고개를 돌리더니, 몸을 부르르 떨며 변신하는 모습을 보았다.

루나리스. 최후의 유니콘이 그의 앞에 모습을 드러내자 두 눈에 눈물이 고였다. 상상했던 그대로 아름답고 길들여지지 않은 모습이었다. 깃털처럼 가볍고 부드러운 은빛 갈기는 가장 큰 달의 달빛처럼 고왔고, 갈라진 작은 발굽과 기다란 꼬리를 지니고 있었다. 혜성의 꼬리처럼 반짝이는 그 모습은 어찌나 순수한지 마치 다이아몬드로 만든 것만 같았다.

그렇지만, 유니콘이 그를 돌아보자, 야렌은 새삼 또다시 말도 안 되는 공포를 느꼈다.

빅토리아의 아름다운 눈은 여전히 어둠을 내뿜고 있었고, 그 어둠이 그녀의 몸에서 흘러나오는 빛을 탁하게 만들고 있었다. 야렌의 마음은 저렇게 불길하게 빛나는 마법을 받아들여서는 안 된다고 속삭이고 있었다.

하지만 그건 자신의 꿈이었다. 어떤 대가를 치르든 이루어야 했다.

그는 풀밭 위에 무릎을 꿇었다. 빅토리아가 다가와 부드럽게 고개를 숙였다. 야렌은 유니콘의 뾰족한 입이 뺨을 어루만지는 걸 느끼자 눈을 감았다. 그런 후……차가운 동시에 뜨겁기도 한 에너지가 콸콸 흘러넘쳤다. 놀라움과 기쁨의 탄성이 자신도 모르게 흘러나왔다. 너무나 아름다웠다. 한 번도 느껴본 적이 없었다.

그런데 그때, 돌연 뭔가 변하기 시작했다. 마법은 이제 더이상 순수하지 않았고, 즐거운 기분도 아니었다. 야렌은 말할 수 없이 괴로웠고, 그런 다음 고통이, 그러고는 공포가 몰려왔다. 아직 유니콘의 뿔이 미처 닿지도 않았는데, 그에게 전달된 에너지가 혈관 구석구석을 헤집고 돌아다녔다. 탁하고, 어둡고, 고통으로 가득한 마법이었다. 야렌은 괴로운 비명을 내질렀다.

유니콘은 새로운 마법사가 풀밭 위를 구르며, 마법이 그의 내장을 뒤틀고, 영혼을 더럽히는 동안 고통에 찬 비명을 지르는 모습을 무덤덤하게 바라보았다. 그녀는 야렌이 발아래 뻗은 채 맥없이 숨을 헐떡일 때까지 쳐다보았다. 고통은 줄어들었다. 그가 고개를 들어 그녀를 바라보자, 루나리스는 그의 눈속에 자신을 지배하고 있던 어둠이 투영된 것을 보았다.

"없……애줘요……"

야렌이 중얼거렸다. 모두 자신의 잘못이라는 걸, 그녀가 할 수 있는 일은 아무것도 없다는 걸 잘 알면서도.

유니콘이 고개를 가로저었다.

"이게 내가 해줄 수 있는 전부예요."

빅토리아가 혼잣말을 했다.

그녀는 등을 돌리고는 공터에서 멀어져가면서 인간 소녀 빅토리아의 모습으로 다시 변신했다. 야렌은 여전히 몸을 웅크린 채로 떠나가는 그 뒷모습을 보았다. 아직도 심장 안쪽에 고통과 어둠이 느껴졌다. 허리에는 검을 차고, 등에는 지팡이를 멘 채, 카슬룬 탑을 향해 가는 그녀를 바라보다가, 거기서 빅토리아를 기다리고 있는 게 누군지 갑자기 떠올랐다.

야렌은 간신히 몸을 일으켜 따라갔다. 탑의 문에 이르러서야 그녀를 따라잡았다. 닫혀 있는 문을 한 무리의 군인들이 지키고 있었다.

"카슬룬 탑의 성주를 보러 왔어요."

빅토리아가 말했다.

네 놈이었다. 시슈 셋, 인간 하나. 시슈들은 빅토리아를 보고 즉각 무슨 일인지 알았지만 인간은 그들만큼 똑똑하지 않았다.

"루나리스 아가씨를 키르타슈 님께 호위해오라는 명령을 받았습니다. 당신이 루나리스 아가씨입니까?"

빅토리아가 대답했다.

"네, 나예요. 하지만 아무도 따라오지 마세요. 내가 직접 찾아갈 테니."

시슈들이 고개를 숙이며 동의를 표하고 지나가도록 길을 비켜주었다. 반면에 인간 수비대원은 한 발 앞으로 나섰다.

"혼자서는 지나갈 수 없습니다. 우리가 받은 명령은……"

그는 말을 끝맺을 수 없었다. 아이셸의 지팡이가 번개처럼 그에게 곧장 다가와 얼굴 앞 불과 몇 센티미터 앞에서 멈췄다. 어둠으로 가득한 빛이 순간 그의 눈앞에서 위협적으로 깜박였다.

빅토리아가 조용히, 냉정하게 같은 말을 되풀이했다.

"아무도 따라오지 마세요. 직접 길을 찾을 테니."

"원하시는 대로 하십시오."

시슈 한 놈이 대답했다.

신경이 잔뜩 곤두선 군인은 침을 꿀꺽 삼키고는 지팡이에서 눈을 떼지 못하고 고개를 끄덕였다. 그는 빅토리아가 지나가도록 뒤로 물러났다.

카슬룬 탑의 커다란 문이 빅토리아 앞에 활짝 열렸다.

야렌은 빅토리아가 문턱을 넘어서는 모습을 보았다. 문이 닫히자, 마법사는 무릎을 털썩 꿇으며 두 손에 얼굴을 묻고 마치 어린아이처럼 펑펑 울기 시작했다. 하지만 아무리 많은 눈물을 쏟아도, 이제 자신의 마음속에 자리 잡은 고통과 고뇌를 가라앉힐 수 없다는 사실을 잘 알고 있었다.

"널 죽이러 왔어."

빅토리아가 말했다.

그녀의 목소리에는 증오도, 위협도, 분노의 기색도 없었다. 그저 사실을 말할 뿐이었다. 그런 냉정함과 겉으로 보이는 그런 무심함이, 분노와 원한, 고통을 쏟아부으며 난리를 치는 것보다 오히려 크리스티안에게 더 큰 상처를 주었다.

"다시 한번 생각해도 늦지 않아, 빅토리아."

크리스티안이 말했다.

"이미 생각했어…… 너무나 많이."

하지만 그녀는 앞으로 나서지는 않았다. 두 사람은 잠시 그렇게 홀의 양끝에 서서 서로를 살피고 있었다. 빅토리아가 도미바트를 칼집에서 꺼냈다. 하지만 불의 검은 이미 오래전에 꺼져버렸고, 더이상 두려움을 자아내는 무기로 보이지 않았다.

"너랑 싸우고 싶지 않아, 빅토리아."

"그럼, 싸우지 마. 그래도 난 널 죽일 거야."

크리스티안은 마음 한편으로는 빅토리아의 이런 행동을 완벽하게 납득했다. 그래도 충격은 어쩔 수 없었다. 그가 사랑하고, 모든 걸 바쳤던 그녀가.

하지만 어찌되었건, 그는 잭의 가슴에 하이아스를 찔렀을 때, 그녀도 함께 죽인 셈이었고, 이제 그녀는 복수를 위해 그에게 달려온 것이다.

"내가 널 위해 죽을 수도 있다는 걸 알잖아. 그런다고 기분이 나아지진 않을 텐데. 고통이 가라앉지도 않을 거고. 지금 내가 죽으면, 대체 어쩌려는 거지? 네가 왜 이러는지 내가 모를 것 같아?"

빅토리아는 석고상처럼 침착하고 차갑게 앞으로 나아갔다. 크리스티안은 그 눈빛에서 죽음을 읽었고, 태어나서 처음으로 두려운 마음이 들었다.

하지만 자신의 죽음이 두려워서가 아니라 바로 빅토리아 때문이었다.

그는 그녀를 기다리며 꼼짝도 않고 서 있다가 하이아스를 칼집에서 꺼냈다. 크리스티안이 경고했다.

"어쩔 수 없이 싸워야만 한다면, 싸워야겠지. 하지만 내 목숨을 구하기 위해서가 아니라, 네 목숨을 구하기 위해서야."

두 사람이 몇 발 움직였다. 빅토리아의 얼굴은 여전히 차갑고 아무 표정도 없었다. 하지만 그 눈에 가득한 고통과 증오, 괴로움에 크리스티안은 전율이 일었다.

"이제 구할 수 있는 건 아무것도 없어."

빅토리아가 조용히 말했다.

그녀는 도미바트를 높이 쳐들었다. 분명 무거울 그 검을 그녀는 더할 나위 없이 가뿐하게 들어올렸다. 복수에 대한 갈망을 이끄는 단호한 검 앞을 가로막는 것은 아무것도 없었다.

그녀는 크리스티안의 검을 내려쳤다. 크리스티안은 그것을 피하며 하이아스로 가로막았다. 두 강철 검이 부딪혔다.

원래대로라면 하이아스가 도미바트보다 훨씬 더 강해야만 했다. 하이아스는 용의 피를 맛보고, 옛 힘을 되찾은 반면, 도미바트의 불길은 이미 꺼졌기 때문이다. 그러나 불의 검은 부서지지 않았고, 크리스티안은 하이아스가 라이벌의 검과 맞닿을 때 떨리는 걸 느꼈다.

두 사람은 뒤로 물러났지만 빅토리아는 거의 쉴 틈을 주지 않았다. 다시 크리스티안을 향해 돌진했다. 한 번 그리고 또 한 번.

크리스티안은 그저 방어하며 뒷걸음만 칠 뿐이었다. 하지만 그는 곧 놀랍게도 빅토리아의 공격이 점점 더 강해지고 있으며, 그녀가 크리스티안의 재빠른 움직임을 예측하고 있다는 사실을 깨달았다.

'그럴 리가 없어.'

크리스티안은 생각했다.

'그렇게나 나를 미워하는 거야? 날 죽이고 싶은 마음이 그렇게 간절한가?'

그는 결투를 끝내기로 작정했다. 하이아스를 들어 페인트 동작을 취한 후 일격을 가해 무기를 뺏으려 했다. 하지만 놀랍게도 검이 허공을 갈랐을 때, 빅토리아는 이미 그 자리에 없었다.

크리스티안은 때맞춰 뒤돌아서서 상대방의 검을 하이아스로 가로막았다. 그리고 빅토리아를 뒤로 물러서게 하려고 밀어붙이면서 생각을 정리하려고 애썼다.

있을 수 없는 일이다. 사실일 리가 없다.

하지만 사실이었다. 빅토리아의 이마의 별은 아직도 반짝이고 있었다. 크리스티안은 그때서야 사람들이 유니콘에 대해 하던 말이 사실이라는 걸 알았다. 유니콘은 자기 의지대로 나타났다가 사라질 수 있고, 빛과 함께 움직이며, 몇 미터 정도의 거리는 순간이동할 수 있다는 것이었다. 하지만 아직까지는 가장 강력한 마법사들도 그 사실을 확인할 길이 없었다. 크리스티안은 방금 자신의 두 눈으로 그 사실을 똑똑히 확인한 셈이다.

하지만 빅토리아는 전에는 이런 능력을 보인 적이 한 번도 없었고, 심지어 이런 힘을 소유하고 있다는 내색조차 한 적이 없었다.

크리스티안은 외쳤다.

"그만해! 빅토리아, 이건 미친 짓이야. 널 다치게 하기 싫어."

"그러기에는 이미 늦었어."

빅토리아가 대답했다. 크리스티안이 조금 더 뒤로 물러섰다.

"다시 생각해봐, 제발. 과거를 바꿀 수는 없지만 네게 미래를 줄 수는 있어. 날 용서해달라고 부탁하는 게 아니야. 단지 널 살리기 위해서야."

빅토리아는 그의 말에는 아랑곳하지 않고 자동인형처럼 계속 싸우기만 했다. 빅토리아의 기술은 크리스티안과 비교하면 한참 뒤졌지만, 냉철한 분노는 치명적일 정도로 정확한 공격을 이끌어냈다. 그녀는 계속 번개처럼 사라졌다 나타났다를 반복했고, 크리스티안은 뛰어난 반사신경 덕분에 위기를 수차례 피했다. 크리스티안은 빅토리아가 위험할 정도로 가까워졌을 때, 그녀의 눈을 들여다보며 다시 한번 위험을 감수했다.

"사랑해, 빅토리아."

크리스티안이 말했다.

빅토리아는 끝이 없는 심연처럼 깊은 눈길을 되돌려주었다.

"늦었어, 크리스티안. 너무 늦었어."

크리스티안은 빅토리아의 또다른 공격을 머리카락 차이로 간신히 피하며 뒤로 물러섰다. 그는 당혹해하면서 그 말들을 소화하려 애썼다.

그녀가 그를 '크리스티안'이라고 불렀다.

'널 미워할 때는 키르타슈라고 하고, 사랑할 때는 크리스티안이라고 불러.'

아주 오래전 빅토리아가 했던 말이다.

'그럴 리가 없어. 아직도 나를?'

불과 몇 주 전까지만 해도, 크리스티안은 빅토리아의 마음을 속속들이 이해했다. 무슨 생각을 하는지, 기분이 어떤지, 아주 사소한 표정 하나까지도 정확하게 파악할 수 있었다.

하지만 잭이 죽은 이후, 빅토리아는 그가 모르는 사람으로 변했다. 어쩌면 이해할 수 있을지도 모른다. 그러나 그 눈빛은 이제 더이상 전처럼 맑고 투명하지 않았다. 그 눈에 깃든 극심한 동요 때문에 그녀의 영혼까지 가닿을 수가 없었다.

크리스티안은 빅토리아가 자신에 대해 지녔던 모든 사랑을, 잭과 함께 불구덩이 속에서 잃어버렸다고 생각했다.

빅토리아가 다시 공격해오자 그는 펄쩍 뛰어 물러났다.

"잠깐만! 아직 나한테 마음이 있는 거지, 그렇지?"

"그건 중요하지 않아."

크리스티안은 잽싼 움직임으로 다시 피하더니, 위험도 아랑곳하지 않고 빅토리아 뒤로 다가갔다.

그가 그녀의 귓가에 닿을 듯 가까이 속삭였다.

"중요해. 넌 내 곁에 머무를 수도 있어."

빅토리아가 거칠게 돌아서며 도미바트로 공격했다. 크리스티안이 일격을 막았다.

빅토리아가 침착하게 그에게 상기했다.

"너는 잭을 죽인 살인자야. 어떻게 나한테 그런 제안을 하지?"

두 눈이 차갑고 치명적인 분노로 번쩍했다. 크리스티안은 분명 죽었어야 할 그 검의 힘을 되살린 게 바로 빅토리아는 걸, 그녀의 강철처럼 단단한 의지이자 얼음처럼 차가운 증오라는 걸 그제야 이해했다.

크리스티안이 말했다.

"내가 암살자라는 건 너도 아주 오래전부터 알고 있었잖아. 잭과 맞서고 있다는 것도. 넌 아주 오래전에 나를 끝장낼 기회가 있었어. 왜 그러지 않았지?"

빅토리아가 두 사람을 이어주었던 감정을 기억해내기를, 기대했지만, 그녀의 대답은 그게 아니었다.

"그땐 널 죽일 준비가 되지 않았으니까. 지금은 준비가 됐어."

그러자 크리스티안은 그녀가 사실을 말하고 있다는 걸 알았다.

의지할 곳 없이, 이제는 낯선 세상에서 길을 잃은 존재. 오직 죽음만이 치유할 수 있는 깊은 고통에 잠긴 그녀. 자신의 일부를 잃고서 불완전하게, 끔찍할 정도로 혼자 남겨진 존재.

크리스티안은 알고 있었다. 만일 자신이 죽는다면, 빅토리아의 생명을 이어주는 건 아무것도 없다는 사실을. 만일 그가 죽는다면 둘 다 죽게 된다는 사실을.

하지만 빅토리아는 온힘을 다해 그것을 원하고 있었다. 그러자 셰크는 어쩌면 빅토리아를 위해 해줄 수 있는 최선은 이대로 평화롭게 죽게 해주는 일일지도 모른다는 생각이 문득 들었다. 빅토리아가 없다면 그의 삶도 아무 의미가 없기 때문이었다.

정말 모순이군, 그가 생각했다. 잭의 죽음 이후, 모든 게 엉망이었다. 크리스티안도 빅토리아도 그를 다시 살릴 수는 없으며, 이 사실을 깨달은 그는 세 사람의 운명이 얼마나 단단히 연결되어 있었는지를 처절하게 의식했다.

어쩌면 잠깐 한눈을 팔았나보다, 눈 깜짝할 사이였을 수도 있다. 크리스티안이 잠시 방어자세를 내렸다. 그러자 빅토리아가 갑자기 허공에서 솟아난 듯 불쑥 눈앞에 나타났다. 도미바트가 하이아스를 힘껏 내려쳐 떨어뜨렸고, 크리스티안은 그 힘센 얼음의 검이 훌 맞은편으로 날아가 차가운 소리를 내며 바닥에 떨어지는 모습을 무력하게 지켜보았다.

도미바트의 끝이 그의 목을 겨누었다.

"잠깐만."

크리스티안이 재빨리 입을 열었다.

"날 죽일 거라면, 마지막 부탁이 있어. 마지막으로 너에게 키스하고 싶어."

빅토리아의 표정이나 눈길에는 아무 변화도 나타나지 않았다. 도미바트의 칼날이 여전히 그의 피맛을 보고 싶어 파르르 떨리는 걸 감지할 수 있었다. 검은 눈에 보이는 것과 달리 완전히 죽은 건 아니었다. 놀라운 일이었다.

빅토리아는 크리스티안의 살갗에 검의 납작한 면을 부드럽게 미끄러뜨리며 다가왔다.

"네 키스를 받는데 대가가 필요한 건 아니지?"

지나간 순간의 추억과 두 사람만의 친밀했던 그 순간을 되살릴 수 있을까 싶어 크리스티안이 속삭였다.

빅토리아는 여전히 대답이 없었다. 두 개의 검은 구멍처럼 변해버린 빅토리아의 눈이 크리스티안의 파란 눈을 뚫어져라 주시하고 있었다.

"네 키스를 위해서라면 죽을 수도 있어. 그걸 위해 죽을 거야."

긴장된 짧은 침묵이 감돌았다. 빅토리아가 검을 내리고, 까치발을 들더니 크리스티안의 입술에 입을 맞췄다.

강렬하게, 열정적으로.

크리스티안이 눈을 감고 그 키스에 몸을 맡겼다.

전에는 한 번도 이런 적이 없었다. 언제나 먼저 입맞춤을 하고, 상황을 이끄는 쪽은 그였고, 빅토리아는 따르는 쪽이었다. 그는 언제나 자신의 반응보다는 다른 사람의 반응에 더 관심을 느꼈다. 다른 사람에게 뭔가를 느끼게 한다는 건 그 사람에게 힘을 발휘한다는 것과 마찬가지였고, 셰크인 그는 그렇게 힘을 지니고 통제하는 위치에 서는 게 더 편했다.

하지만 지금 이 순간은 생각하고 싶지도, 통제하고 싶지도 않았다. 그저 그 키스가 자기 안에서 일깨우는 감각들을 만끽하고, 그대로 휩쓸려갈 뿐이었다. 방어태세를 풀고 있다는 걸 알았지만 그는 아랑곳하지 않았다.

빅토리아 역시 그 키스에 온 영혼을 싣고 있었다. 크리스티안은 빅토리아가 상처받고 피 흘리고 있기는 하지만, 꿈조차 꾸지 못할 정도로 뜨거운 사랑이 여전히 강렬하게 존재한다는 사실을 발견했다.

놀라웠다. 빅토리아를 완전히 다 알기에는 아직도 멀었다는 걸 그는 깨달았다.

빅토리아를 품에 안고 이렇게 가까이 있다는 사실이 너무나 행복했다. 짧은 순간 동안, 자신이 이겼으며, 사랑이 고통과 원한을 극복했다는 생각이 들었다.

하지만 바로 그때, 뭔가가 내장 깊숙이 파고들었다. 차갑고 예리한 것이 별안간 살에 닿더니 그대로 확 타올랐다.

크리스티안은 놀라 숨을 헐떡이며 눈을 떴다. 빅토리아가 몸을 떼자 그는 고개를 숙여 아래쪽을 보았다.

배에 도미바트가 꽂혀 있었고, 셰크의 피에 닿은 불의 검이 불길을 뿜어내며 옛 힘을 되찾고 있었다.

크리스티안은 고통에 찬 비명을 지르며 검을 뽑았다. 손바닥이 데었지만 개의치 않았다. 그는 초인적인 힘으로 검을 멀리 던져 버렸다.

도무지 믿을 수가 없었다. 그는 배에 난 치명적인 상처에 손을 가져갔다. 그리고 비통한 표정으로 빅토리아를 보았다.

빅토리아는 깜박이는 빛의 지팡이를 꺼내들고 복수의 처형을 끝낼 채비를 하고 있었다.

하지만 크리스티안은 빅토리아의 눈에서 진실을 읽었다.

사랑, 고통……그리고 어쨌든 크리스티안을 죽임으로써 빅토리아 자신도 함께 죽으리라는 확신이었다.

그는 알았다.

빅토리아가 그날 밤 살아남지 못하리라는 것을.

"빅토리아……"

셰크가 무릎을 꿇고 빅토리아 앞에 쓰러지며 중얼거렸다. 그는 고개를 들어 빅토리아를 보았다. 그녀는 치명적인 빛을 발하는 지팡이를 들고 무자비한 표정을 짓고 있었다.

크리스티안은 눈을 감고 죽음을 기다리며, 무엇보다도 자신의 사랑이 빅토리아를 구할 정도로 충분하지 않다는 사실을, 그의 내면에 있는 다른 모든 것처럼 그의 사랑 역시 독에 물들어 세 사람 모두를 파괴했다는 사실을 애통해했다.

그때, 그림자 하나가 두 사람 사이에 끼어들었다. 아이셀의 지팡이가 크리스티안에게 닿기 전에 불의 검 도미바트가 먼저 가로막으며 부딪혔다. 빅토리아는 누가 감히 자신을 가로막는가 싶어 고개를 들었다가, 그녀를 진지하게 바라보는 초록색 눈과 마주쳤다.

그가 말했다.

"그만 해, 빅토리아."

빅토리아는 그 말을 듣지 않았다.

수도 없이 잭이 돌아오는 꿈을 꾸었던 그녀는 이건 그저 그림자일 뿐이라고, 수없이 자신을 괴롭히던 유령일 뿐이라고 스스로를 설득했다. 그녀는 분노에 찬 고함을 지르며 환영을 쫓기 위해 지팡이를 휘둘렀다. 하지만 또다시 부딪쳐오는 검은 진짜였다. 환영이 아니었다.

다시 그를 쳐다본 그녀는 어안이 벙벙했다.

"빅토리아……"

지팡이가 스르르 손에서 미끄러져 바닥에 떨어졌다. 지팡이의 빛이 순식간에 꺼졌다.

크리스티안은 두 사람이 마치 하나가 된 듯 서로 부둥켜안는 모습을 보았다. 그의 생명이 서서히 빠져나가고 있었다. 의식을 잃기 직전, 한순간 그는 아마 죽어버린 세 사람이 이제 막 삶 저 너머에서 다시 만나게 되었나보다, 하고 생각했다.

빅토리아는 잭의 불길이 온몸을 타고 흐르며 마음 속 어둠을 쫓아내고, 영혼에 깃든 빛을 되찾아주는 걸 느꼈다. 그녀를 짓누르던 고통이 가라앉는 느낌이었다.

잭의 어깨에 고개를 기대고, 오랜만에 그녀는 울었다.

그리고 그 눈물이 두 눈에 깃든 어둠을 씻어내렸다.

잭은 빅토리아를 품에 꼭 끌어안았다. 그는 눈물을 글썽였다.

잭이 귓가에 소곤거렸다.

"빅토리아, 빅토리아…… 나 여기 있어, 돌아왔어. 두 번 다시 널 떠나지 않을 거야. 약속해."

그는 쓰러지려는 빅토리아를 붙잡았다. 이젠 어떤 일이 있어도 빅토리아를 놓아주고 싶지 않았던 그는 빅토리아 옆에 함께 털썩 주저앉았다. 그녀를 끌어안으며 그녀의 뺨에 자기 뺨을 댔다. 어찌나 행복한지 표현할 말을 찾을 수 없을 정도였다.

그렇게 두 사람은 서로 끌어안은 채 가만히 있었다. 빅토리아는 아직 말을 할 수 없었다. 잭은 빅토리아가 움직이려 한다는 걸 알고 조금 풀어주었지만 완전히 놓지는 않았다.

그러자, 빅토리아는 두 사람 곁에 쓰러져 있는 크리스티안의 고개를 들어 무릎에 받치고는 다정하게 머리카락을 어루만졌다.

빅토리아는 이제 울음을 멈추었다. 하지만 여전히 넋이 나간 듯 혼란스러웠다. 세 사람 모두 살아 있다. 사실이라고 하기엔 너무나 아름다운 꿈만 같았다. 다시 뒤돌아 잭의 눈을 쳐다보았다.

빅토리아가 중얼거렸다.

"돌아왔구나. 정말이네."

"그래, 빅토리아."

빅토리아는 시선을 내리깔고 크리스티안의 창백한 얼굴을 응시했다.

"크리스티안이……"

작은 소리로 말을 꺼냈지만, 더이상 말을 할 수 없었다.

잭이 부드럽게 말했다.

"네가 치료해줘야만 해. 아직 구할 수 있어."

하지만 빅토리아는 고개를 가로저으며 흐느꼈다.

"할 수 없어. 오, 잭, 난 할 수 없어. 내 마법이 변했어. 그를 치료하다가는 아마 죽이고 말 거야."

역시 그건 그의 상상이 아니었다. 조금 전 빅토리아와 맞설 때, 그녀의 눈에서 뭔가 이상한 걸 보았던 것이다.

"어디, 나 좀 봐."

빅토리아가 그 말에 따랐다. 잭은 오랫동안 그녀의 두 눈을 가리고 있던 그 이상한 어둠의 흔적을 보았다. 하지만 그 눈동자 깊은 곳에는 희미한 빛도 함께 깃들어 있었다.

"아팠구나. 하지만 네 빛이 전부 다 사라진 건 아니야. 다시 그 빛을 되살릴 수 있을 거야. 어쩌면 시간이 조금 더 필요할 테고……"

"시간이 없어."

빅토리아가 말을 잘랐다. 이제 다시 분명하게 생각할 수 있게 된 모양이었다.

"크리스티안이 죽어가. 내가 하마터면 그를 죽일 뻔했어……"

잭은 크리스티안을 살펴보기 위해 몸을 숙였다. 잭 역시 그를 죽이려 했었다. 지난번 불의 봉우리에서 만났을 때.

하지만 지금은 크리스티안과 빅토리아 사이에 끼어들어 막 그의 생명을 구해냈다. 셰크가 죽어가는 모습을 보자, 증오가 다시 맥박 치는 게 느껴졌다.

'아슈란을 무찌르기 위해서는 이 녀석이 필요해. 빅토리아가 행복해지기 위해서는 이 녀석이 필요해.'

그는 스스로에게 상기시켰다. 그리고 빅토리아를 돌아보았다.

"한번 해볼래?"

빅토리아가 고개를 가로저었다.

"그를 해치고 싶지 않아. 잭, 지금의 내 마법으로 어떤 일이 생기는지 네가 몰라서 그러는 거야."

잭은 크리스티안의 몸에서 서서히 생명이 빠져나가는 걸 느꼈다. 그의 배는 거의 시커멓게 그슬렸고, 호흡이 아주 약했다. 잭은 뭔가 아이디어를 얻으려고 주위를 둘러보았다.

그러자 아이셀의 지팡이가 보였다.

두 번 생각할 필요도 없었다. 잭은 손을 뻗어 지팡이를 잡았다.

"잭, 안 돼!"

빅토리아가 날카로운 비명을 질렀다.

하지만, 놀랍게도, 그 마법의 물건은 온순하게 그대로 잭의 손안에 남았다. 잭은 활짝 웃으며 빅토리아를 쳐다봤다.

"오로지 유니콘과 준마법사들만 이 지팡이를 쥘 수 있다고 했었지? 그리고 준마법사란 유니콘을 보기는 했지만 손을 댄 적은 없는 사람이라고 했고."

문득 빅토리아는 럼바드에 있을 때 자신이 루나리스의 모습으로 잭 앞에 나타났던 기억이 떠올랐다. 그러나 그가 자신에게 손을 대는 건 허락하지 않았었다. 잭이 준마법사로 변했으리라는 생각은 한 번도 한 적이 없었다. 잭이 생각에 잠긴 표정으로 손에 지팡이를 들고 크리스티안 위로 몸을 숙이자 그녀는 그가 뭘 하려는지 즉시 이해했다.

빅토리아가 미심쩍어하며 물었다.

"네가 준마법사의 능력을 사용할 수 있을까? 넌 용이 되는 걸 포기하지 않았잖아. 용의 힘이 방해하지는 않을까?"

크리스티안의 경우를 떠올렸다. 크리스티안이 어렸을 때, 바로 그 천체결합의 날, 한 유니콘이 그에게 마법을 건네주었다. 때문에 크리스티안은 마법사이지만, 그 능력은 셰크의 우월한 힘에 잠식당했다.

잭이 중얼거렸다.

"일단 시도는 해봐야지. 지팡이가 도와주길 기대해야지. 너는 그냥 내가 뭘 해야 하는지만 말해줘."

빅토리아는 결의에 찬 표정으로 일어났다. 그녀는 크리스티안을 위로 눕히고는 살그머니, 그러면서도 단호하게 그를 붙잡았다. 품 안의 그가 어찌나 약하게 느껴지는지 마음이 죄어들었다.

'신들이시여, 제가 어떻게 이런 일을 할 수 있었을까요?'

두려움이 가득한 마음으로 그녀는 자문했다. 잭이 어떻게 돌아왔는지도 이해할 수 없었다. 지금까지 크리스티안이 그를 죽였다고만 믿고 있었다.

하지만 잭이 곁에 있는 지금, 더이상 그에게 원한을 품을 수 없었다. 아무 일도 일어나지 않았던 것처럼, 이제 막 어두운 악몽에서 잠을 깬 기분이었다. 하지만 기억이 났다. 다른 사람의 눈을 통해 본 것처럼 전부 다 똑똑히 기억났다.

곁에 있는 잭의 존재가 반짝이는 태양처럼 새삼 빛났다. 마치 그가 죽음과 불면의 기이한 상태에 빠진 그녀의 손을 잡고 생명으로 돌아가는 길로 이끌어주는 듯했다.

빅토리아는 생각했다.

'난 살아 있어. 그리고 잭도 살아 있고. 크리스티안을 구해야만 해, 안 그러면……'

빅토리아가 지시했다.

"상처에 손을 올려놔. 하지만 닿지는 마. 다른 손으로 지팡이를 꼭 잡아. 너한테 전달되는 에너지가 느껴지니?"

"아니."

잭이 조금 당황해하며 대답했다. 빅토리아가 심호흡을 했다.

"지팡이가 뜨겁지 않아?"

"잘 모르겠어."

빅토리아는 눈을 감고 생각을 정리하려 애썼다.

"좋아, 넌 다른 사람들보다 체온이 높아서 못 느끼는 걸 수도 있어. 다시 한번 해봐, 정신을 모으고. 지팡이가 에너지와 열기를 네 손으로 전달하는 걸 느껴야만 해."

잭은 인상을 쓰고 눈을 감았다. 그러자 느껴졌다. 손가락을 따라, 핏줄을 따라 팔 위를 타고 오가는 따뜻한 작은 흐름이 있었다. 그러나 이 온기는 용의 불에 삼켜지고 말았다.

"제발……"

빅토리아가 속삭였다.

잭은 크리스티안의 배 위에 올려놓은 손가락을 활짝 펼쳤다.

'회복하라고, 이 빌어먹을 셰크야. 이러고 있지 말고……'

그러자, 갑자기 크리스티안의 상처가 낫기 시작했다.

빅토리아가 기쁨의 탄성을 내질렀다. 하지만 그녀는 부작용이 일어나고 있음을 즉시 깨달았다. 화상 입은 상처 가운데서 발갛게 반짝이는 점이 나타났다. 크리스티안이 희미하게 신음했다.

"멈춰!"

빅토리아가 화들짝 놀라 말했다.

잭이 손을 거뒀다. 붉은 점이 사라졌다.

빅토리아가 크리스티안을 품에 안은 채 떨며 중얼거렸다.

"하마터면 또 화상을 입힐 뻔했어. 지팡이가 에너지만 전달한 게 아니라 용의 힘도 같이 전달한 거야!"

잭은 기운이 빠져 바닥에 털썩 주저앉았다.

"네가 직접 해야겠다."

빅토리아는 침을 삼켰다. 그녀는 크리스티안의 얼굴을 잠시 응시하고는 다정하게 어루만졌다.

"널 그냥 죽게 내버려둘 수는 없어. 아무리 수없이 널 죽이려 했어도 말이야. 이렇게 네가 죽는 걸 보고도 내가 계속 살아 있을 순 없어. 너한테 무슨 일이 생기면, 난……"

그녀는 말을 이을 수 없었다. 잭은 기운을 북돋워주려고 빅토리아의 어깨에 손을 얹었다.

"알아. 자, 내가 일어나게 도와줄게."

둘이서 크리스티안을 일으켜 가장 가까운 방으로 데려갔다. 그리고 그를 침대에 눕혔다. 빅토리아는 여전히 자신 없는 표정으로 쳐다보며 말했다.

"그냥 겉에 난 상처가 아니야. 피부를 치료한다 해도, 장기는 여전히 도미바트의 불에 그을려 상한 채일 거야. 꽤 오랫동안 에너지를 불어넣어줘야 할 텐데. 모르겠어……"

빅토리아가 머뭇거렸다.

잭이 빅토리아의 고개를 들어올려 눈을 마주치며 말했다.

"네 빛이 돌아오고 있어. 예전과 조금 다르긴 하지만…… 난 네가 할 수 있을 거라고 믿어, 빅토리아. 너 말고는 방법이 없어."

빅토리아가 고개를 끄덕였다. 그녀는 크리스티안 곁에 몸을 눕혔다. 상처에 닿지 않게 조심하며 자신의 팔로 그의 허리를 감싸고 그의 어깨에 기댔다. 그녀는 눈을 감기 전 잭에게 고개를 돌렸다.

"내가 깨어났을 때 여기 있을 거지?"

잭이 미소를 지었다. 그는 창턱에 앉아 팔짱을 끼었다.

"필요하다면 얼마든지."

잭이 나지막이 대답했다.

이번에는 빅토리아가 웃었다. 눈이 조금 더 빛나는 듯했다.

서서히 기분 좋은 깊은 잠 한가운데로 스르르 빠져든 그녀는 카슬룬 탑의 마법이 그녀의 몸 안으로 흘러들어와 치유하는 물줄기처럼 따뜻하게 관통하며 크리스티안을 향하는 걸 느꼈다.

잭은 한동안 물끄러미 두 사람을 쳐다보았다. 도미바트의 불길에 거의 배가 다 타버릴 정도로 치명상을 입은 셰크가, 방금 전까지 그를 거의 죽일 뻔했다가 지금은 필사적으로 살리려고 애쓰는 유니콘의 품에 안겨 있었다.

잭이 감동했다.

'빅토리아, 빅토리아. 그를 이렇게나 사랑하면서, 하마터면 죽일 뻔했구나. 나 때문에.'

아찔한 기분이었다. 잭은 빅토리아를 향한 자신의 사랑이 어느 정도인지 알았다. 그녀를 위해 싸웠고, 그녀를 위해 죽을 뻔했고, 그녀 없이 우마둔에 있을 때는 끔찍할 정도로 텅 빈 기분이었다. 빅토리아를 위해 뭐든 다 바칠 작정이었다.

어느 순간, 동시에 두 사람에게 이런 감정을 가질 수 있다면 어떨까 하는 생각이 들었다. 예를 들어 빅토리아를 사랑하듯 키마라도 똑같이 사랑한다면?

'그랬다간 난 미쳐버렸을 거야' 라고 그는 생각했다.

그러자 빅토리아가 조금 더 잘 이해되었다. 잭은 생각했다.

'네가 그냥 가버리는 것보다는 살아주는 편이 나아, 셰크.'

'용이 돌아왔군.'

세스하크가 말했다. 그 말투가 어찌나 차갑고 독한지 누구라도 무서워 벌벌 떨 정도였다. 아슈란은 그저 눈을 가늘게 뜰 뿐이었다.

아슈란이 말했다.

"알고 있다. 녀석이 살아 있기를 바란 건 아니지만. 그래도 그 사실은 여러 가지 일을 설명해주는 셈이지. 예를 들어, 왜 여섯 신들이 저희들의 영웅을 잃고도 아무 반응을 보이지 않았는지 같은 것 말이야."

'예언 때문에 여섯 신들은 그를 보호하고 있었으니까.'

"신들은 하마터면 그를 죽일 뻔했던 생물 역시 보호하고 있지. 자네로선 믿긴 힘들겠지만."

아슈란이 수수께끼 같은 미소를 지으며 대꾸했다.

'오늘 일어난 일들을 보면, 별로 놀랄 것도 없어. 우리 편의 누군가가 용을 보호할 거라고는 상상도 못 했으니까.'

세스하크가 심히 불쾌하다는 듯 말했다. 하지만 아슈란은 여전히 미소를 띠고 있었다.

"자네들, 셰크는 참 놀라운 생물이야. 용과 마찬가지로 말이지. 유니콘도 그렇고."

세스하크가 마음이 상한 듯 날개를 접었다.

'재미있나? 예언이 실현되면 그렇게 웃을 여유가 없을 텐데.'

아슈란의 미소가 더욱 커졌다.

"자네는 예언을 꽤나 존중하는 모양이군. 새로운 면모인데."

세스하크는 대답하지 않았다. 둘둘 만 둥근 몸통 위에 고개를 얹은 채 그는 몹시 화가 난 듯 눈을 감았다.

"아, 세스하크, 세스하크, 신경이 날카로워지기 시작했군. 이제는 상황을 통제할 수도 없잖아. 키르타슈는 게르데를 없앴고, 난 그애가 카슬룬 탑에 머무는 걸 허락했지. 또한 그의 부탁 때문에 유니콘을 계속 살려두었고. 하지만 이제 우리는 탑도, 유니콘도, 마법도 하이브리드 셰크도 잃고 말았네. 게다가 여전히 용도 살아 있고 말이야."

'이 지경이 된 건 그 괴물 같은 놈을 대하는 자네의 나약함 때문이다.'

"그래, 사실을 털어놓자면 난 그애한테 약했지. 그애가 커가는 모습과 반응을 관찰하면서 즐거워했지."

'그애는 괴물이야. 제 어미처럼 배신자이기도 하고.'

"세스하크. 자네는 기회가 있었을 때, 셰시스를 없애야만 했어. 그 어미들이 골칫거리가 될 거라고 내가 말하지 않았나."

'그 실수를 바로 잡는 건 늦지 않았다. 하지만 그게 다 무슨 소용이지? 전설의 세 존재 트리아다가 다시 모인 마당에. 예언은 이루어질 테고……'

"그래."

아슈란이 말을 멈추고는 생각에 잠겼다. 그는 창문으로 보이는 밤하늘을 은빛 시선으로 빤히 올려다보고 있었다. 세 달이 신비하게 빛나고 있었다.

"예언은 이루어질 거야, 정확히 칠 일 후에. 참 아름다운 숫자지, 그렇게 생각하지 않나?"

세스하크가 용수철에서 튕겨나가듯 몸을 곧추 세웠다.

'칠 일이라고? 확실한가?'

"칠 일이지. 칠 일 후에, 용과 유니콘이 전투를 하러 이곳으로 올 걸세. 그때가 여섯 신들의 장기판을 우리 쪽에 유리하게 바꿀 마지막 기회지."

세스하크가 눈을 가늘게 뜨고 나지막한 소리를 냈다.

'무슨 생각을 하고 있는 건가?'

네크로맨서가 한숨을 쉬었다.

"난 단 한 판에 모든 걸 거는 위험을 무릅쓰고 싶지 않았다네, 세스하크. 하지만 이젠 대안이 없군. 칠 일 후에 일이 벌어질 거라는 건 자네도 알고 있었지? 그날 밤에 우린 저항군과 예언에 나오는 영웅들을 이기고 이둔에서 절대 권력을 획득하든가, 아니면 그 전투에서 패하겠지."

짧은 침묵이 감돌았다.

'그렇다면, 용과 유니콘과 대결할 텐가?'

"그리고 내 아들과도. 그애가 유니콘이 입힌 부상에서 살아남는다면 말일세. 그래, 셋이 같이 올 게야. 그리고 내가 바라던 대로 일이 풀린다면, 셋 중 하나는 죽겠지."

'단지 하나만?'

"하나면 충분해. 예언을 망가뜨리기 위해서는 하나면 충분하지. 날 믿으라고. 이미 그들의 약점이 뭔지 알고 있으니까. 어떻게 하면 놈들을 이길지 알고 있다네."

'그들 사이의 그 증오심으로도 그들을 없애지 못했잖아.'

이슈란이 순순히 웃었다.

"실패했지. 맞는 말이야. 놈들을 내 발 아래 쓰러지게 하는 건 증오가 아니야. 놈들은 모르겠지만, 그들이 이 세상에 첫 발을 내디딘 그 순간부터 나는 쭉 관찰해왔지. 점점 더 힘든 시련을 치르게 하면서 말일세."

'그 시련은 놈들을 더 강하게 할 뿐이었다.'

"그리고 어떤 의미로는 더 공격하기 쉽게 만들기도 한 셈이지. 이제 나는 그애들을 철두철미 잘 알게 되었으니까."

'우리에겐 기회가 무수히 많았어. 자네는 두 번이나 유니콘을 손안에 넣었다고. 그리고 두 번 다 그냥 떠나게 내버려뒀지.'

아슈란이 미소를 지었다.

"자넨 그 여자애 일에 꽤나 신경 쓰는 모양이군. 그 여자애는 내 계획의 일부야. 지금은 살아 있어야 할 필요가 있지."

세스하크는 아무 말도 하지 않고, 회의적인 시선으로 아슈란을 주시했다. 아슈란은 다시 창가에 모습을 드러내며 조용히 세 달을 응시했다.

아슈란이 중얼거렸다.

"빅토리아…… 상처 입은 나의 유니콘. 우리는 곧 다시 만나게 될 거다, 그럼 물론이지. 아직 모르겠지만, 넌 바로 예언을 꺾을 절대적인 승리를 위한 중요한 열쇠가 될 거란다."

뭔가가 몸 안을 돌아다니고 있었다. 순수하고 달콤한 뭔가가 그를 충만하게 하고, 상처를 치유하며 고뇌와 고통을 몰아냈다.

빅토리아의 마법이었다.

그리고 빅토리아는 그의 품에 깊이 잠들어 있었다.

크리스티안은 여전히 혼란스러웠다. 두 사람이 카슬룬 탑의 한 방에, 같은 침대에 누워 있었다. 너무나 익숙한 장면이었고 너무나 생생했다.

'우리가 살아 있구나.'

여전히 무슨 일인지 잘 이해되지 않았다. 빅토리아는 그곳에 그를 안고 누운 채 바로 그녀의 손으로 입힌 상처를 치료하기 위해 마법을 사용하고 있었다.

"빅토리아."

크리스티안이 속삭였지만 그녀는 잠을 깨지 않았다.

"의식이 없는 상태야."

별안간 창가에서 목소리가 들렸다.

크리스티안이 경계태세를 취하며 돌아보았다. 오후의 햇살에 그가 익히 잘 알고 있는 실루엣이 떠올라 있었다.

크리스티안이 중얼거렸다.

"잭. 살아 있구나. 그렇다면 그건 꿈이 아니었어."

잭이 미소를 지었다.

크리스티안은 잭이 변했다는 걸 알 수 있었다. 더 어른스럽고 단련된 느낌이었다. 이마에 동여맨 끈 사이로 머리카락이 삐죽삐죽 자라나 있는 것이 반항적인 느낌을 풍겼다. 하지만 그의 자세에서는 진지함과 자신감, 그리고 동시에 조심성이 풍겨났다. 왠지 크리스티안 자신이나 다른 셰크들을 떠올리게하는 태도였다.

"너를 죽였다고 생각했는데."

잭이 고개를 옆으로 갸웃했다.

"나를 없애기에는 하이브리드 셰크로는 한참 부족하지."

잭이 지적했다. 하지만 그 말은 도발이라기보다는 친구들끼리 하는 일종의 가벼운 농담 같았다.

"그동안 어디 있었던 거야?"

"지옥에."

잭이 잠시 침묵한 후 말했다.

크리스티안이 그를 쳐다보았다. 셰크의 파란 눈이 용의 초록색 눈과 마주쳤다. 두 사람은 서로 많은 걸 이해했다.

그때, 빅토리아가 크리스티안의 품에서 뒤척였다. 그녀는 아직도 꿈속에 있었다.

"깨어날 거야."

잭이 차분히 말했다.

"그녀는 어떻게 된 거야?"

"아무것도. 그냥 깊은 꿈속에 잠겨 있는 거야. 마법이 더 잘 흘러들도록 말이야."

"그렇다면 널 만나고 이애의 마법이 되살아난 거구나."

"너와 나 우리 둘이 살린 거지."

잭이 정확히 짚었다.

"잠깐이나마 우리는 널 잃을지도 모른다고 생각했어. 하지만 너도 참 질긴 놈이다."

"얼마 동안이나?"

"너희는 삼 일 간 의식이 없었어. 너는 부상이 심했고, 빅토리아는 거기 네 곁에 누워 치유의 잠에 빠져 있었어. 단 한 순간도 네게서 떨어지지 않았지."

"하지만……"

"……하지만 영원히 그럴 거라고는 생각하지 마."

잭이 미소를 지으며 말을 잘랐다.

"네가 회복하면 그 친구를 한동안 내게 양보해줬으면 좋겠어. 그애를 아주 많이 그리워했거든, 알지?"

크리스티안이 고개를 흔들더니 피곤한 미소를 지었다.

"지옥에서 꽤나 많은 걸 배웠군."

"우리 셋 다 배운 셈이지. 각자의 특별한 지옥에서 말이야. 그 일이 우리가 앞으로 나가는 데 도움이 되기를 바라야지."

잭의 표정이 돌연 진지해졌다.

"아슈란은 우리가 이곳에 있다는 걸 알고 있어."

크리스티안이 긴장하자 잭이 걱정 말라는 손짓을 했다.

"지금으로서는 무사해. 네가 좀 나으면 상황이 어떤지 자세히 설명해줄게. 하지만 지금은 네가 완전히 회복하는 게 먼저야. 아니면 우리에게 별 도움이 되지 않을 테니까. 게다가," 잭이 미소를 지으며 덧붙였다. "내 계산으로는 빅토리아도 곧 깨어날 거야. 그러니 화해하도록 너희 둘만 있는 게 좋겠지."

크리스티안이 다시 미소를 지었다.

잭이 문가까지 갔을 때 크리스티안이 불렀다.

"잭. 고마워."

잭은 작별의 손짓을 하고는 방에서 나갔다.

얼마 후 빅토리아가 잠을 깼다. 조금 넋이 나간 표정으로 시선을 든 그녀는 크리스티안의 눈과 마주쳤다. 빅토리아가 미소를 지으며 속삭였다.

"안녕."

빅토리아의 눈은 다시 예전처럼 사랑으로 넘쳐나고 있었다. 크리스티안은 빅토리아를 더 잘 보고 싶어 얼굴에 드리운 머리카락을 손끝으로 치워주었다.

"안녕."

빅토리아는 정신을 차리려고 여러 번 눈을 깜박였다.

"몸은 좀 어때?"

그제야 빅토리아가 물었다. 크리스티안이 대답했다.

"좋아. 널 마지막 봤을 때 어땠는지를 고려한다면 말이야."

빅토리아가 웃었다. 몸을 일으켜 침대시트를 걷어낸 그녀는 상처를 살펴보려고 크리스티안의 셔츠를 걷어올렸다. 그의 피부에 닿는 그녀의 손가락은 더할 수 없이 다정했다.

빅토리아가 나직이 말했다.

"검이 뱃속 깊이 화상을 입힌 거야. 불에 다친 부분을 모두 재생하느라 오래 걸린 거지. 네가 천성적으로 그렇게 차갑지 않았다면 그대로 다 타버렸을걸."

두 사람의 눈이 마주쳤다. 빅토리아가 말했다.

"널 죽이고 싶지 않았어. 널 해치고 싶지 않았어. 하지만 다른 선택의 여지가 없다고 느꼈어. 무슨 말인지 알겠니?"

크리스티안이 고개를 흔들며 말했다.

"너는 내 배에 검을 찔렀지만 나는 네 심장을 찌른 거나 다름없어. 그렇게 따지면 내가 잘한 것도 없지 뭐."

빅토리아가 속삭였다.

"널 죽이기 전에 내가 죽었을 거야. 하지만 어쨌든 난 이미 죽은 거였어."

크리스티안이 나지막이 말했다.

"알아. 이리 와."

크리스티안은 그녀가 망설이지도, 머뭇거리지 않는다는 걸 알았다. 그녀의 눈은 더 성숙하고, 더 현명해져 있었다.

두 사람은 거의 동시에 미소를 지었다. 마침내 악몽이 끝났다는 깊은 안도감이 들었다. 서로가 서로에게 준 고통을 탓하지 않았다. 둘은 잃어버린 시간과 서로를 이어주는 느낌을 다시 되살려, 잭이 말한 것처럼 화해하기를 원했다.

이 사실을 깨달은 크리스티안은 말이나 주고받으면서 낭비할 시간이 없다는 걸 깨달았다.

그는 그대로 빅토리아에게 입을 맞추었다.

탑 위층에는 조망대가 있었다. 이둔에서는 중요한 건물마다 조망대를 하나씩 세웠는데, 이런 널찍한 테라스들은 실제로 용들이 방문할 때 내려앉을 수 있도록 사용되었다. 림바드의 저택에도 카슬룬 탑의 것과 아주 비슷한 테라스가 있었다. 잭은 향수에 젖은 한숨을 억누르며 현재에 집중하려고 애썼다.

그는 난간 곁에 몸을 말고 있는 셰시스를 향해 결의에 찬 발걸음을 내딛었다. 조망대는 건물에서 그나마 넓은 편이라 그녀에게도 그다지 좁아 보이지 않았다.

"그는 곧 나을 거야."

잭이 세시스 옆 난간에 걸터앉으며 알려주었다.

세시스는 아무 말도 하지 않았다. 계속 눈을 감은 채, 그에게 눈곱만치도 관심 없는 듯 굴었다.

하지만 잭은 세시스가 주의 깊게 자신의 말에 귀를 기울이고 있다는 걸 알 정도로 그녀에 대해 잘 알고 있었다.

잭이 말을 이었다.

"조금 더 회복하면, 당신이 있다는 사실을 금방 알아챌걸. 크리스티안 앞에 모습을 나타낼 거야?"

잠깐의 침묵이 흐른 후, 세시스가 대답했다.

'뭣하러?'

"그럼, 그의 시야에서 계속 몸을 숨기겠다고?"

세시스가 고개를 들며 눈을 가늘게 떴다. 잭은 미소를 지었다. 그녀가 걸려든 것이다. 만일 그렇다고 대답하면, 아주 조금이라고는 해도 크리스티안이 신경 쓰인다는 걸 증명하는 셈이 된다. 아니라고 대답한다면 조만간 그와 대면을 해야 할 터였다.

뱀이 슬쩍 미소를 지었다. 세시스가 대답했다.

'못할 것도 없지! 너무 오래 나 자신을 숨기고 살았으니까.'

잭은 입을 열었지만 아무 말도 하지 않았다.

'넌 정말로 그애가 나를 봤으면 하는 게냐? 아니면, 내가 그애를 만나길 원하는 게냐? 하긴, 십오 년 전에 했어야 하는 일이지

만 그때 못 했으니, 이제라도 하고 싶을 수도 있겠지.'

"그게 뭔데?"

'그애를 죽이는 것, 그 가엾은 존재를 없애는 일이지.'

잭은 입이 바짝 타들어가는 느낌이 들었다.

"진심으로 하는 말이 아니겠지."

셰시스는 다시 몸을 파묻고는 또 지그시 눈을 감았다.

잭이 항변했다.

"날 봐, 셰시스. 잘 보라고. 그 많은 시간을 함께 보내고도 아직도 내가 괴물 같아? 그게 아니라면, 크리스티안 역시 계속 괴물로 볼 이유는 없잖아."

셰시스는 움직이지 않았다. 잭이 화가 나 식식거리며 난간에 등을 기댔다.

'그게 그렇게 중요하니?'

셰시스가 물었다.

잭은 곰곰이 심사숙고하고는 마침내 대답했다.

"그런 것 같아. 모두가 그를 죽이고 싶어해. 단지 그의 존재 자체 때문에. 어쨌든 크리스티안은 여러 가지 의미로 나와 같은 존재야. 우린 많이 다르지만, 또 상당히 닮았어. 한 여자를 동시에 좋아할 정도로. 그리고 당신에게서 그 많은 걸 배운 다음부턴 더 이상 그를 적으로 볼 수가 없어. 상황이 전부 반대로 될 수도 있었으니까. 우리 용들이 셰크들을 전멸시킬 수도 있었잖아. 크리스티안이 최후의 셰크가 될 수도 있었다고. 그랬다면 사람들은 나를 만들어내 훈련시킨 다음, 크리스티안이나 그를 보호하는 자는 누구라도 죽이게 했겠지. 무슨 차이가 있겠어?"

단호한 표정으로 잭이 몸을 일으켰다.

"난 아직도 그가 미워. 하지만 그게 나였을 수도 있다는 생각이 들어. 우리의 운명이 그리 많이 다르지 않다는 생각도."

셰시스는 잭을 주시할 뿐 아무 말도 하지 않았다.

잭은 조망대 앞으로 몸을 내밀었다. 눈앞에는 끝없는 바다가 펼쳐져 있고, 발아래는 아찔한 절벽이었다. 썰물이 빠져나갔고 바위를 두드리던 물이 아득히 멀어 보였다.

하지만 잭은 현기증이 나지는 않았다. 어쨌든 그는 용이니까.

"시간이 얼마나 있지?"

잭이 대화의 주제를 바꾸며 셰시스에게 물었다.

셰시스는 차분히 고개를 들고 잭 옆으로 미끄러져 왔다.

'많지 않아. 이 탑은 우리 거고, 탑 안의 시슈들이나 마법사들 역시 우리 편이지. 세어보니 그다지 많지는 않더군. 마법사 넷과 시슈 군인들 스물네 명. 마법사들은 키르타슈 편에서 싸울 거다. 그애가 최후의 유니콘을 지키려고 하니까. 시슈들은 내 말과 키르타슈의 말을 따를 거고. 우리는 놈들과 가장 가까이 있는 셰크고, 그렇게 행동해야만 한다고 배웠을 테니까. 하지만 그걸로는 충분치 않아.

잭, 아슈란이 공격하는 데 이렇게 뜸을 들이는 건, 네가 돌아온 사실을 알고 있다는 거지. 그자는 아들에게 카슬룬 탑을 넘기고, 최후의 유니콘의 생명을 사면해주었어. 자신이 승리했다고 확신했었고. 그래서 자기 부하들을 난델트 전투에 집중시킨 거다. 놈들이 카슬룬 탑으로 회군해오는 동안, 우린 예언을 실현하기 위해 아슈란을 공격하러 드락웬 탑으로 갈 수 있어. 그래서 아직 우리를 찾아오지 않는 거지.'

"우리를 공격하는 대신, 드락웬 탑을 방어하기 위해 셰크들을 부르려는 거라면?"

셰시스가 고개를 끄덕였다.

'이 탑에서는 우리가 강해. 그자는 자기 탑에서 강하지. 그러니 네가 돌아온 지금, 맹목적으로 공격을 퍼붓지 않고 그곳에 남아 부하들을 재배치하고, 상황을 살피고 싶어할 거다. 그리고 네가 돌아왔다는 소문이 퍼지는 게 그자에겐 좋지 않아. 그건 난델트 반란군들에게 날개를 달아주는 꼴이 될 테고, 만일 군대를 카슬룬 탑으로 돌린다면, 반란군들이 무슨 일인지 의심할 수도 있으니까. 그러면 놈들을 추적하거나, 심지어 후위에서 공격할 수도 있지. 그러면 시에셀, 에이세슈 같은 아슈란의 부하들은 누르곤 반란군과 카슬룬 탑의 변절자들 사이에 끼이게 되는 거야.'

셰시스가 씩 웃으며 덧붙였다.

"그렇군."

'하지만 이미 삼 일이 지났어. 아슈란이 서두르고 싶어하지는 않겠지만, 지금쯤이면 이미 어떤 식으로든 행동을 취했겠지. 아니면 적어도 계획이라도 세워뒀든지.'

잭이 곰곰이 생각하고는 말했다.

"알렉산더와 연락을 취해야만 해. 내가 무사하다고 알려줘야 해. 우리 셋 다 잘 있다고. 만일 저항군이……"

잭이 입을 다물었다. 세시스가 몸을 곧추 세우며 경계태세를 취하고 눈을 가늘게 떴기 때문이었다. 그녀가 난간 위로 스르르 올라가 날개를 펴고 날아가버리자, 잭은 무슨 일인지 알아차렸지만 아무 말도 하지 않았다.

세시스가 탑의 맞은편 끝 쪽으로 막 사라졌을 즈음, 크리스티안과 빅토리아가 조망대로 나왔다. 셰크는 아직 창백한 얼굴로 빅토리아에게 기대어 걷고 있기는 했지만, 두 사람 모두 꽤 양호해 보였다.

"누구랑 말하고 있었니?"

빅토리아가 웃으며 물었다.

"그냥 혼잣말한 거야."

잭이 미소를 되돌려주며 대답했다.

뭔가 캐내려는 듯한 크리스티안의 눈길이 느껴졌다. 잭은 차분히 그 눈길을 마주 보았다. 잭이 세운 의식의 장벽에 부딪히자 셰크는 살짝 당황했다. 세시스는 셰크들의 텔레파시 파동에 저항할 수 있도록 의식을 텅 비우는 방법을 가르쳐주었다. 물론 셰크라면 그 방어책을 부수고, 모든 걸 강제로 밝혀낼 수도 있다. 하지만 잭은 크리스티안이 그렇게까지 하지는 않으리라 생각했다. 그가 머릿속에서 물러나는 게 느껴졌다.

두 사람 중 누구도 이 일에 대해 언급하지 않았다. 잭은 여전히 미소를 짓고 있었고, 크리스티안은 그런 그를 존중하듯 쳐다보고는 평소의 가벼운 미소를 던졌다.

빅토리아가 비어 있는 손을 건네자, 잭은 기꺼이 잡았다. 잭은 빅토리아에게 더 가까이 다가와서 그녀의 허리에 한 팔을 둘렀다. 세 사람은 나란히 서서 바다로 잠겨드는 첫 태양의 해넘이를 바라보았다.

그때 빅토리아가 물었다.

"잭. 이곳까지 어떻게 온 거야? 그동안 내내 어디 있었어?"

여전히 믿기지 않는다는 눈치였다. 크리스티안 역시 자못 궁금해하며 고개를 들었다.

잭은 조금 뜸을 들인 후 대답했다.

"검이 내 심장을 찌르지 못한 거야."

그는 크리스티안과 눈빛을 주고받았다. 하지만 셰크의 얼음장처럼 차가운 눈은 여전히 읽어내기 힘들었다.

"하지만 넌 떨어졌고……"

빅토리아가 몸서리를 치며 눈길을 피했다. 잭이 용암 불구덩이로 떨어지던 모습을 기억하는 것만으로도 소름이 돋고 심장이 고통으로 차올랐다.

잭이 크리스티안을 돌아보았다.

"그곳이 어딘지 모르겠냐?"

셰크가 고개를 가로젓더니 침착하게 대답했다.

"용암이 흐르는 틈이 아닌 다른 것이리라고는 상상조차 해본 적이 없는데. 하지만 그게 아닌 건 분명한 것 같군. 그렇지 않다면 네가 이렇게 온전히 돌아와 이런 이야기를 들려줄 수도 없었을 테니까. 대단히 인상적이야."

빅토리아가 힐난의 눈길을 던졌다. 하지만 크리스티안의 말에 조롱하는 기색은 없었다. 잭이 웃었다.

"용암이 흐르는 그 틈이 차원의 문을 숨기고 있었어, 크리스티안. 난……" 말을 덧붙이기 전에 그는 잠시 머뭇거렸다. "다른 세상에 있었어."

빅토리아가 놀라움의 탄성을 내질렀다.

"그래서 네 생명의 불길이 꺼졌다고 느낀 거구나! 그래서 네가 더이상 이 세상에 존재하지 않는 느낌이었어."

"지구로 이어진?"

크리스티안이 물었다.

잭이 고개를 가로저었다. 셰크의 눈이 주의 깊게 잭을 살폈다. 잭의 옷차림과 자세를 뚫어지게 본 그는 다른 사람들이 감지할 수 없는, 눈에 보이지 않는 뭔가를 읽어낸 듯했다. 그가 살짝 미간을 찌푸렸다.

크리스티안이 부드럽게 말했다.

"이제 알겠군. 그렇다면 그건 훨씬 더 놀라운 일인걸, 잭."

"난 혼자 있었던 게 아니야."

잭이 나지막이 대답했다. 하지만 그 이상 덧붙이지는 않았다.

빅토리아와 마찬가지로 크리스티안도 잭이 더이상 자세히 말하지 않으리라는 걸 알았다. 빅토리아는 까치발을 들어 잭의 뺨에 다정하게 입맞춤을 했다.

"중요한 건 네가 돌아왔다는 사실이야."

빅토리아가 나지막이 말했다. 크리스티안이 물었다.

"그곳에서 용으로 변신해서 돌아온 거야? 널 본 사람이 많았나? 우리 아버지가 곧 우릴 찾아올 거야."

잭이 그를 쳐다보았다.

"넌 그자 편이야, 아니면 우리 편이야?"

크리스티안이 웃으며 머리를 흔들었다.

"이미 대답을 알고 있을 텐데."

잭이 고개를 끄덕였다.

"넌 빅토리아 편이지. 그리고 내가 돌아온 지금, 빅토리아는 다시 위험에 처할 테고. 그러니 넌 다시 아슈란과 셰크들에게 등을 돌릴 거고, 우리는 널 저항군의 일원으로 간주할 수 있겠지. 아니면, 날 없애서 빅토리아를 지키기로 마음먹을 수도 있고."

크리스티안의 눈이 한순간 반짝했다.

"무슨 말을 하는 거야? 네 죽음은 곧 빅토리아의 죽음이라고. 또다시 그런 일이 벌어지게 놔둘 거라고 생각하는 거야?"

빅토리아는 심호흡을 하고, 크리스티안의 어깨에 기댔다. 잭이 웃으며 고개를 끄덕였다.

"너는 빅토리아 편이지. 빅토리아 편이라면, 내 편이기도 하지. 우리 셋은 함께야. 하나가 쓰러지면 셋 다 쓰러지는 거지."

'트리아다.'

잭은 하딘의 말을 떠올렸다.

빅토리아는 고개를 흔들며 두 사람에게서 떨어져 거리를 두고 섰다. 거기, 난간 옆에서 바다와 저물어가는 태양들과 함께 서 있는 빅토리아는 그 어느 때보다 아름다워 보였다.

빅토리아가 단언했다.

"난 너희들 편이야. 무슨 일이 있어도, 어떤 일이 있어도. 만일 우리가 싸워야 한다면, 너희와 함께, 너희를 위해 싸울 거야. 두 사람을 위해. 너희도 알지, 그렇지?"

잭이 지친 미소를 지었다.

"알고 있어. 그리고 싸울 일이 없기를 바라. 하지만 우리는 이 전투를 위해 태어났지. 그걸 위해 창조되었고. 원하든 원치 않든, 우린 전투를 치러야만 해."

"그리고 이번엔 우리가 이겨야만 할 거야."

크리스티안이 어두운 표정으로 덧붙였다.

8

최후의 전투

캐바니온 왕이 폭발했다.

"이 포위는 아무 의미가 없소. 우린 누르곤 요새를 에워싸고 몇 년이고 허송세월하게 될 수도 있소. 그동안 저 보호막도 여전하겠지. 그리고 놈들이 아와 숲을 등에 업고 있는 이상, 우리는 요새를 정복할 수 없을 테고."

시에셀은 대답하지 않았다. 그녀는 왕의 말을 듣지 않았다. 딩그라의 왕은 셰크가 자신을 동등하게 여긴다고 생각했지만, 셰크는 그가 구시렁거리는 소리에 신경도 쓰지 않았다. 인간들은 대개 멍청한 종족이지만 몇몇은 써먹을 데가 있었고, 이 캐바니온이라는 자도 그중 하나였다.

그녀는 강에서 반란군 놈들에게 패해 누르곤을 잃은 일로 여전히 마음이 언짢았다. 하지만 며칠 후 셰크들의 텔레파시 망을 통해 정보 하나를 전해받았다. 언짢은 기분을 풀어주는 정보였다.

캐바니온 왕은 계속 불만을 토로하고 있었다.

"우리 군대가 누르곤 주변에 진을 친 지가 벌써 석 달째란 말이오. 그동안 반란군들은 요새 터를 재건하고, 주변의 숲을 성장시키고, 저놈의 날아다니는 기계를 더 많이 만드는 데 전념하고 있잖소. 이 지역 백성들도 더이상 우리 군인들에게 식량을 대줄 수 없단 말이오. 다들 불평하기 시작하는데……"

'그렇다면 인간 병사들을 배제시켜요. 시슈들은 문제를 일으키지 않으니까.'

시에셀이 귀찮다는 듯 대꾸했다.

"그게 문제가 아니오. 장군들이 규율을 잘 지킨다 해도, 이제 더이상 이 많은 사람들을 먹일 수가 없단 말이오! 암린 왕이 보낸 전령을 받았소. 곧 부하들을 이끌고 이곳으로 올 거라고 하더군. 하지만 그들은 바니사르에 그대로 머무는 게 나을 듯하오."

'그렇지 않아요, 그들이 있을 곳은 여기, 딩그라요.'

시에셀이 대꾸했다. 그녀는 암린 왕이 바니사르를 떠나기로 한 건 결국 에이세슈의 명령 때문이고, 에이세슈는 또 세스하크로부터 직접 지시를 받았다는 사실을 잘 알고 있었다.

시에셀은 밤하늘을 향해 고개를 들었다. 그리고 조용히 말했다.

'정확히 나흘 후요, 캐바니온 왕. 식량보급이나 병사들이 일으키는 문제 따윈 신경 쓰지 마시오. 나흘 후면 오로지 전투를 지휘하느라 정신이 없을 테니까. 승리할 때까지.'

"……혹은 아와의 보호막을 부수느라 말이지, 안 그래?"

캐바니온이 신랄한 어조로 대꾸했다.

'인간들이란…… 늘 이렇게 둔하다니까.'

시에셀이 한숨을 쉬었다.

'정말로 당신 군대를 보호막을 부수는 데 보낼 거라고 믿는 거요? 캐바니온, 당신의 군주이신 아슈란 님을 믿고, 그분과 내 말을 믿으란 말이오. 나흘 후, 세 달이 하늘 높이 떠오르면, 아와 숲과 누르곤 요새를 보호하는 보호막 따윈 사라지고 없을 테니까. 그때가 되면 아슈란 님이 그걸 부숴버릴 거란 말이오.'

빅토리아는 밤이 깊어질 즈음 화들짝 놀라 잠에서 깼다. 심장이 거세게 뛰었다. 잭이 하이아스에 찔려 서리로 뒤덮인 상처를 입고 불의 심연 속으로 떨어지는 꿈을 꾸었다.

그녀는 마음을 가라앉히려고 애썼다. 잭은 곁에서 깊이 잠들어 있었다, 무사히, 아무 탈 없이. 빅토리아는 한숨을 쉬었다. 앞으로도 한동안 계속 이렇게 악몽을 꾸게 되리라는 걸, 지나간 어두운 나날들의 기억이 결코 그녀의 마음에서 완전히 떠나지 않으리라는 걸 그녀는 알고 있었다.

잭 옆에 웅크리며 다시 침대에 누워, 눈을 감았다. 마침내 같은 방, 같은 침대에서 쉴 수 있다는 사실이 믿기지가 않았다. 빅토리아는 슬며시 미소를 지었다. 아무리 카슬륜 탑에 방이 남아돌아도, 그날 밤 잭과 떨어져 잠을 자는 건 생각만으로도 싫었다.

그녀는 눈을 뜨고 세 달의 달빛 아래 비치는 잭을 바라보았다. 똑바로 누워 자는 그의 가슴에는 하이아스가 남긴 흉터가 선명하게 보였다. 빅토리아는 손가락 끝으로 흉터를 훑었다. 피부 아래가 굉장히 차가웠다. 검이 심장을 찌르지는 않았지만, 그 부상은 잭 혼자서 회복할 수 없는 치명적인 상처였다. 누군가 그를 치료해주었고, 돌아오게 도와주었지만, 잭은 그 정체를 밝히려 하지 않았다. 빅토리아는 그 누군가가 분명 여자일 거라고 확신하면서도 그 일에 대해 아무것도 묻지 않았다. 잭이 침묵할 필요가 있다고 느낀다면, 억지로 밝히려 하지는 않을 것이다.

잭은 변했다. 지금은 더 어른스럽고, 성숙하며, 그녀에게 비밀도 지니고 있다. 예전에는 아무것도 숨기는 게 없었는데.

하지만 빅토리아는 그의 사랑이 여전하다는 것을, 그 어느 때보다 더 굳건하다는 걸 알고 있다. 그리고 둘은 이제 다시 함께 있다. 너무나 아름다운 꿈 같았다.

그녀는 잭의 머리와 얼굴을 다정하게 어루만졌다. 깊이 잠들어 있으니 깨지 않을 것이다. 잠들어 있는 그를 지켜보고 있자니, 불쑥 입 맞추고 싶고, 그를 꼭 끌어안은 채, 얼마나 사랑하는지 말해주고 싶다는 생각이 들었다. 하지만 그랬다가는 아무리 깊이 잠들어 있다 해도, 틀림없이 잠을 깨우고 말 것이다. 그리고 잭이 이렇게 마음 놓고 푹 잔 지가 아주 오래 되었을 거라는 생각이 들었다. 그에겐 휴식이 필요했다. 사실, 셋 모두 휴식이 필요했다.

빅토리아는 한숨을 내쉬며 조용히 일어났다. 문득 몹시 피곤한 느낌이 들었다. 기분 좋은 따뜻한 목욕을 위해서라면 뭐든 할 수 있을 것 같았다.

그때 탑 지하에 밀물이 되면 바닷물이 들어차는 바위 사이에 욕조와 수영장이 있다는 말을 잭으로부터 들은 기억이 났다. 마법이 바위를 데워 물이 기분 좋을 정도로 따뜻하다는 것이었다.

빅토리아는 조용히 일어나 어느 방 옷장에서 찾아낸 부드러운 가운을 걸쳤다. 여자 옷으로 가득 찬 다른 방도 있었지만, 그 방의 옷들은 손도 대지 않았다. 가린다기보다는 드러내려는 듯 보이는 하늘하늘한 얇은 그 옷가지들을 보니 이제는 이 세상에 없는 누군가가 떠올랐다. 빅토리아는 그 방에 있던 물건들을 손대지 않고 그대로 두었다.

그녀는 살금살금 걸어서 방을 나섰다. 잭이 깨어나기 전에 돌아올 생각이었다. 서둘러 계단을 내려갔다. 모퉁이에서 시슈와 마주치자, 그가 고개를 숙여 인사를 했다. 빅토리아도 인사했다.

탑에는 나흘 전, 그녀가 크리스티안을 죽이려고 이곳에 도착했을 때보다 적은 수의 인원만이 남아 있었다. 크리스티안도 잭도 이 일에 대해 아무 말 하지 않았지만, 빅토리아는 그들이 탑을 지키고 있는 시슈들과 마법사들 중에서 몇몇을 선별했다는 걸 알았다. 먼저 잭이 크리스티안과 빅토리아가 치유의 잠을 자고 있는 동안 아슈란에게 여전히 충성을 바치려는 자들을 골라내 모두 없앴다. 빅토리아는 오싹 소름이 끼쳤다. 잭이 단지 냉혈인간들을 죽였기 때문만이 아니라, 그를 뒤에서 떠받치고 있는 또다른 어둠의 힘을 느꼈기 때문이었다. 그렇지 않았다면 잭 혼자 탑 전체를 통제할 수 없었을 것이다.

그런 후, 크리스티안이 두번째로 걸러냈다. 그 역시 반란의 조짐을 직감한 자들에게 한 치의 자비도 베풀지 않았다.

빅토리아는 지금은 전쟁중이라는 사실, 그리고 전쟁에서는 동정의 여지가 없다는 사실을 이해했다. 게다가 그 두 사람은 그녀를 보호하려고 애쓰는 것이다. 빅토리아 자신도 만일 그 둘의 생명을 위협하는 사람이 있다면 누구라도 죽일 수 있다는 사실을 잘 알고 있다.

그래도, 그런 생각은 하고 싶지 않았다. 잭과 크리스티안 역시 그런 주제를 입에 올리려 하지 않았다.

그렇지만, 빅토리아는 인원수가 줄었다는 걸 너무나 잘 알고 있었다. 그리고 그들에게 무슨 일이 있었는지도 아주 명백히 알 수 있었다.

그때 준마법사, 야렌이 떠올랐다. 며칠 전 그녀는 야렌에게 고통과 고뇌로 가득한 오염된 마법을 건네주었다. 탑 주변에서 그를 찾아보았지만 발견하지 못했다. 빅토리아는 그가 가여웠지만, 그렇다고 죄책감이 들지는 않았다. 자신은 할 일을 한 것뿐이었다. 그게 다다.

그렇지만 야렌이 어디에 있는지, 그에게 저주가 되었을지도 모를 그 마법으로 뭘 하고 있는지 궁금해하지 않을 수 없었다.

드디어 지하실에 도착하여 욕실로 들어갔다. 바닷물 수조 위로 수증기가 피어오르고 있었다. 빅토리아는 아무도 없고, 수조가 절반쯤 물이 찼다는 걸 알고 긴장을 풀었다. 수조는 썰물이 빠져나가면 비게 되어 있었다.

그녀는 재빨리 옷을 벗고 계단으로 내려갔다. 살짝 몸만 담갔다가 나오는 거야, 라고 생각하면서. 하지만 따뜻한 물에서는 향기가 났고, 신기하게도 근육의 긴장을 풀어주면서 피부를 부드럽게 해주었다. 빅토리아는 맘껏 목욕을 즐겼고, 잠시 후 밖으로 나오니 상당히 기분이 좋았다. 가운으로 몸을 감싸고 수조 가에 앉은 그녀는 물에 비친 자기 모습을 보려고 몸을 내밀었다.

빅토리아 역시 변했다. 용모는 조금 더 다듬어져 본연의 모습을 드러내고 있었고, 아이처럼 통통하던 모습도 없어졌다. 눈은 어느 때보다도 크고 아름다웠고, 머리칼도 길어져 등 뒤에서 출렁이고 있었다.

하지만 빅토리아는 자신이 이렇게 변했다는 걸 전혀 눈치 채지 못했다. 그녀는 손가락으로 목을 더듬었다. 그곳엔 아직도 붉은 자국이 남아 있었는데, 잭의 입맞춤이 남긴 결과였다. 어쩔 줄 몰라하며 눈을 깜박이던 그녀는 고개를 흔들며 난처한 표정으로 미소를 지었다. 젊은 용이 그녀를 무척이나 보고 싶어했다는 사실에는 의심의 여지가 없다.

'나도 그랬어, 잭.'

빅토리아가 생각했다.

'미쳐버릴 만큼. 널 죽인 크리스티안을 거의 죽일 뻔했을 정도로. 그애가 죽었다면 나도 같이 죽었을 거야. 하지만 그땐 그런 건 중요하지 않았어.'

그녀는 머릿속에서 그 생각을 떨쳐버리려고 애쓰며 고개를 흔들었다. 일어나 옷을 찾던 빅토리아는 한순간 그대로 멈춘 채 경계태세를 취했다.

공기의 온도가 조금 내려갔다. 빅토리아는 한숨을 내쉬고 가운을 조금 더 여몄다.

"크리스티안."

그녀는 다정하게 그를 불렀다.

수증기 사이로 그가 모습을 드러내자, 벽에 그림자가 졌다.

"목욕하는 숙녀를 엿보는 건 교양 있는 행동이 아닌데."

빅토리아가 미소 지었다.

"하지만 재미있는 일이긴 하지."

그가 침착하게 대꾸했다.

빅토리아는 다시 수조 가에 앉으며 그가 가까이 다가오기를 기다렸다. 늘 그랬듯이 그가 옆에 다가오면 공기가 차가워지는 걸 통해 알 수 있었다.

빅토리아가 입힌 상처는 거의 다 회복되었지만 아직 기운이 완전히 돌아오지는 않았고, 그 때문에 세 사람은 계속 탑에 머물고 있었다. 만일 아슈란과 맞대결을 벌여야만 한다면, 모두 최상의 컨디션을 유지해야 한다고 잭이 말했기 때문이었다.

빅토리아가 말했다.

"좋아 보이네. 아직 조금 창백해 보이기는 하지만 말이야."

"반사신경이 둔해졌어. 눈에 띄게 느리고 서툴러. 하지만 곧 다시 돌아올 거야."

빅토리아는 한숨을 내쉬었다. 지난 며칠 동안의 일이 떠오르자 얼굴이 어두워졌다.

"두 번 다시 이런 일이 없었으면 좋겠어."

크리스티안은 빅토리아가 무슨 말을 하는지 정확히 알아들었다. 그는 아무 말도 하지 않았다.

빅토리아가 말을 이었다.

"난 또다시 널 죽일 뻔했지. 네 목숨이 내 손 끝에 달려 있었어. 그런데도 네 부탁대로 키스를 하려고 처형을 미룬 셈이야."

크리스티안이 미소를 지었다.

"하지만 결국 검으로 나를 찔렀잖아."

"심장을 겨눌 수도 있었어. 바로 즉사시킬 수도 있었다고."

빅토리아는 온몸에 소름이 끼쳤다.

"내가 죽기를 바라는 사람은 아주 많지. 가끔은 머지않아 그들 뜻대로 될 거라는 생각이 들기도 해."

"내 시체를 밟고 가기 전엔 그렇게 안 될걸."

빅토리아가 나지막이 대꾸했다. 크리스티안마저도 한기가 들 정도로 차갑고 위협적인 어조였다. 그녀가 그를 똑바로 보았다.

"네가 사람들에게 한 짓도, 어떤 상처를 주었는지도 알아. 널 미워하는 많은 사람들에겐 그럴 만한 정당한 이유가 있다는 것도. 하지만, 아무리 그래도 널 단념할 수는 없어. 내 마음이 시키는 대로 행동할 거야. 누구도 널 다치지 못하게 할 테야."

크리스티안은 대답하지 않았다. 손가락 하나 꼼짝하지 않았다. 그는 진지하게 빅토리아의 눈길을 마주보았다. 그의 얼음 같은 눈은 감정을 그대로 드러내고 있었다.

빅토리아가 덧붙여 말했다.

"그렇지만, 네가 또다시 잭을 해친다면, 나 역시 네가 죽기를 바라는 사람들 중 하나가 될 거야."

차분한 말투였지만, 그녀의 눈빛은 한순간 어두워졌고, 목소리는 차갑고 냉랭했다. 크리스티안은 복수에 목말라하는 어두운 생물이 여전히 빅토리아의 영혼 한 구석에 웅크리고 있다는 것을, 상처 입은 유니콘의 분노 역시 신들의 분노만큼이나 끔찍하다는 사실을 깨달았다. 자신이 사랑하는 존재를 앗아간 것이 누구든간에 그 분노를 분출하리라는 것도.

크리스티안은 그녀가 진심으로 하는 말이라는 걸 안다. 오래전 시애틀에서의 그날 밤이 떠올랐다. 그때는 그가 직접 빅토리아의 손에 단검을 쥐여주며, 자신을 죽이라고 했었고, 그러지 않으면 잭을 죽이겠다고 위협했다. 하지만 당시의 빅토리아는 그 단검을 사용할 수 없었다. 크리스티안은 그러리라고 계산하고 있었다. 사실 빅토리아가 품고 있는 감정을 떠보기 위해 굳이 그런 시험을 할 필요도 없었다. 그녀의 감정은 그토록 강렬했으니까.

그때 빅토리아는 미처 몰랐었다. 그 단검은 전적으로 빅토리아를 시험하기 위한 것이었다. 그녀가 미처 의식하지 못했지만, 그를 사랑하는지를 알아보기 위한 것이었다.

하지만, 오랜 시간이 지난 지금 이 순간, 카슬룬 탑의 온천에서 크리스티안은 그에 대한 빅토리아의 사랑 못지않게 증오 역시 같은 비중을 차지하고 있다는 사실을 깨달았다.

'또다시 잭을 건드리면, 널 죽여버릴 거야.'

위협처럼 들리지만 위협은 아니었다. 그저 명백하고, 피할 수 없는, 의심의 여지가 없는 사실일 뿐이었다.

"그러면 그후에 너도 나와 함께 죽는 거야."

크리스티안이 말했다. 빅토리아가 조용히 고개를 끄덕였다.

짧은 침묵이 감돌았다. 크리스티안이 말했다.

"그렇게 내버려둘 순 없지. 다시는 잭을 해치지 않을게."

빅토리아가 달콤하게 미소지었다. 어둠이 서서히 그녀의 눈에서 걷혀가고 있었다. 크리스티안이 말을 이었다.

"난 죽음이 두렵지 않아. 하지만 다시는 그런 식으로 널 괴롭히고 싶지 않아. 네가 내게 얼마나 소중한지 너도 알지?"

빅토리아가 속삭였다.

"알아. 그리고, 나 역시 같은 감정이라는 걸 너도 알잖아."

크리스티안이 생각에 잠겨 덧붙였다.

"그렇지만, 누군가 나를 죽여야만 한다면, 너였으면 좋겠어. 아니면 잭이든가. 다른 누구도 아닌."

"잭이 너를 해치는 것도 허락할 수 없어."

빅토리아의 나지막한 말에 아까와 똑같은 서늘함이 깃들어 있는 걸 감지한 크리스티안은 물었다.

"그가 나를 죽인다면 어쩔 건데?"

크리스티안이 떠보았다.

빅토리아는 한참 뒤, 간단히 대답했다.

"너를 잃는 건, 잭을 잃는 거나 마찬가지야. 난 똑같이 할 거야. 이미 잘 알고 있겠지만."

크리스티안은 이제 자신을 이끌고, 모든 일을 분명히 하며, 관계의 초석을 다지는 게 빅토리아 쪽이라고 생각하며 미소지었다. 지금까지는 늘 그 반대였다.

"보아하니, 세 사람 모두를 위해 누구 하나라도 잃지 않는 게 최선이겠군."

크리스티안이 대답했다.

빅토리아는 산속에 흐르는 맑은 개울물처럼 투명한 웃음소리로 답했다. 빅토리아의 다정한 눈 속에서 크리스티안은 늘 변함없는 그 빛을 보았다. 기운을 얻은 그는 그녀에게 미소를 지어주었다. 빅토리아는 그의 어깨에 머리를 기대며 한숨을 내쉬었다.

두 사람은 한동안 잠자코 물을 응시했다. 빅토리아가 입을 열었다. 그 목소리에는 아까의 그 살벌한 어조는 이미 빠져나가고 없었다.

"물어보고 싶은 게 있어. 게르데는 어떻게 된 거야?"

크리스티안이 오기 전에 아슈란이 탑의 지휘권을 게르데에게 넘겼다는 말을 들었다.

"내가 죽였어."

크리스티안이 간단히 대답했다.

빅토리아는 이미 그걸 직감했었다. 그녀는 심호흡을 했다.

"게르데는 널 사랑하고 있었어."

크리스티안은 어깨를 으쓱했다.

"난 한 번도 그런 적 없어, 게르데도 그 사실을 알고 있었고."

"하지만 그 여자랑 같이 있었잖아, 아니야? 그날 밤, 아슈란이 나를 이용했던 그날 밤 말이야."

크리스티안이 그녀를 쳐다보았다. 그 무언의 질문에 빅토리아가 미소를 지었다.

"분명히 내 짐작대로일걸. 난 네가 생각하는 것처럼 그렇게 순진하지 않아. 말해봐. 그게 너한테는 아무 의미도 없는 거야?"

"없다는 거 알잖아, 빅토리아. 왜 그런 걸 묻는 거야?"

"너는 한 여자를 사랑하고, 그러고는 죽였어. 그렇게…… 너무나 간단히."

"나는 결코 그녀를 사랑한 적이 없어. 어쨌든 게르데는 할 수만 있었다면 널 죽였을 거야."

"그래, 알아, 그런데도, 나는 게르데를 미워할 수 없어."

"나도 미워한 건 아니었어. 그저 관심을 두지 않았을 따름이야. 그리고 언제나 그 사실을 분명히 밝혔고."

"알아."

빅토리아는 몸을 일으켰다. 그의 뒤를 지나며, 그녀는 손을 그의 어깨에 얹고 귓가에 속삭였다.

"사랑하는 게 그렇게 힘들다면, 네겐 그저 한 순간의 즐거움뿐이라면, 너를 사랑하는 여자와는 밤을 보내서는 안 되는 법이야. 여자의 마음을 갈가리 찢어놓을 뿐이니까."

크리스티안이 빅토리아의 손목을 잡아채며 붙들어 세웠다.

"너도 날 사랑하고 있잖아."

크리스티안이 지적했다. 빅토리아가 미소를 지었다.

"물론. 하지만 나는 함께 밤을 보내자고 널 초대하지 않았지."

"아직은 아니지. 나는 계속 기다리는 중이고."

"그 다음에는 내 마음을 갈가리 찢어놓으려고?"

"너에게 무심하지 않다는 걸 알잖아. 그것 역시 처음부터 분명히 밝혔을 텐데."

빅토리아는 물러나려 했지만, 그가 허락하지 않았다. 그는 그녀를 자기 쪽으로 끌어당겨 부드럽게 입맞춤했다.

"난 방금까지 잭과 같이 있었어. 네가 전에 말했듯이……나한테서 용의 냄새가 날 텐데."

크리스티안이 귓가에 소곤거렸다.

"알아. 네 매력의 일부지."

그가 다시 한번 입맞춤했다. 빅토리아는 그를 밀쳤다.

"멈춰, 제발. 너는 이해하지 못하고 있어."

크리스티안이 눈을 바라보며 대답했다.

"이해해. 때가 되면 너를 사랑해주는 첫 남자가 잭이었으면 한다는 것, 알아."

빅토리아는 그대로 얼어붙었다.

"아니야……아직 결정하지 않았어."

"아니, 넌 결정했어."

빅토리아는 심호흡을 하고 벽에 등을 기댔다. 크리스티안은 빅토리아가 원하는 만큼 공간을 내어주며 거리를 두었다.

빅토리아가 속삭였다.

"네 말이 맞아. 내심 그렇게 원하고 있을지도 모르지. 그건 잭을 더 사랑해서가 아니야. 단지 그건……"

"……첫 관계는 네게 확신과 이해, 신뢰를 줄 수 있는 누군가와 함께라면 더 좋겠지. 그리고 잭은 언제나 너의 제일 좋은 친구였고. 너는 그와 함께 있으면 더 편해하니까."

빅토리아는 크리스티안이 자신을 그렇게 잘 알고 있다는 사실에 별로 놀라지 않았다. 이런 그에게 익숙해져 있으니까.

"너와 함께이고 싶기도 해. 널 원하는 마음 때문에 가끔은 두려울 정도야. 하지만 아직은 난 널 잘 몰라."

크리스티안이 미소를 지었다.

"그래, 알아. 난 서두르지 않을 거라고 이미 말했잖아. 게다가," 그가 덧붙였다. "내가 두번째라 해도 전혀 아무렇지도 않아. 예를 들어, 네게 키스한 첫 남자는 나잖아. 그 점에선 내가 잭을 앞질렀지. 그리고 다른 것도."

빅토리아는 그대로 굳어버렸다.

"어떻게 안 거야, 그러니까……?"

크리스티안이 강렬한 눈빛으로 바라보았다.

"네 첫 키스를 훔친 남자가 나라는 것 말이야? 그냥 알아. 혹시 그게 아니었나?"

빅토리아는 수줍은 미소를 지으며 눈길을 피했다.

"그래, 네가 처음이야."

그날 밤을 떠올리자 심장박동이 다시 빨라졌다. 시애틀의 공원에서 적을 찾아 달려갔을 때였다. 그때 그녀는 그를 죽이지 못하고, 오히려 그와 키스를 했다. 첫 키스를.

크리스티안이 가까이 다가오며 말했다.

"어쨌든, 너와 잠시 함께 있는 데 방해가 될 건 아무것도 없잖아. 물론 네가 그어놓은 한도를 존중한다면 말이야."

빅토리아가 소곤거렸다.

"너와 같이 있고 싶어. 하지만……"

크리스티안이 대답했다.

"때가 되면, 빅토리아. 너는 아직 준비가 되지 않았어. 그러니 서둘지 마. 모든 일은 다 때가 있는 법이야."

그렇게 둘은 조용히 서로를 안고 있었다. 크리스티안이 말했다.

"내게도 역시 새롭고 낯선 일이야."

"날 놀리는 거지."

"절대 아니야."

그는 빅토리아를 조금 떼어놓은 뒤, 그녀의 얼굴을 손으로 받쳐들고 진지한 눈빛으로 바라보았다.

"내 마음속에서 일어나는 일을 말하는 거야. 단 한 번도, 그 누구에게도 이런 감정을 느낀 적이 없었어."

그가 다시 키스해왔다. 빅토리아는 그것이 마치 첫 키스인 양, 혹은 마지막 키스인 양 빠져들었다.

갑자기 입맞춤이 급작스럽게 끝났고, 빅토리아는 숨을 쉴 수 없었다. 크리스티안은 그녀에게서 몸을 떼고, 빅토리아가 무슨 일인지 알아채기도 전에 등을 돌려 고양이처럼 경계하는 자세로 어둠을 샅샅이 살폈다.

"무슨 일이야?"

"쉿."

빅토리아는 크리스티안이 위험을 감지했다는 걸 알고 즉시 입을 다물었다. 그녀는 이맛살을 찌푸렸다. 손에 지팡이가 있었으면 했지만, 방에 두고 왔다. 이렇게 먼 거리에서도 지팡이를 부를 수 있으면 얼마나 좋을까. 그녀는 전투 자세를 취했다. 일대일로 싸우는 법을 배웠으니, 필요하다면 그렇게 할 것이다.

크리스티안이 어디 숨겨두었는지 모를 단검을 꺼내들자, 빅토리아는 잠시 말도 안 되는 생각을 떠올렸다.

'나랑 그렇게 친밀한 순간을 나누면서도 무장을 하고 있었단 말이야?'

그때, 크리스티안이 휘파람 같은 시슈 언어로 뭔가 크게 외쳤다. 빅토리아는 불안한 마음으로 그를 보았다.

누군가가 같은 언어로 어둠 속에서 답했다. 천천히, 뱀 인간들이 숨어 있던 곳에서 수증기를 헤치며 나아왔다. 그들은 그림자처럼 사방에서 두 사람을 에워쌌다.

빅토리아가 그 수를 세어봤다. 열둘이었다. 탑에 남아 있던 마지막 시슈들이다. 무장한 채로 두 사람을 빙 둘러싸고 있었다.

뱀 인간들이 원을 좁혀왔다. 크리스티안은 긴장된 자세로 몸을 낮추었다. 빅토리아 역시 등을 맞대고 선 채 싸울 준비를 했다. 마치 시간이 멈추기라도 한 듯, 짧은 순간 모두 꼼짝도 하지 않았다.

그때 시슈들이 모두 한꺼번에 공격해왔다. 크리스티안은 반짝이는 단검을 들고 재빨리, 결정적인 걸음을 내디뎠다. 빅토리아는 한쪽으로 이동하며 발차기하여 맨 앞에 있는 시슈의 배, 다음에는 아래턱을 적중시켰고, 연달아 다른 쪽으로 옮겨갔다. 시슈의 사브르 검을 피하려던 그녀는 칼날이 다리를 스치자 비명을 질렀다. 넘어지면서 새로 발차기를 날려 이번에는 뱀 인간의 얼굴에 맞혔다. 둘 다 바닥에 넘어졌다. 시슈가 쓰러진 틈을 타, 빅토리아는 검을 빼앗아 망설이지 않고 놈의 가슴에 찔렀다. 그녀는 무기를 손에 들고 몸을 일으켜 그 순간에는 주위를 둘러보았다. 걸음을 내딛자 고통이 몰려왔다. 상처에서 피가 많이 흘렀지만 그 순간에는 주의를 기울이지 않았다.

크리스티안은 뱀 인간 둘을 해치우고 지금은 세번째 놈과 싸우고 있었다. 빅토리아는 검을 들어올렸다. 최소한 무기는 들고 있지만, 그래도 여전히 불리한 입장이었다. 크리스티안이 왜 아직 셰크로 변신하지 않는지 의아했다.

느닷없이 그림자 하나가 수증기를 뚫고 나와 크리스티안의 등을 공격하려 했다. 빅토리아는 본능적으로 셰크의 생명을 구하기 위해 움직였다. 그녀는 뱀 인간에게 달려들어 놈과 크리스티안 사이를 무기로 가로막았다. 두 강철이 격렬하게 부딪혔다. 빅토리아는 시슈가 머뭇거리는 짧은 순간을 이용하여 냉정하고 단호하게 그의 숨통을 끊었다. 크리스티안이 고개를 돌려 짧게 감사의 미소를 던졌다.

바로 그때, 누군가 불길에 휩싸인 무기를 높이 치켜들고 거친 고함을 지르며 계단을 내려왔다. 빅토리아는 그가 크리스티안 옆에 나란히 서는 모습을 보며 슬며시 미소를 지었다.

잭과 크리스티안이 함께 싸우는 동안, 빅토리아는 시슈들의 공격이 세 사람을 점점 더 벽 쪽으로 몰아세우고 있다는 것을 깨달았다. 빅토리아의 검 실력은 형편없었다. 지팡이 없이는 곧 지고 말 거라는 생각이 들었다. 검을 들어올리는 데 시간이 걸렸고, 이미 너무 늦었다. 시슈의 칼날이 이미 빅토리아 위에 와 있었다. 빅토리아는 본능적으로 눈을 감았다.

그리고 눈을 뜨니 그녀는 방금 허공을 가르며 검을 내려친 그 시슈의 바로 뒤에 있었다. 빅토리아는 당황하여 눈을 깜박였지만 쓸데없이 낭비할 시간이 없었다. 뱀 인간의 등짝에 검을 그대로 푹 꽂았다.

뒤돌아보니 다른 세 시슈가 그녀를 에워싸고 있었다. 검을 높이 치켜들면서도 이제는 소용없다는 생각이 들었다.

바로 그때 거대한 그림자 하나가 번개처럼 물속에서 솟아올랐다. 갑자기 모든 시슈들이 손을 머리로 가져가며 고통의 비명을 내질렀다. 그녀는 혼란스러운 마음으로 놈들을 지켜보았다. 그들의 고통은 불과 몇 초뿐이었다. 그러더니 한 놈씩 차례로 쓰러져 그대로 죽고 말았다. 놈들 중 하나가 수조에 머리를 처박았고, 첨벙하는 소리가 울려 퍼졌다.

빅토리아가 황급히 돌아보았지만, 좀전의 그림자는 이미 그곳에 없었다. 다리를 절면서 수조로 다가가니 수면에는 마지막 파동이 번지고 있었다. 거대한 비늘로 덮인 등을 얼핏 본 듯도 했지만……

하지만 아무것도 없었고, 빅토리아는 자신이 상상한 거라고 생각했다.

기운이 쭉 빠진 빅토리아는 그대로 바닥에 넘어졌다.

"잘했어, 크리스티안."

잭의 목소리가 들렸다. 빅토리아는 넋을 잃고 생각했다.

'그래, 크리스티안이었어. 그가 텔레파시로 공격한 거야.'

몸을 일으키려 했지만 그럴 힘이 없었다. 그녀는 그들이 수증기 사이로 나타나 그녀에게 다가올 때까지 기다렸다.

"괜찮아, 빅토리아?"

잭이 걱정스러운 표정으로 물었다.

빅토리아가 고개를 끄덕였다. 잭이 그녀를 안아올렸다.

크리스티안은 수조 가에 멈춰 서서 근심 어린 표정으로 어둠 속을 살피고 있었다.

"뭐야, 크리스티안?"

불안한 마음에 빅토리아가 물었다.

크리스티안이 차분하게 대답했다.

"내가 아니야. 나는 눈을 쳐다보지 않는 한, 시슈들의 의식을 공격할 수 없어. 그리고 아직 기력이 없어서 셰크로 변신할 수도 없었어. 그 텔레파시 공격은 다른 자가, 십중팔구 다른 셰크가 한 일이 틀림없어."

잭이 항변했다.

"그건 말도 안 돼. 여기 다른 셰크가 있었다면 우리를 죽였을 거야."

크리스티안이 고개를 옆으로 갸웃하며 캐묻는 듯한 눈빛을 던졌지만, 아무 말도 하지 않았다.

잭이 덧붙였다.

"가끔 우린 생각지도 못한 일을 해낼 때가 있어. 방금 전에 빅토리아가 번개처럼 나타났다가 사라진 것처럼."

두 사람의 눈이 빅토리아에게 고정되었다. 빅토리아는 침을 삼켰다.

"너희들 상상일거야……"

크리스티안이 끼어들었다.

"아니, 빅토리아, 넌 할 수 있어. 나도 봤는걸. 이번이 아니라 며칠 전에 나하고 싸울 때 말이야. 넌 빛처럼 움직이는 능력이 있어. 그래서 그날 네가 날 이긴 거야."

빅토리아는 어쩔 줄 몰랐다. 그가 정신없는 소리를 하는 것 같지는 않았다.

"그래서 내가 널 이겼다고? 그건 별로 공정해 보이지는 않네."

"대등한 능력을 지니지 않은 시슈들에게 텔레파시 공격을 하는 것도 그래. 어쨌든 그건 우리 셰크들이 싸우는 방식이지."

그는 마음이 쓰이는지 다시 수조 위로 내려앉은 어둠을 향해 돌아보았다.

그때 잭이 말했다.

"이곳에서는 모두 자기 능력대로 싸우는 거야. 그래서 늘 조심해야 하고 경계를 늦추면 안 되는 거지. 그리고 너희들 둘."

잭이 두 사람을 추궁하듯이 가리키며 덧붙였다.

"여기서 뭘 하고 있었는지 지금 당장 설명해줄 수 있겠지."

크리스티안이 얼음 같은 눈길로 잭을 응시했다. 빅토리아는 얼굴이 발개졌다. 잭은 두 사람이 자신의 말을 잘못 해석했다는 걸 깨달았다. 그는 약간 난처해하며 말을 고쳤다.

"내 말은, 너희들이 뭘 하고 있었는지는 잘 아는데, 내 말은 이런 곳은 조심하라는 거야…… 그러니까 무슨 뜻이냐면 너희는 경계태세를 풀었고 나는 아주 깊이 잠들어 있었잖아, 만일 혹시

라도……"

책은 잠시 말을 중단했다가 다시 이어갔다.

"그래, 내가 잠을 깨지 않았을 수도 있고, 아니면 너무 늦게 도착해서 너희를 도와줄 수 없었을지도 모르는데…… 어쨌든 다음에는 좀더 조심하라는 이야기야. 그리고 단 둘이 있을 거면, 적어도 손에 무기는 들고 있으라고."

잭이 홱 하고 돌아섰다. 크리스티안과 빅토리아는 눈빛을 주고받았다. 잭에게 다리를 절며 달려간 빅토리아가 계단 끝에서 그를 돌려세우고는 꼭 안아주었다. 잭도 미소를 지으며 그녀를 포옹했다.

그는 빅토리아의 손을 잡으며 말했다.

"이리와, 다리부터 치료하자. 피를 너무 많이 흘렸어."

"심하지 않아. 그냥 겉으로만 그래 보이는 거야."

"어쨌든, 여기서 나가자. 여기 있으니까 신경이 날카로워져."

두 사람은 크리스티안이 따라오는지 뒤돌아보았다. 하지만 셰크는 시슈들의 시체 옆에 쭈그리고 앉아 있었다.

"이놈이 아직 살아 있어."

그가 침착하게 알려주었다.

"그럼?"

빅토리아가 말하려 하자, 그가 고개를 가로저었다.

"우리한테 아주 값진 정보를 제공해줄 수 있지. 이 일의 배후에 누가 있는지……우리가 이 탑에서 계속 안전한지 알고 싶거든."

키마라는 화들짝 놀라 잠을 깼다. 누군가가 그녀를 힘차게 흔들어 깨웠다.

"무슨 일이에요?"

"쉬잇, 소리 내지 마. 나 케스트라야."

키마라는 놀라 몸을 일으켰다.

"대체 무슨 일인지 말 좀 해줄래?"

짜증을 내며 키마라가 속닥였다.

"보여주고 싶은 게 있어. 네가 좋아할 거야. 올래?"

키마라는 약간 미심쩍은 눈길로 케스트라를 쳐다봤다. 하지만 달빛에 선명하게 비친 케스트라의 표정이 진지하다는 걸 알 수 있었다. 그녀는 조용히 일어나 시아 족 아가씨를 따라 여자들 숙소로 배정된 커다란 방을 지나갔다. 두 사람은 아무도 깨지 않게 조심스럽게 움직였다.

케스트라는 안마당으로 키마라를 안내했다. 세 달이 어찌나 밝은지 마치 대낮처럼 환했고, 두 사람은 조심스럽게 벽에 바짝 붙어 움직였다. 케스트라는 풀밭 위에 쭈그려 앉더니, 바닥으로 빛이 스며나오는 열린 창문 옆에 바짝 붙었다.

"무슨 일이야?"

키마라가 묻자 케스트라가 그녀를 끌어당기며 몸을 숙여 창문 안을 들여다보게 했다.

키마라는 살짝 엿보았다. 창문은 로윈과 타나웨의 작업실로 이어져 있었다.

방 한가운데 위풍당당한 황금용이, 마치 지금보다 더 커지고 싶다는 듯 한껏 날개를 펼치고 목을 쭉 빼고 있는 황금용이 있었다. 비늘은 용 특유의 색으로 반짝였고, 날렵한 등 위로 갈기가 구불거렸으며, 입에서는 가느다란 연기가 흘러나오고 있었다. 용이 뒷발 위로 몸을 꼿꼿이 세우자, 키마라는 그 눈이 에메랄드 같은 초록색이라는 걸 알았다. 심장이 철렁하고 내려앉았다.

"잭!"

키마라가 소리쳤다.

그 소리가 벽에 울려 지하실 전체에 퍼졌다. 깜짝 놀란 케스트라가 키마라를 창가에서 떼어놓으려고 끌어당겼다. 키마라는 버티려고 안간힘을 썼다.

케스트라가 씩씩댔다.

"너 미쳤니? 사람들이 우릴 봐선 안 돼! 아직 비밀이라고!"

키마라는 불현듯 무슨 일인지 이해했고, 잭이 죽었다는 소식을 들었을 때처럼 심장이 찢기는 듯했다.

"나무로 만든 용이구나. 진짜가 아니고."

키마라가 그제야 이해했다.

너무 실망한 것처럼 보이자 케스트라는 이해할 수 없다는 듯 키마라를 쳐다보았다.

"좋아할 거라고 생각했는데. 닮지 않았니?"

키마라가 시인했다.

"그래, 닮았어. 아주 많이. 하지만 잔인해, 그를 알고 있는 우리한테는 특히. 샤일, 아일레, 알렉산더가 보면 뭐라고 할까?"

케스트라가 미소를 지었다.

"내가 아는 바로는 바로 그 사람들의 아이디어야. 얀드라크를 묘사해준 사람이 바로 샤일이지. 안 그랬으면 타나웨가 이렇게 똑같이 재현해낼 수는 없었을 테니까."

키마라가 고개를 흔들었다.

"그들이 이런 일을 할 수 있다는 게 믿기지가 않아."

케스트라가 심각한 표정으로 쳐다보았다.

"넌 아직 이해를 못 하는구나."

"뭘?"

"왜 이 용을 만들어내야 했는지. 최후의 전투 날이 되어 저 밖에서 우리를 기다리고 있는 뱀들과 싸우러 나갈 때 무슨 일이 일어날 것 같니? 우리가 싸우고 있는데도 최후의 용이 도와주러 쫓아오지 않는다면 무슨 일이 일어날 것 같니?"

키마라는 할 말을 잃어 풀밭 위에 멍하니 주저앉았다.

"그렇다면……이게 얀드라크 대신이란 말이야? 모두에게 이게 잭이라고, 우리를 도와주러 왔다고 말할 거야?"

케스트라가 한숨을 내쉬었다.

"네게는 부당하게 보일 수도 있겠지만, 다른 선택이 없어. 용들은 다 죽었고, 이제 우리가 그 자리를 대신해서 싸우고 있다고. 사람들은 뭔가 믿을 게 필요해. 설사 환영에 지나지 않더라도 말이야."

"하지만 진짜가 아니야, 케스트라."

"어떤 진짜를 원하는 거야? 용과 마찬가지로 이것도 날아. 용과 마찬가지로 불도 내뿜어. 용과 닮았고, 진짜 용처럼 싸울 수도 있어. 둘 중 뭐가 더 진짜니? 네가 지하실에서 방금 본 것, 아니면 이제 더이상 산 자들의 세상으로 돌아올 수 없는 용의 추억 중에 말이야.

저기 아래 있는 건 우리 희망을, 우리 세계를 위해 싸우고자 하는 열망을 상징하는 거야. 바로 그 때문에 더 용답다고 할 수 있지. 수백 명의 반란군들이 하늘을 가르는 저 용을 보면 더 큰 희망을 품고 싸울 테고, 저 용은 이 전투에서 우리의 상징이자 길잡이가 될 거야. 그걸 보고 감히 진짜가 아니라고 말할 수 있어?"

어색한 침묵이 감돌았다.

"네 말이 맞는 것 같아."

키마라가 마지못해 시인했다.

그녀는 다시 조심스럽게 들여다보았다. 용 옆에 있는 로윈과 타나웨가 보였다. 용은 이제 바닥에 웅크리고 두 눈을 감은 채 휴식을 취하고 있었다. 두 사람은 나지막이 뭔가 이야기를 나누고 있었다. 타나웨가 다정하게 용의 등을 쓰다듬자 주문이 풀렸다. 그러자 키마라는 그것의 실제 모습을, 진짜 용을 흉내 낸 가죽으로 덮인 나무 기계를 보았다.

희망.

저 용이 누르곤의 하늘 위를 날 때면, 마치 잭의 영혼이 다시 살아 돌아온 것 같으리라는 생각이 들었다.

케스트라가 그녀를 다급하게 잡아 당겼다.

"다 봤잖아. 이제 돌아가야만 해."

키마라는 움직이지 않았다. 용에게서 눈길을 떼지 않았다.

"저걸 조정하는 법을 가르쳐줘."

느닷없이 키마라가 말했다.

케스트라는 돌처럼 굳어버렸다.

"뭐라고 했어?"

"저걸 조정하는 법을 배우고 싶다고."

케스트라가 돌아보자, 키마라의 눈 속에서 불길이 그 어느 때보다 활활 타오르고 있었다.

"저걸 날게 하는 사람은 나여야만 해."

빅토리아가 이미 잠든 것을 확인한 잭은 조용히 침대에서 일어나 조망대로 나왔다. 그는 셰시스를 만나기를 바랐다. 지하실에서 도와주어 고맙다는 말을 하고 싶었다. 하지만 그곳에서 그가 본 것은 크리스티안이었다.

잭은 조심스럽게 그에게 다가갔다. 셰시스 곁에서 아주 많은 시간을 보냈고, 증오를 다스리는 법을 배웠다. 이론상으로는 크리스티안은 절반이 인간이니 셰시스보다는 덜 싫어해야 하는 게 맞다. 하지만 굳이 그걸 테스트하는 위험을 무릅쓰고 싶지 않았다. 두 사람이 대결했던 지난번에 무슨 일이 있었는지, 하마터면 뭘 잃을 뻔했는지 생생하게 떠올랐기 때문이었다.

셰크는 무시무시한 낭떠러지가 펼쳐진 허공에 다리를 늘어뜨린 채 난간 위에 앉아, 평소보다 어두운 표정으로 생각에 잠겨 달을 응시하고 있었다. 잭이 인사를 하자, 그도 손짓을 했다. 어색한 침묵이 감돌았다.

크리스티안이 말했다.

"우린 이제 이 탑에서도 안전하지 않아."

"알고 있어."

잭이 고개를 끄덕였다. 하지만 심장이 죄어왔다.

그날 밤 공격 이후, 평화의 날이 끝났다는 건 알고 있었지만, 사실을 확인시켜주는 크리스티안의 말을 들으니 한숨이 나왔다. 빅토리아와 함께 나누는 이 순간들이 얼마나 아름다운지. 또다시 도망치고, 숨고, 싸우러, 어쩌면 죽으러 나가야 한다는 생각을 하는 것만으로도 가슴이 아팠다.

"그렇다면 우리가 떠나야만 한다는 것도 알겠구나."

"그래. 날아간다고 해도 누르곤까지 가려면 여러 날이 걸릴 거야. 그러니 가능한 한 빨리 출발하는 게 최선이지."

크리스티안이 이상하다는 듯 잭을 쳐다보았다.

"아니야, 잭. 우리는 누르곤으로 갈 수 없어. 이젠 아니야."

"왜? 빅토리아 말이 누르곤은 아와 숲의 보호막으로 보호를 받고 있다고 했어."

"그래, 하지만 곧 그렇지 않게 될 거야."

잭의 심장이 한순간 멈추는 듯했다.

"뭐라고?"

크리스티안이 목소리를 낮춰 설명했다.

"공격에서 살아남은 시슈의 의식을 조사해봤어. 많이 망가져 있었지만, 그래도 우리를 공격한 이유를 알아낼 수 있었지. 시슈들은 셰크들의 텔레파시 망을 통해 동원령을 받은 거였어. 모든 뱀들이 전투를 위해 집결할 테고, 그 전투는 이곳에서 치러질 게 아니잖아. 그러니 놈들도 탑에서 떠나고 싶었던 거야. 그 부름에 응답하고, 아슈란의 군대에 합류하고 싶었던 거지. 그런데 뭔가가 놈들을 이곳에 잡아둔 거야."

그는 캐묻는 듯한 시선으로 잭을 쳐다보았지만 표정은 여전히 변하지 않았다.

"그러니 놈들은 우리와 싸우는 수밖에 없었지."

"그렇군. 네가 말하는 전투는 누르곤 공격이군, 아니야?"

"최종 공격이지. 정확히 삼 일 밤이 지나면 아슈란은 아와 숲의 보호막을 무너뜨릴 거고, 그러면 누르곤은 지게 돼."

잭이 그대로 얼어붙는 듯했다.

"그럴 순 없어. 우린 그들을 도우러 가야만 해!"

잭이 자리를 뜨려 하자 크리스티안이 팔을 잡았다.

"기다려, 잭. 우리는 제시간에 닿을 수 없어. 우리가 도울 수 있는 것도 아무것도 없고."

"넌 지금 친구들이 떼죽음을 당할 텐데도 나보고 그저 팔짱이나 끼고 있으라는 거야?"

"물론 아니지. 내 생각에는……" 그는 잠시 멈칫하더니, 말을 이어갔다. "우리의 유일한 선택은 바로 그날 밤 아슈란과 대결하기 위해 드락웬 탑으로 가는 거야. 모든 세크들이 누르곤을 공격하고, 아슈란이 보호막을 무너뜨리는 데 바쁜 틈을 이용하면 가능성이 높아질 거야. 그때 우리가 그자를 무너뜨리면 요정들의 보호막이 무너지는 것도 피할 수 있고 누르곤 역시 구하게 되는 거지."

잭은 심사숙고했다. 그리고 반론을 폈다.

"하지만, 제때에 드락웬에 닿으려면 이미 출발했어야 하잖아. 그리고 네 상태가 어떤지도 모르겠고, 빅토리아는……"

그는 괴로운 마음에 입을 다물었다. 크리스티안은 그에게 짧은 눈길을 보냈다.

"이대로 여기서 나간다면, 다른 사람들 눈에 띌 거야. 하지만 드락웬 탑에 갈 수 있는 훨씬 더 빠르고 신중한 방법이 있어."

잭이 그게 뭐냐는 듯 쳐다봤다.

"정말?"

크리스티안이 고개를 끄덕였다.

"지금 그걸 준비하는 중이야. 아무리 늦어도 내일까지는 네게 보여줄 수 있을 거야."

잭은 크리스티안이 더이상 설명해주지 않으리라는 걸 알고 고집하지 않았다.

"왜 너희 아버지는 누르곤으로 눈길을 돌린 거지? 이제 우릴 잊은 건가? 우린 그를 무찌를 수 있는 유일한 존재잖아."

"우리가 도착했을 때부터 없애려고 했지. 하지만 뜻을 이루지 못했어. 게다가 지금은 저항군을 한방에 눌러버릴 기회이기도 해. 생각해봐, 잭. 누르곤이 무너지고, 모든 반란군들이 쓰러지면 우리만 남게 되는 거야. 우린 갈 데도 없고 몸을 피할 곳도 없는 셈이지. 셰크들이 우리를 찾아내는 건 시간문제가 될 거라고.

물론 또다른 함정일 수도 있어. 그날 밤 우리가 드락웬 탑으로

간다면, 그가 바라는 대로 하는 셈일 수도 있고. 하지만 그게 처음도 아니잖아. 말해봐, 다른 대안이 있어?"

잭은 곰곰이 대답을 생각하고는 천천히 고개를 끄덕였다.

"삼 일이라……시간이 너무 없군."

크리스티안이 어깨를 으쓱하며 지적했다.

"우리가 이둔에 온 지 거의 다섯 달 째야. 사실 너무 많은 시간이 지난 셈이지."

"그래, 하지만 아슈란과 대결하고, 예언을 실현한다는 게 너무나 막연했거든. 전에는 정해진 날짜라는 게 없었잖아."

잭이 잠시 쉬었다가 덧붙였다.

"아직 빅토리아에겐 말하고 싶지 않아. 삼 일이면 너무 촉박하다는 거 알아. 하지만 너희 두 사람도 이제 막 회복한 거잖아. 하루쯤 더 평화로운 시간을 갖는 것도 나쁘지 않겠지. 그앨 너무 일찍 걱정시키고 싶지 않아."

"괜찮은 생각이군."

크리스티안이 고개를 끄덕였다. 잭은 그의 순순한 대답이 의외였다. 크리스티안 자신도 아슈란과 대결할 거라면 준비를 해야 할 테고, 가능한 한 빨리 빅토리아에게 알리는 게 더 낫다.

잭은 그제야, 크리스티안이 평소처럼 이성을 내세우는 게 아니라 마음으로 말하고 있다는 사실을 깨달았다. 그는 미소를 지었다.

"빅토리아가 그렇게 소중한 거야?"

"네가 보기에는 어떤데?"

셰크가 침착하게 반문했다. 잭이 달래듯이 대답했다.

"그냥 해본 말이야. 생각해보면, 이 모든 게 엄청나게 미친 짓 같아. 따로 보면 아무 의미 없던 것들이 결국 착착 다 들어맞잖아."

크리스티안이 고개를 흔들었다.

"빅토리아의 눈을 처음 봤을 때, 모든 게 의미를 잃었지. 모든 게 맞아들어가고 있는 건지는 아직 잘 모르겠어. 알아보려고 애쓰는 중이야."

크리스티안이 나지막이 대답했다.

잭은 다시 미소지었다. 크리스티안에게 인사를 하고 탑으로 들어가려고 돌아서는데, 셰크가 그를 불러세웠다.

"잠깐만, 잭."

잭은 무슨 일인가 하는 표정으로 돌아보았다. 크리스티안의 얼음처럼 차가운 눈길이 그를 진지하게 응시하고 있었다.

"네가 뭘 하고 있는지 제대로 알고 있기를 바란다."

"무슨 뜻이야?"

"잘 알고 있을 텐데. 탑 안에 다른 셰크가 있어."

잭은 아무 내색 하지 않고 담담하게 대답했다.

"내가 뭘 하고 있는지는 잘 알고 있어. 그 일에 대해서는 더 묻지 마. 알면 네게 좋지 않을 테니까. 지금은 그냥 날 믿어."

크리스티안은 아무 말 없이 그를 뚫어져라 바라볼 뿐이었다.

"더는 얘기해줄 수 없어, 크리스티안. 날 믿어줘."

셰크가 한쪽 눈썹을 치켜올렸다.

"나보고 용을 믿으라고 하는 거야?"

"내가 셰크를 믿는 것과 똑같이."

잭이 조용히 대답했다. 크리스티안이 그 의미를 포착했을지는 알 수 없었다. 어쨌든 그는 천천히 고개를 끄덕였다.

크리스티안이 말했다.

"너를 믿어. 네가 누굴 믿어야만 하고, 누굴 믿지 말아야 할지 똑바로 알기를 바란다."

"잘 알고 있어. 걱정 마."

자리를 뜨려던 그는 문득 발걸음을 되돌렸다.

"크리스티안, 아슈란이 왜 하필 삼 일 후에 보호막을 무너뜨린다는 거지? 나흘도 아니고, 이틀도, 열흘도 아니고."

크리스티안은 대답하지 않고, 어두운 표정으로 하늘을 가리켰다. 잭이 시선을 든 곳에는 세 달이 있었다. 가장 큰 은빛 달 에레아, 초록색 달 일레아, 그리고 가장 작고 붉은 눈물의 달 아예아. 달들은 그 어느 때보다도 아름답고 둥글어 보였다. 딱히 이상할 건 없었다. 처음에는.

그는 그제야 크리스티안의 말뜻을 이해하고는 나지막이 욕설을 내뱉었다.

옮긴이 **고인경**

한국외국어대학교 스페인어과를 졸업하고 동 대학원에서 후안 고이티솔로에 관한 연구로 석사 학위를 받았다. 주한 멕시코 대사관에서 근무했으며, 스페인어 통번역자로 활동하고 있다. 『이둔의 기억』 1~4권과 『전쟁의 풍경』 『그리고 갑자기 천사가』 『세계 최고의 극작가 셰익스피어』 『천상의 선율을 담은 모차르트』 『그림자를 훔친 남자』 등을 우리말로 옮겼다.

문학동네 세계문학

이둔의 기억 5 제2부 트리아다

초판인쇄 | 2009년 4월 10일
초판발행 | 2009년 4월 15일

지 은 이 | 라우라 가예고 가르시아
옮 긴 이 | 고인경
펴 낸 이 | 강병선
책임편집 | 박여영
마 케 팅 | 장으뜸 정민호 한민아 김정민 정소영
제 작 | 안정숙 서동관 김애진

펴 낸 곳 | (주)문학동네
출판등록 | 1993년 10월 22일 제406-2003-000045호

주 소 | 413-756 경기도 파주시 교하읍 문발리 파주출판도시 513-8
전자우편 | editor@munhak.com
전화번호 | 031) 955-8888
팩 스 | 031) 955-8855

ISBN 978-89-546-0787-2 04870
978-89-546-0360-7(세트)

www.munhak.com